查——无——此——人

于是 著

图书在版编目(CIP)数据

查无此人/于是著.—北京:人民文学出版社,2017
ISBN 978-7-02-012872-3

Ⅰ.①查… Ⅱ.①于… Ⅲ.①长篇小说-中国-当代 Ⅳ.①I247.5

中国版本图书馆 CIP 数据核字(2017)第 110643 号

责任编辑　甘　慧　李　殷
封面设计　好谢翔

出版发行	人民文学出版社
社　　址	北京市朝内大街 166 号
邮政编码	100705
网　　址	http://www.rw-cn.com
印　　制	上海盛通时代印刷有限公司
经　　销	全国新华书店等
字　　数	200 千字
开　　本	880×1230 毫米　1/32
印　　张	11
版　　次	2018 年 3 月北京第 1 版
印　　次	2018 年 3 月第 1 次印刷
书　　号	978-7-02-012872-3
定　　价	49.90 元

如有印装质量问题,请与本社图书销售中心调换。电话:010－65233595

烟火债·很少的事·枯荣之心
张怡微

许多年来,于是的主要职业更像是一个文学翻译。尽管她曾以畅销小说名世,主打都市言情。在文学与网络相遇伊始,许多人都读过她的作品。

于是从事过许多工作,写过很长时间的专栏、评论。与都会生活中许多独立女性一样,她拥抱自我、热爱旅行。但历经时光砥砺,终于又回到小说写作中,契机却源于父亲的一场病。

在父亲被确诊为"阿尔茨海默症"之后,于是的生活惯性被打破了。和父亲单独相处的时光,孕育了《查无此人》这部小说,而直至这本书真正完稿、出版,又经历了漫长的时间。疾病突然创造了负担与责任,但换一种方式来想,也许是父亲又将于是拉回到更纯粹的文学世界中。《查无此人》令她仔细爬梳了父亲的来历,其实也就是自己的来历;找寻到遥望祖辈的乡愁,其实正是检阅现世的哀愁。也令她从一个都会女性,还原为一个普通的女儿。

"我不再是我。"

她借由小说人物"子清"在故事中自陈。

"她甚至怀疑,命运要她把前十年欠下的烟火债一次性还清。"

《查无此人》被分割成不同时空。一是父亲的身世,出身于东北,一个乱世商人家族;另一个则是女儿子清的内心生活。身世越来越完整,离别就越来越切近。从子清的独白,我们可以看到一个孤独的女生举重若轻地介绍着自己的前半生:"我有一个安分的童年,姐姐远嫁加拿大,大学时母亲亡故,两年后父亲再娶,毕业后我独自生活,没有固定单位。父亲和母亲大学毕业后分配到上海,再也没有离开,在同一个单位工作到退休,无波无澜。续弦后他和女方一家住在一起,每年我大概会过去看几次。父亲三年前中风跌倒,同时被宣判得了阿尔茨海默症。大约一年前就叫不出我的名字了。就这样。"

显然,"就这样"不足以生成一部创作的根基。所谓"烟火债",更像是子清对于复杂的身世、离散的阴影及捡回一个没有记忆的父亲时的无奈、惶恐、不习惯的浅浅应答。子清的善良、乐观包裹着敏感脆弱的内心，残酷的命运横陈眼前，在审美和批判之间，她选择了吞下难以细表的苦衷，一头栽入对新的日常生活巨细靡遗的描述和接受，以期缓解内心的种种丧气与哀凉。

女作家书写"父女关系"是一个经典的母题。如伍尔夫的《到灯塔去》、茱帕·拉希里的《不适之地》、又或者李翊云的《千年祈愿》……父亲象征着权威、尊严、品德，女儿对父亲的爱看似简单却又深厚，看似隔阂却又温柔。父女之间，既是男女，又是长幼。如戴锦华所说，在"父亲情结"之中，潜藏着的不仅是潜意识和欲望的诡计，而且是女性现实困境与生存困境。

在父亲丧失的记忆之后，子清反而夺下了父女生活的话语权。那个被继母还回来的父亲，在她的引导下一点一滴完成日常生活。这本身很反讽，全部的努力都将付诸东流，但温馨居然是真切的，悲伤也是。子清心里明明白白，她的付出不会有人真正懂得，也不会有人认真记得。父亲的疾病与离开，照耀她的孤独，这种孤独令他生前的出走、破坏都可以显得是打发时间的小事。对于子清而言，病魔险恶过任何一个陌生女人，与子清拉扯、搏斗。子清的孤独、骄傲，只能令她假装虚与委蛇，"她挽着他，像一个嫉妒心极强的小老婆，决不允许他离开自己半步，决不信赖外面的花花世界。她挽着他，也像一个耐心的早教老师循循善诱……只有她永远是父亲的女儿，这一点无可改变。"所有人都离开了父亲，但是子清不能。子清知道这个世界上"还有一些人走失了，却没有人去寻找他们"，但她做不到。那是一位女儿童年以后，一位父亲晚年以前，被生生挖去一大块的残破生命史。

小说开篇，子清说起父亲的一生，"和我们一样，做了很多事，但不一定很重要。"小说末尾，"她们每天都好像去很远的地方，但只做很少的事，很累地回家。"洋洋洒洒一辈子，可以说出来的事却显得那么苍白。父亲零碎的一生在原乡亲眷们口中，像碎片一样降落。只有子清知道，唯有内心的野兽是父亲交给她的血脉、遗产，谁也夺不走，因为他生养了她。

"查无此人"这个题目很严酷。闺阁之间，昭旷之原，都不再有父亲这个人。世界、世间都像患上阿尔茨海默症一样，将普通人的欢喜哀愁一并忘却。像于是自己说的，"一代人离去，下一代人还没办法收拢那些记忆，又要汲汲营营地去创建自己的生活。"

有情的人，情何以堪。

献给每一代出生入死的凡人

遗忘完全可以是记忆的一种深沉形式。

——博尔赫斯

目　录

冬 | 1
春 | 87
夏 | 151
秋 | 267

后记 | 337

冬

百堂·1945

　　张作霖威震东北的时候，百堂还小，一家四口坐拥五十亩地，算富裕人家，日子很清净。后来日本人占领了东三省，家家户户交份粮，老王家所在的屯子又小又偏，竟也是好运，能在战事中躲过几劫。反倒是俄国兵过来打日本人时会在中国人的村里奸淫、杀伤、抢劫，吓得家家户户闭门关窗，姑娘家万不得已要出门，都得先用炉灰把脸抹黑，再用帕子蒙住脸孔。

　　百堂祖籍山东，祖上是明末大饥荒时逃难到辽宁省的。逃难人家没有家谱，只有被饥饿阉割的记忆，一代代相传的是对饥饿的恐慌，到了百堂这代，渐渐不信任农夫的天命，靠天吃饭太冒险，更何况时局动荡。百堂知道张作霖当年闯荡江湖就是先做买卖，再入绿林，所以也好商，不甘心种地，早早成了婚，心思就野了，加上天生能说会道，就从肇东等地买进几十匹马、骡、驴，车上堆满高粱和苞米，和人家谈好交易，一次运几个火车皮，拿回村镇市集去贩，一来一去能挣不少钱。但这钱不好挣，因为那是一条跨越日占区、国民党区和共产党区的路线，东北匪帮猖獗，任何一个地点都可能遭劫。

百堂知道危险，所以在市集上买了一把小土枪，谁知当天就有胡子来抢，瞄上老王家有地产，还做小买卖——那时，老王家的田能产几万斤粮食呢。好在老屋没有后窗后门，高屋架，长条炕，特别能藏人、躲人。百堂被堵在屋子里，空放了一枪，惹来外面一阵枪声，最后，百堂大吼一声，报上一人的名号——乡人不知那是谁，但胡子不战而退，可见是知道的。那人是兵团里的军官，也就是罩着百堂做买卖的关系人，那几年里，从百堂手里拿过不少好处。

大儿子世元十九岁就成婚了，娶的是富农家的姑娘，比儿子大三岁，因为白俄进村，怕姑娘家被糟蹋，赶紧嫁，所以百堂一分钱没花，媳妇娘家还倒贴了三袋麦子。

渐渐地，方圆几百里的人都知道百堂的名号，屯子里的乡亲也都知道百堂的口头禅：坐椅子的比卖力气的强，做买卖的比种地的强。简而言之，要读书、做官、经商，不要做农民。做农民不但看天吃饭，还要受各路人马的欺辱。

其实，百堂最清楚农夫受的苦。反倒是那些只知道务农的农民安安静静地过日子，未必有觉悟。东北三省解放时，国共两军交战，但没打到这个小屯子里。1945年解放时，县城里有庆祝活动，但敲锣打鼓也传不到这个小屯子里。屯子里总是安安静静的。再往后，村长说什么就是什么。在农民的世界里，天下大事也都是道听途说。

百堂一口气生了八个孩子。

老大世元油滑，心里精明，嘴上不说，最爱哭，百堂并不信任他。每次去市集做买卖，百堂总是带着老二世魁，因他寡言但牢靠，也不惹事，光靠听看父亲做事就学会了做买卖，很快就能独自把家里省下的口粮拿到市集去卖，或是空手去，从东头买，到西头卖，每斤赚个五分钱，一两个月下来就能凑够一学期的五块钱学费。老二还跟百堂抱怨过一次，说大哥好赌，赢个一分两分的，就让他塞在帽檐里藏好，没几天就说钱少了，老二觉得太委屈。

老二总是和老三世祺扎堆，因为岁数够得上，一起上学下学。有一次，屯子里一家破孩子站在高墙里的土垛上朝他们扔土块，老二先是忍，叫老三也忍，忍了几天，哥儿俩都火了，决定用石头还击，一砸一个准，结果把一个孩子的人中砸破了，扯嗓号哭引来了家人，去乡里的医疗所缝了两针，吵着要老王家赔偿。那时是夏天，老二老三吓得一晚上没回家，躲在高粱地里，倒也不冷，只怕回家一顿暴打。百堂媳妇半夜三更在地里找，竟给找到了，嗔怪地说，快回家，爹等着。百堂自然是打点了那户人家，摆平了此事，但没有打骂老二老三，哥儿俩很纳闷，寻思了好多年。其实，百堂心里没纠结，儿子被人欺负，知道忍让，也知道还手，更知道犯了错要躲闪，这就够了。百堂打心眼里喜欢老二的明理、老三的跋扈。

老实说，这家人在屯子里挺霸道，没人敢欺负，因为哥儿几个人多，老三还特别横。有一回，闺女在后村被人打了一下，七个兄弟召集了半个屯子的人去干仗，把对方教训得服服帖帖。百堂觉得，这也挺好。

唯独老四世全让他担心，四岁半才开始说话，连老六都会咋呼了，他还在哼哼唧唧、连比带画。百堂想，要是个哑巴，就留他在家种地吧。想想又不甘心，问了问邻村的活神仙，说名字没取好，全，太满太好了，不如卑微些，改成泉。百堂回家宣布，老四改名了，但念起来一个音儿。就是因为一个音儿，没人惦记这事。

这孩子从小就内向，别人没事儿也不使唤他。老四读到小学两年级都没开窍，成绩很差，初中都没考上，复读了一年。这时候反倒有了点儿文质彬彬的样子，和兄弟们不一样。就说那年冬天的事儿吧：几个孩子在后屯子结了冰的池塘上溜冰，照例是别人家的兄弟和他们几个打打闹闹，这老四不知被谁推了一下，也可能是自己绊的，突然仰面跌倒在冰面上，一声不吭，不喊痛，四仰八叉躺在那儿，一动不动。别人家的孩子怕惹事，眨眼都溜了，剩下王家的老五老六围在老四身边，干瞅着，没主意。老五说老四眼睛睁着，但没有眨巴。老六说不是，老四死了一样闭着眼睛。等了一会儿，老五吓哭了，哭着哭着，老四却突然坐了起来，听到兄弟们问他怎么回事儿，只是摇摇头，说，没事儿。到头来也没人知道，他是摔了还是傻了。

就在老四世全复读的那年，三十九的百堂刚又得了个儿子，在家推碾子时却突然口吐鲜血，被确诊是开放性肺结核。为了治病，六个人抬担架走了四十里路去治病，卖掉了几十担粮食，来回几次，家里眼看着就吃紧了。

老二世魁读书很好，已经在黑山读中学了，没法天天回家，就在学校旁边和同学合租了房子，分摊住宿和伙食费。每隔几星期，百堂会赶马车给世魁送些补给去。那一年，他只得吩咐老三世祺去，马车上装了白菜、柴火、苞米，等等。那一次，世祺叫上了世全陪他去，路上也能解个闷，谁知送完东西赶回家时，马突然惊了，许是拖车的一个扣链崩断了，受惊的马狂奔起来，不到三里路，赶车的世祺就被颠下了车，小臂还让铁车轱辘轧了一下，车上只剩了世全，不知道怎么抓、怎么拽的才没被颠下车。半路遇到一个车把式，见势不好，挥了一鞭子，马才停下来。世祺好不容易赶上来，接着爬上去赶车，直奔县城，去饭店，找在那儿打工的姑爷，抬起黑黑红红一道血印的手，说给轧了。姑爷就带他去看郎中，摸了摸胳膊，确定筋骨没事。大家看世全不声不响，就都没问他好歹。回家后，百堂狠狠训斥了一通，心疼的是马，倒不是两个儿子。

那时候，百堂已经病得下不了地了，天天躺在西屋，听到孩子吵闹便心烦，每天每夜，他的炕头枕边都要搁一条马鞭，听到几个孩子回来便一甩手，抽一记门框，谁也不敢再吵闹，乖乖地躲远些，天黑再回家。

躺在炕上的百堂没闲着，把八个孩子一个一个想过来，想了七七四十九天，再把大儿子叫到床头，吩咐说，老四连初中都考不上，不如不念了，去县里学剃头，好歹有门手艺，还能早点儿帮着养家。世元这时还不到二十岁，听这话就哭了。百堂看大儿子哭起来还像娃娃，心一软，又哄他说，反正以后是你当家了，你要认为他还能读，那就读吧。

耗空了家财，病还是没能治好。百堂四十一岁就死了，没看到老四考上初中就开了窍，到初三，每次考试都是前三甲，所有人都开始相信，世全是老王家最能念书的孩子，但所有人也都忘了，百堂曾经把他的名字改成了世泉。

世全·2013

那是一座山，比村里的坟山高。陡坡特别犀利，在七岁沉默男孩的眼睛里像是用铁打的。阳光非常刺眼，仿佛五弟扔出的一把碎玻璃。绿色由远到近，陌生的绿，不太像是老家田里玉米叶的绿。世全突然想起自己是个色盲。

他，这个老人，佝偻着背，一个劲儿地往桥上的机动车道上骑，自行车的脚蹬被踩得咯噔咯噔响，但车流声嘈杂，没人听得出一辆车对一个陌生方向的抗议。这个老人身手矫健，如果不把衣兜里的身份证拿出来，没人相信他已经七十三岁了。他骑了一辈子自行车，超过一个甲子，几乎每天。这让他在车上信心满满，从不迟疑。

但此刻他迟疑了，就在骑到桥顶的时候，他或许发现了眼前的景致是陌生的。也或许没有。下行的路顺畅得令人心痒，秋风吹散了上坡时辛苦迸出的汗珠，他长叹一声，被惯性驯服了，被加速鼓舞了。他欣欣然地看着一辆辆车从身边驶过，有的车猛按了喇叭，有的车却放慢了速度。

在他眼里，看到的只是些疯马的影子。跑疯的马啊是多么可怕。三哥被颠了下去，只有自己在疯马带领的路上。七岁的沉默男孩紧紧攥着马车的靠栏，闭着眼睛，不想被迎面抽来的树枝打中，其实他还矮小，坐在车板上还没有马脖子高，对这种危险来说，他是安全的。他想起爹，爹的脸色很沉，老棉袄很重，脱下来盖到炕上时会震起一阵土灰，爹一定会责骂他们赶坏了马车，他可心疼这匹马了。了不起的爹，用一火车皮的牲口换来粮食，还有这匹黑马，然后，爹赶着黑马，拉着车，把粮食拉到市集去卖，三哥跟村里每个人都吹嘘过，满洲国的关卡难不住他爹，他爹甚至会说日本话。只要过了关卡，卖出粮食，一家十口都能吃饱。老王家的日子是可以很殷实的。够可以了。但爹心疼马，不心疼他。他在颠簸中闭着眼睛，幻想那张暴怒的脸，等到的却是死于肺结核的那张蜡黄苍白瘦如刀削的死人脸孔。爹去世时是多少岁来着？四十？四十二？

爹早死了。疯马还在跑，跑到红灯前还在跑。世全不觉得自己犯了错。绿灯还是红灯？看起来差不多。但渐渐地真累了，山太高，路太远，疯马不知道要去哪里。等到自行车的链子掉下来，他从车座上趔趄着撑下脚尖，恍然间，意识到自己迷路了。于是，他推着老车走到路边。天已经黑了。他用手掌转了转车轮，说，你去拉磨吧。他又看到了童年老家的那头驴。父亲死后，马卖了，地卖了，只剩了一头小驴。他陪着驴拉磨，磨苞米面，一家九口都等着吃。陪着他长大的那头驴在国共交战时被当兵的牵走了。村里人从来搞不清是哪一党的兵。

啊！好多兵！蓝蓝红红的在他眼里都是灰色。灰色的小兵来势凶猛，他举起手反抗，却发现手里只有一支巨大的毛笔，墨汁黏稠地滴下来，黑晕从他的衣襟蔓延开，晕染了衣袖，还有牵住他衣袖的女人的手……她在。

所以，这个老人孤独地站起来，忘了自行车，忘了塞在车篮里的外套，以及外套里的钱包和钥匙和证件。他既像是驴也像是兵，义无反顾地朝她走去……

梦到这里就醒了。子清在深夜醒来，心也跳得像疯马在跑。她相信这是父亲的生灵在给自己托梦，向她解释那两天里发生的事。那是父亲一生中最神秘的两天空白。没人知道他去了哪里，走的哪条路。当她接到警察的电话飞奔到几十公里之外的派出所时，父亲只是说自己爬了一座山。这样的梦，她做过很多，有时还希望这些梦能像连续剧一样播映，仿佛这就能弥补父亲的失忆。然而，这只能证明她对父亲后半生的无知。成年后，父亲只像是一种原则和概念性的存在。

昨晚翻译到三点半，梦做得太逼真，醒来很累，已过中午。但她决定还是去一趟遥远的城郊，看望父亲。每周总有那么一两天心神不宁，她分不清多少是因为担忧，多少是因为愧疚。匆忙地刷牙洗脸，换上黑色外套和牛仔裤，穿板鞋，喝下一罐咖啡，塞下一只红豆面包，把耳机戴好，再挑一本不太厚且无需太动脑的书，出门。

父亲的病，扩大了她的版图。十号线转乘三号线到终点站，最快也要一个半小时。只有两次，关鹏有空，开车送她去，但没有陪她上楼。关鹏用他的方式将版图又扩大了一点：从福利院出来，不直接上高架，而是左拐进入一条小路。子清这辈子都没有去过、甚至没有听说过那条路，事实上，她对这片区域的认知仅仅在于福利院本身、地铁站本身，以及两者之间的步行路线。要不是关鹏，子清永远不会知道，父亲所在的福利院和湿地公园那么近。公园内的花草虫鱼和潮汐对她来说也是全然陌生的。最陌生的感觉则来自于这种组合：看望父亲的短途旅行＋无忧无虑的公园观光。未知可以迅速变成已知，只需依靠注释完整的图文指示牌。木栈道两旁的妃柳渐渐合拢，河口的风景依稀可见，仿佛走在绿色岩洞里，走到尽头就见到水草莹莹的滩涂，枯黄的芦苇朝着一个方向拜倒，再远处有长船悠然驶过，吴淞港的高脚吊车耸立出坚硬线条——那是两个土生土长的上海人第一次看到的上海河口景色。

10：10 的潮位纪录：0.7 米。

14：15的潮位纪录：3.5米。

　　子清第一次想到：记录潮汐，也许是最适合自己的工作。和潮汐相比，地铁里的人潮虽然也有潮位规律，但太不具美感了。如果人不多，她会看书，地铁很能考验情节的抓地性。她会低眉顺眼在书页三十厘米的上方，但书页翻动的速度很可能是自欺欺人的表演。她会看到无数裤腿、鞋子和肉鼓鼓的手指，观察气味和指甲的状态，默默判定身边乘客的来处和归处，动用不必要的、过剩的警觉，不可避免地走神。有一次，她看到一个人在地铁里认真地研读乐谱，便在心里给他布置了艰苦的亭子间童年，辉煌的未来则设置在维也纳的歌剧院。还有好多次，车厢里的气味和嘈杂让她无法安心看书，便假想追看的美剧主人公在这节车厢里会怎样：福尔摩斯会一败涂地，戴克斯特·摩根无法替天行道并安然撤离，豪斯医生会死于脑力衰竭和讽刺过劳，尼基塔也会黯然失色，瞬间回到难民孤儿的初态……有时她会想到，父亲在上海生活了将近半个世纪，却从没有搭乘过这条地铁线。

　　如果人太多，没有座位，她只能站在人群里听音乐，调大音量。听了十多年的歌手们的声音才值得依赖，起承转合带领她正常呼吸。她的iPod里大都是老歌，Chara（佐藤美和）肆无忌惮的野猫般的唱腔，安室哲哉破产前的创作，椎名林檎撒野般的高音……每当随机播放到山羊皮的《一切都将流逝》，她都会在心里说，来了来了，这才是看望父亲之旅的主题曲。

今天的地铁里，她把书看到一百五十七页，凶手几乎要落网。走出地铁站的时候，她看了看手机上的时钟，刚好三点，距离福利院的晚餐时间还有一小时，她决定不打车，步行二十分钟，刚好过去陪父亲吃饭。

父亲最终住进这家福利院，是几个月前的事情。父亲和她都有点儿不适应。他也许有极其短暂的清醒时刻，也许会抓紧时间咒骂没良心的女儿和后妻，也许会害怕地发现自己被一群陌生的老头围绕，每一个都不像是正常人，而等短暂的清醒过去，他又和他们浑然一体。泥牛入海。而对子清来说，唯一不适应的就是负罪感，即便斜跨整个城市去看望父亲，实际上不过是消耗体能和时间，换来一点点心安理得的错觉，根本无法改变她对病情无可奈何的事实，却又处处提醒着她：她把他交出去了，再也没有努力陪他，没有照料他，而是彻头彻尾地放弃了。

走进福利院，在门口签了出入证，她便看到那些猫。大都是三花和黑猫，懒洋洋地徘徊在花园的草地上、树下，等待着晚餐时段会出现的剩饭剩菜。一个老人坐在轮椅上，和一只肥胖的花狸猫四目相视。另一个老太太抓着猫粮袋，不停地赶跑别的猫，又对一只怀孕的黑猫说，快点儿吃呀，多吃点儿，别让它们抢走了。他们都是老人公寓里的住客，生活可以自理，所以可以自由进出。走过两栋老人公寓,再走到小径的尽头,便是父亲所在的那栋楼,电子门锁意味着里面住着丧失自理能力的失智患者,他们不可以随意外出。

二楼三楼住着老太们,四楼住着老头们。电梯和居住区之间也隔着玻璃门,从内部出来时需用门卡开门,就连楼梯间通向外部的那道门也需要门卡。这些封闭策略都是针对失智者的,让他们几无可能独自走出去,从而杜绝走失和迷路的机会。有一次她不想麻烦护工来为她开门,以为走楼梯也能出去,却发现自己被困在楼梯间里,上下左右都是死路。

大多数时候,这座内装修规格达到三星宾馆的福利院里都很安静,公共活动区的一大半空间被一张大桌占据了,老人们大多围坐在桌边,什么也不做。只要有人弄脏了地板,保洁员就会在几分钟内收拾干净。每一条走廊都被拖洗得锃亮,反衬着某种肮脏的必然性。她还见过几次洗地机工作的场面,肥皂水和消毒水转出一圈圈的白色泡沫,像一幅缓缓铺张的抽象画,那是她在这个空间里见过最有生机的图案。

她常觉得这里的洁净维持得太好,让人放心,却也伪饰太平。都市养老机构里有宽敞好用的大洗浴室,走廊、窗边、床边和卫生间里都有扶手、瓷砖地、涂料墙、木制原色吊顶、吸顶灯、中央空调、统一的洁具……没有任何个性,也没有缺点。她在心里称之为:老年幼儿园、时空结界、生灵墓园……

今天，一出电梯，她就觉得四楼的气氛有点儿怪异。大厅里，人影寥寥无几，摆在电视机墙对面的蓝色沙发上竟也空无一人。通常，护工们会在这个钟点把老人们聚集起来，让他们各就各位，围坐大桌，准备开饭，她会在那一群老人的剪影中迅速找出父亲，因为他的座位几乎是固定的，整个白天，他都默默地坐在那里。今天桌边没有人。但她还是一眼就看到了他——

她看到，父亲双手抱着一台微波炉，绕着长方形的大桌走成背影，插头线在桌脚绊了一下，又被拖着走，不情不愿地跟在一双白生生的赤脚后头，随着蹒跚的脚步一顿一顿。肩胛骨仿佛要刺穿汗衫耸出来，和怀里沉重的分量艰难对峙着。现在，他又拐弯了，微波炉有一扇镜面门，摇晃在他身前，映现出一个年轻女子的身影，左右颠动中，反倒是她更像被招进魔镜的魂，而他是巫。她强忍着，把视线从过分清晰的镜面中的自身拉出来，去看他的脸，他凸起的膝盖，他几乎瘦到隐形的胯部，他裸露在外的颤抖的小腿和大腿，皮肉像裹尸布垂挂下来。他继续绕行，又走成了背影。她不知道他这样捧着一台微波炉绕着桌子走了多少圈。她想象不出一个耄耋老人有多大的气力能完成一件荒唐透顶的事。

"我们不敢去碰他。他刚刚踢走了小黄，还差点儿用微波炉来砸我。"穿着靛蓝色护工服的胖阿姨走到她身边，并没有压低嗓门。她是负责给老人清洗身体的女工，几乎每天给她父亲擦下身时都会被父亲扬手掴掌，甚至握紧拳头，砸向她的任何部位。

"他走累了应该就会自己停下来的。"胖阿姨的语气显示她并没有太大把握，"怕就怕微波炉掉下来砸到他自己。"

谁也没有动，空气里有一种紧迫的张力，但被更稠密的哀伤冻结住了。她突然害怕地想到，也许这些护工都在等待，微波炉像块巨石一样坠下来，都在默默倒数，数着她父亲病卧在床、因而乖乖听话的时刻。那将意味着每个人都获得解放。她想象着腿骨骨折、趾骨断裂，脆生生的骨茬刺穿疲软的肌肉，而父亲终于肯与肉体妥协，所有护工都将不会再被父亲踢打，她们或许会更疼爱他。这残忍的想象一闪而过，让她不寒而栗。

这是她第一次在福利院里看到父亲衣冠不整，虽然听说过几次——他总是拒绝穿衣，或是拒绝脱衣——但从此往后，这样的场景只怕会越来越多。

第一个月里，护工给她打电话。"你爸爸是不是以前常常打人？他把好几个护工都打了，因为护工要帮他穿衣或是洗澡……他拳头好重呀！"

子清紧握手机回答："他从不打人的！肯定是因为他不习惯（习惯真的是好事吗？）……他大概还有意识，觉得脱衣服是自己的事。以前，我不会硬脱他的衣服，我会哄他自己脱自己穿。"

"我们每个护工都要照顾七八个病人，没有时间哄的……"

子清不知道该说什么，只是很担心父亲会被最后一家可以收容他的机构拒绝。

老男人拖沓的步伐近乎匀速，有种催眠的格调。她鼓起勇气，向前走了两步，但还没等她张口，胖阿姨就扯开嗓门叫起来："老王！你看看谁来了！老王！老王！"

每一次，她都恨透了护工们的大嗓门、反复地问，"她是谁？你知道她是谁吗？"

王世全不知道自己是王世全。不知道自己有两个女儿。不知道这是哪里。不知道一切。否则他不会住在这里，二十四小时受到照料和监控。但也有可能，王世全什么都知道，却被言语抛弃了，因而被一切伦常、逻辑、情感的表达抛弃了，因而酝酿了更充沛的恨，因而有使不完的力气，像个武疯子，在一群失去行动和思维能力的老朽病人中孑然独立，为所欲为。

她恨那种低级的测试。如果病人能说出家里有几口人，微波炉该放在哪里，十减八等于几，那又何苦来这里？她恨他们每次心情好就要执行这番对答，乐此不疲，仿佛只为了向她一个人强调：她是他的女儿。

她也恨那种大嗓门，刻意地，对着理论上应该耳背、应已退智的老人们。她总觉得，既然言语已对这些人无用，那就该换成轻柔的语调、轻柔的抚触。但没有人赞同她。他们说，你必须大声点儿，引起他们的注意。她已不再申辩或反驳：那是不是也会引起他们的惊慌和恐惧？

父亲不理睬任何人。微波炉仿佛就该是他的一部分,现在,冰冷的金属应该已分享了他的体温,依附在金属箱子上的四肢用恒定频率制造了机械化的心跳。当他又一次在桌角拐弯,迎面向她走来时,她突然惊出一身冷汗,仿佛看到一个机器人捧着自己的遗像向自己走来。

她慢慢迎上前,距离拉近,脸孔被推出镜面,很快变成胸腹、腿脚,在她伸手抱住微波炉的时候,清晰地意识到,她用肚子挡住了画面,黑场,谢幕,再会。她让自己倒着走,好像隔着金属箱子成为父亲的镜像,她希望不要吓到、打断他。她轻轻地说,爸爸,我来了,爸爸。就这样,她轻轻唤着,仿佛念咒,倒退着走完了半圈,父亲终于抬了抬眼帘。之前,他一直沉沉地低头看着地面。

微波炉那么沉。真的,她感到父亲慢慢地把手里的力量转移给她,而那简直是她捧不动的沉重。

奥托·2008

　　福利院和地铁的气味叠加在身上,一回到家,她就迫不及待地洗手、洗澡,每次都这样。

　　头发还没干透,她就打开电脑,点击Skpye(网络电话),向子莱描述父亲今天的状况。

　　"国内的福利院能这样,算是不错了。"子莱的口气淡淡的,她家的电脑在书房里,她的背景永远是挂在墙上的水墨奔马图,她似乎又染了头发,但这次的黑色太重了,不太自然。"刚才我还琢磨着要不要call(电话)你呢——生日怎么过的?"

　　"去看爸啊,一来一去四五个钟头,等会儿下碗面喽。"

　　"你也三十六啦,"两个人都沉默了几秒钟,子莱只好自顾自地说下去,"你知道吗,奥托回来了,带了个法国女朋友,前两天在隔壁办了个派对,好多人都喝疯了,音乐开得震天响。斜对面的珊卓神经衰弱,跑去敲门说要报警,结果被那群人揽到后院,让她一起放焰火,珊卓一开始不肯,后来,看看烟花也就笑了。奥托是去唐人街买的焰火,大概还是你们那年春节时去过的那家店。"

"他就知道玩,一个片子做了六七年都没做完。"

奥托一直在做一个编外项目,要在世界一百个著名处所独自演出《等待戈多》,他负责表演等待。根据二〇〇三年的约定,子清负责脚本,账目,摄影,录音,翻译以及各种打杂。那时,奥托申请到蒙特利尔一家艺术基金会的一次性资助,刚刚成立了独立影像工作室,编内项目包括给电视台、制作公司和私人客户录制节目,挣来的钱就拿来拍编外艺术项目。子清曾以奥托助手的身份往返于上海和加拿大。子清的英语比日语好,奥托的英语比法语好,还想在未来三四年里攻克西班牙语和德语。就目前来看,语言能力的追加失败未必是因为年轻人的好高骛远,更可能是中年人的力所不逮。

他要在泰姬陵前说:"世界上的眼泪自有其固定的量,某个地方有人哭起来,另一个地方就必然有人停住了哭。"

在庞贝说:"我们就不要去说我们时代的坏话了,它并不比以往的时代更糟糕。我们也不要去说我们时代的好话了。让我们别说了。"

在柬埔寨金边的大屠杀纪念馆说："至于什么才是至高无上的美，至高无上的善，至高无上的真，我真是无法企及，我也知道自己根本不配。于是，我举起了一根鞭子。"

在达豪集中营说："那是因为我的记忆出了一点儿小故障。在等待的时候，什么都没有发生。"

在长城说："我们不是孤孤单单的，等待着黑夜，等待着戈多，等待着——等待。"

在维多利亚港说："我们等待，我们厌烦。"

——以上是已经完成的部分。按照计划，他们还要继续。

"我没问他这个事情。你们的事情我都弄不太懂。不过，你今年应该有时间过来了吧？"

"现在我是走得开的，他在里面有人照顾，但去年攒下的书稿还没翻译完，没心思走。"

"那就太可惜了，"子莱看起来很疲惫，呆了半分钟才继续说话，"本来还等你过来呢，就住隔壁，多好。奥托也是我从小看到大的，大家可以有个照应。"

"好吧，等下我和奥托也联络一下，问问他和新女朋友爽不爽，法国女孩子很风骚的。"

"你就不能正经一点儿吗？"子莱露出厌恶的表情，抢先断了线。

奥托厌恶运动，但可以长途跋涉，混杂了马来人和雅利安人的血统。第一次见面时，她二十六岁，他二十三岁，在子莱家的生日派对上，种着苹果树的小院子里，他们谈的是翁达杰、科恩和中加两国的大学教育制度——当然是各骂各的。隔了十一天，他从自家出来，向右走了一百米，敲响子莱家的门，然后带她去爵士音乐节，在挤挤挨挨的欢乐人群里他们接吻拥抱，像所有及时行乐的年轻人那样。

子清默默地算了一下，有点儿吃惊地发现自己和奥托相识竟然已有十年了。彼此说"我爱你"已有十年了。

父亲第一次走失的那天，她和奥托在庞贝的古剧场。

截至那一天，她已搜集了十九个国家的沙土。他们在日本的朋友认识一位做沙漏的老技师，可以吹制出上下只能通过几粒沙的玻璃盅，调整所需的时间——比如你抽一根烟的时间，手冲一杯咖啡的时间——做成独一无二的沙漏。子清把那些土装在密封玻璃罐里，全都排在上海的公寓的书架上，大约有三四十个罐，有些国家她会搜集不同地区的，比如泰国，南部海边和北部山林里的泥土截然不同。

电话铃响起时，她站在竞技场的纵轴线的中心点，夕阳猛烈，把她的影子扯到一百米长，她在对奥托说："我想抓一把影子那头的地上的土，可问题是，我怎么可能人在原地，监视自己走到自己影子的另一头？"

奥托去爬阶梯了，他要爬到最高一层。只有下半部的少量石阶座位还幸存，大部分都沦为青草覆盖的泥土。

他们要做一个听力测试,这是奥托的编内拍摄任务之一。她刚刚把他的摄像机定好在三脚架上,画面框定他在整个观众席间攀走时的全景。电话响起时,奥托很兴奋。"哇哦!"他扭头冲下面喊,"真清楚!简直像在我枕头边上响!"她笑了一声,因为他和她几乎都听不到枕边的手机闹铃。为了不错过火车或飞机,他们必须设定五六个闹钟。

按照计划,她要在摄像机旁边唱三句歌词,音量越来越小,看他在最高处能否辨认。选中的第一首歌是《丹尼少年》(Danny Boy)。第二首是《奇异恩典》(Amazing Grace)。第三首是《南来风》(The South Wind)。三首爱尔兰名曲,只因这个旅行节目是给爱尔兰一家电视台的青少年节目做的。每到一个地方,他们花很少的时间完成这类工作,再用很多时间琢磨奥托自己的项目,至少可以有人分担差旅费用,假公济私,但也少不了省吃俭用,甚至到处蹭吃蹭喝。

号码显示是"洪老师家"。洪老师是父亲的第二任妻子,退休的小学数学老师,重度糖尿病患者。这个不喜欢她的老妇人哀哀切切地问道:"子清!你什么时候回来?可不可以马上回来?我吓死了,你爸爸寻不着了,我报警了……"说到这里,洪老师意识到接电话的人没有出声,就提高嗓门喂喂喂。子清这才憋出一声:"在,我在听。"

"你爸爸陪我去老年活动室唱沪剧(我爸从来不唱戏

的），我们拿好自行车要回家（我爸装好心脏起搏器后不是说了不要骑车了吗?），四十一号楼的范伯伯（又是那个范伯伯?）有事体问我，我就讲了几句闲话，你爸爸就不见了，脚踏车蹬了就跑。我到家也没有看到他，又跑出去寻。寻不到！我要急死了啊！"

她冷静地想，庞贝的傍晚是上海的清晨，心里一紧，洪老师又说道："已经整整一夜天了，芳芳和小丁（她的女儿和女婿）在外面寻到三点钟，实在吃不消才回来的。我也是一夜没睡！到底该哪能办呢！"

澄清了自己的束手无策，老太太哭了起来。她仰头瞥了一眼，怀疑这哭声是否透过手机听筒，扩散到古剧院的每一个角落，让无形的观众们屏息凝神听着相隔千年万里的饮泣。奥托早就爬到了顶，他耸了耸肩，地上的影子怪异地抽搐了一下。她没有想到把摄像机暂停。

她甚至有一瞬间走神了。其实奥托是对的，应该在庞贝古城的中等剧院里拍摄，那个剧院依着半山坡度而建，虽然只能容纳五千人，但生来就是给诗歌和悲剧的，半圆形的二十层观众席围拢长方形舞台，前排贵宾席是白色大理石铺成的。但她执意要到平克·弗洛伊德（Pink Floyd）一九七三年演出过的圆形竞技场，这地方能容纳两万人，也就是说，当角斗士在此格斗时，庞贝城所有的居民很可能倾巢而出，来欣赏这片椭圆形战场上的杀戮，一方非伤即亡才能宣告比赛结束。

后来，奥托说，这可以用在他们的电影里。"你拿着电话,说着我听不懂的语言,眼光突然变得呆滞,然后挂了电话,背对阳光,看着自己的影子,说,你可不可以走到那边,帮我抓一把土?我说,啊哈,又要准备撒向棺材的五色土了。你从没跟我提过你家里人,那时才第一次告诉我,你父亲病了。"

他们是从纵轴上的入口进来的,还要从纵轴上的出口出去。那是两千多年前败者的路线,如果不是死者的话。

奥托陪她走到庞贝的小破车站,晚餐后出来散步的小镇姑娘在座椅上嬉闹,他们到了最后一分钟都不知道该去哪个月台,司机还把他们从车厢里赶出去,做了一个砍断的手势,好半天,他们才弄明白,后半截列车不跟着车头回那不勒斯,所以,要回那不勒斯的十一个外国游客都要坐进第一节车厢,每个人都在用各自的语言抱怨意大利人的烂管理,只有他们两个沉默不语。窗子关不上,虽是六月,夜色完全降临后,灌进来的风却让人浑身发抖。

奥托陪她回到那不勒斯的青年旅社,看着她收拾行李。出租车快开到机场的时候,电话又响了,洪老师说:"你爸爸回来了!问他去了哪里,他都说没有,没有哪里。从现在开始我不能让他出门了。"明明是喜事,老妇人的声音里却充满愤懑,这用不了两秒钟就打消了她赶回家的念头。那是她一贯擅长的躲避法,她总能给自己远离家人找出一个理由。

于是，奥托又陪她从机场回到了青年旅社，这次坐的是大巴。当晚没有多余的床位了，她只能和他挤在一张床上，不停地问："他会不会只是想离家出走呢？哪怕出走一天也好？他会不会有一个秘密的落脚点，这么多年我们都不知道？而且，参与到失踪事件中的这些人——这些寻找我父亲的人，我是否必须承认他们家人的身份？又是为什么，我从来不肯承认我是个有家的人呢？"奥托没法回答任何问题，只是用手掌上下抚摸她的背。

第二天，他们坐火车去威尼斯，火车开进泻湖上的轨道时，她是真的很喜欢，他却认定她是假装的。他变得小心翼翼，在圣马可广场用摄像机跟在她后头偷拍，她觉得很可笑。"我不会因为父亲走失了一夜就突然头上长角了！"

第四天，他们坐船去布拉诺岛。一对挂着拐杖的老夫妻走过艳粉色和亮蓝色外墙的小楼时，他终于忍不住来问她。"你为什么不回去？我一个人可以继续拍，说实话，这些事情并不重要。"每当他问一些严肃的问题时，睫毛就会压下来，故意眯起眼。

"我回去又有什么意义呢？"她端起相机拍下老夫妻，他们的脚步慢到令人揪心，斜塔从他们背后的彩色房子的夹缝里露出来了。"你看那座教堂，倾斜得这么厉害，随时都会倒下来。这些老夫妻年轻时，应该就是在那里做弥撒、办婚礼的吧。现在他们去哪里办葬礼呢？"

"他多大年纪了？"

"七十多了。"

"他应该经历了最了不起的中国历史。"

"他是最普通的老百姓。Nobody（无名小卒）。和我们一样，做了很多事，但不一定很重要。"她开始往前走，步子迈得很大。

"没有百姓可以超脱政治。"

"拜托，不要像那些讨厌的西方人那样，动不动就谈论中国政治，质问民主进程。我会烦你的。而且，我又不是因为你才不回去的。"

奥托琢磨了一下，似乎觉得问题比他想象得更复杂。"那跟我说说，他住在怎样的房子里？吃什么？穿什么？"

她便开始说。说得很仓促，像被人当街拦截再拷问。她说得很简单，像在描述一段段剔除血肉的骨架。好像他举着一张简历表，让她用语言往里面填：我有一个安分的童年，姐姐远嫁加拿大，大学时母亲亡故，两年后父亲再娶，毕业后我独自生活，没有固定单位。父亲和母亲大学毕业后分配到上海，再也没有离开，在同一个单位工作到退休，无波无澜。续弦后他和女方一家住在一起，每年我大概会过去看几次。父亲三年前中风跌倒，同时被宣判得了阿尔茨海默症。大约一年前就叫不出我的名字了。就这样。

之后的三天里，奥托用导演的执着强迫她描述各种细节——因为他发现这种提问并不会让她生气——他举着的那张简历好像变得无边无际，每一个空格都有无穷的纵深。这种问答只可能有一种结束的方式，所以，他们决定在威尼斯分手，他可以去法国见见朋友，说不定还能找到新的工作，魁北克法语多少还是管用的。她回上海。谁也没提何时再碰头。

　　她始终没有坦白地告诉他，那时候他的一系列追问让她无地自容，再多的形而上的空谈都没办法遮掩一个事实：她对父亲的后半生几乎一无所知，对共处的二十年生活也只有任性而主观的记忆。

寡妇・1962

　　寡妇带了八个娃。最大的刚过二十岁,最小的刚会走路。

　　当家的死了,天就塌了。孩子们的姑奶奶住在后村,担心这家人过不下去,过年前来看望,发现他们冬天都没被子盖,几个孩子挤在炕上,姑奶奶抹着眼泪,把自个儿的大衣给孩子们盖上,悄悄地走了。

　　大儿子世元放弃了学业,去当教书先生。寡妇知道他心里有怨气,毕竟,也曾是一块读书的好料儿。世元挺争气,教书才两年,就能上全县公开课,第三年就当上了教导主任,娶了媳妇。一家十口,全靠世元五十三块钱的工资、种地挣的工分来兑换粮油。后来,姑奶奶想给寡妇说一门亲,也没什么人选,别的男人听说寡妇带了七个还没成年的孩子，都犯怵，现成的只有一个鳏夫老头，比寡妇大二十来岁。寡妇要强，自己忍住不哭，却见世元哭起来，他说，娘要带着几个小的去到别人家，肯定不会有好结果。嫁过百堂的寡妇，和百堂一样傲气，数落大儿子哭哭啼啼不成体统，当场撂下狠话来：拼着命也要靠自己养活这些娃。

寡妇只认老一套做派，叼着袋烟，每天早上，大媳妇要给她上完烟才能去干活。寡妇最疼的是闺女和老小子，别的娃都当是外人，打是打不了，只凭一张嘴，往恶里骂，往死里咒，也不怕会克到自己。老幺才七八岁，每天早早去捡牛粪，还要给大哥送饭盒，世元挑剔，天天要有鸡蛋酱，否则就犯困，日头底下也睁不开眼睛。老幺十岁头上就和姐姐去挑水，十口人每天都要一大缸水，闺女没啥力气，到后来都是他自己一程一程地挑回来。

虽说有四十亩田，但工分不好挣。高粱一斤才卖五分一厘四，卖不出几个孩子的学费。地，主要由老二、老三来种，老四下学也得种。犁地，播种，再用滚筒子压实土壤——这个活儿，哪个孩子也推不动，老三老四就用扁担架着，三个人一起推。

粮食卖不出价钱，还有几匹马可以变卖。马变成驴，驴变成骡。寡妇想起当年百堂牵着马队去做买卖的光景，想哭，咧开嘴却是骂。

寡妇能骂也能干。她的女红手艺是屯子里最好、最利落的，编个宽花裤带只消大半晌，做鞋织布裁衣缝制样样娴熟。好，自然是说针脚细洁，简朴但漂亮。利落，却是用辛苦换来的，每天从早到晚蹲坐在小织布机前，夏天汗流浃背，索性脱光了上身，让唯一的闺女跪在身后，拿一块毛巾擦汗，看汗珠子沁出来，汇成一股股小细流，有的扭扭捏捏仿佛在探索寡妇的背脊，有的酣畅无忧笔直下落。闺女有时看得入神，困惶惶的，停了手里的汗巾子，寡妇就腾出一只手往后撩一下，不快点儿擦，汗会流得人痒痒的，快点儿擦，汗走了，就能带出点儿清凉。冬天的夜里只能自己熬，娃儿们挤在炕上，寡妇靠在灶头边，假装灶头里还有些余温，梭子飞来飞去，老木没有光泽，什么也不去想，一块花布出来，一个晚上也就没了。寡妇织一块土布能卖两块钱，一年能挣来三百块，不比世元挣得少。但家里的孩子反而没有新衣裳，全是男孩装，一个接一个穿下去，补丁越打越多，布头越来越稀松。衣服还好办，鞋子难，一年四季都要打鞋底，打不完的打。寡妇想，这些年，觉越睡越少，人越苦越像成仙了。

更何况，世元也有孩子了，一个接一个的，眼看着就快十三口人了，他只给自己的小家留三块钱，余下的都给大家用。即便如此也不够用，每天口粮就不少，周末都要磨苞米面，老大老二都去申请困难补助，后来争取到了长期补助。

自然灾害那几年，只有老四在学校读书，没怎么吃苦，但留在老家的孩子就得挖野菜，苞米棒子磨成的粉掺上糠，可以烙小饼，还有高粱乌米；再不济还能吃榆树皮，喂了人还要喂猪。虽然全国饿死不少人，但东北还行，毕竟人少地多，无论如何还有野菜、榆树皮、苞米棒子。尤其是榆树，浑身都是宝，都能吃。

世元在学校里也混出些人脉来，托人让媳妇去公社食堂做饭。开头那一阵子不被待见，世元媳妇是富家女出身，好几次想甩手不干，都被世元劝服下来。慢慢熟悉环境，世元媳妇才发现，食堂伙夫都是一大早把自己喂饱，再做大锅饭，难怪要齐心排挤刚来的帮手。世元媳妇一旦明白了个中道理，便能使出百般交好手腕，很快就能往家捎带公粮了。

世元去县城教书以后，世魁也在黑山找到了工作，家事就落在了世祺身上，就算老四老五老六放假回家也帮不上什么忙。世祺有三寸不烂之舌，还有一对铁拳头，相比之下，世全不仅文弱，而且口拙，不擅与人交往，农活也干不好，闷声不响，没人知道他在想什么。靠着全家人的支持，世全眼看着就要念完高中了，老五老六也把初中念完了。

世祺在老家种了三年地，十九岁一过就决定去兵团，二十岁就随军去了大庆，刚好是铁人王进喜得到表彰的那时候。

老五老六决定不再念书，分头在锦州和营口找到了生计。

世元就在这时候提出分家，寡妇一想，世元媳妇已经生了五个孩子了，住在一起也是不方便，便应允他在前院搭起自己的小屋。寡妇没承想，这一分，虽然只隔百米远，却是彻底的分。世元不再给家里钱了，说是老二老三老五老六都能自立了，村里的补助、田里的收入供养老娘和老七老八的生活就该够了。寡妇生气，等世元的房子盖好了，就在夜里拍他们的玻璃窗，拍到里面的夫妻压不住火了，媳妇就骂骂咧咧的，看不出什么大家闺秀的模样。

又有一日，世元媳妇的姐妹大驾前来，世元家每月都有粮油米面款待娘家人。寡妇背着双手走出南门，看到大媳妇骑着自行车回家来，破天荒地打了个招呼，大媳妇愣住了，寡妇得意洋洋地说，我就是看看你是瞎了还是聋了？院里头，大媳妇的二姐不阴不阳地跟了一句什么，寡妇当下闯进正在预备家宴的世元家，把灶台上的吃食一样样看过来，然后一言不发，扭头就走，过自家门而不入，直接去了公社，要告儿子。公社不应允，寡妇又去了乡政府。乡政府说，这属于地区管辖范围，寡妇又回来，去了后屯子的支部。那支部书记是百堂家的老相识，不想蹚这摊浑水，再三相劝。从那天开始，寡妇隔三岔五就往后屯子跑，只为了求张正式的诉状。磨了几个月，没有下文。

世元不知道在什么时候、为了什么事情和文教处的张主管结下了梁子，也许是因为两人曾争过校长之职。

刚巧，寡妇有天去支部，张主管也在。支书言之凿凿地对寡妇说，这等家事，他办不了。张主管一打听，明白这正是好时机，当下向老太太保证，写诉状这件事他可以代劳。不出三日，诉状写成，送到寡妇手里。寡妇一不做二不休，去了法院，把大儿子告了，告他不忠不孝无情无义，并索取多年来每个月二十块钱的赡养费。法院当然判了，问世元是自愿交？还是通过法庭交？世元当庭说自愿交，但终究也是没交钱。只是风声传出去，几个村的人都看了笑话，路遇百堂寡妇都要问一句，儿子的钱交了没？

天塌下来的时候，寡妇都不曾害怕。现在儿子各立门户，寡妇反而怕起来。怕这个家说散就散，怕到头来只落得她孤家寡人。寡妇开始讨厌读书人，开始忘记百堂曾经叮咛的：让每个孩子都读完书。寡妇没有让老七老八好好读书，小学在村里，好办，不去上课都没人管；初中要到县城去，那就不要去了。

寡妇对天下事没有兴趣，也没工夫去琢磨。不管什么大运动，寡妇家都挺安稳的。她只惦记那几个离开屯子的孩子，老二成家了，她嫌媳妇太妖冶。老三也成家了，挑的媳妇是沈阳陶瓷厂的女工，穿着花裙子就去大庆油田结婚了，她嫌这个媳妇缺根筋，吃不了苦。老四去哈尔滨读大学，她生怕他再挑一个没用的读书人，便去找了亲朋好友，想帮他说一门亲事，早早安定下来，千挑万选，寡妇看中了一家姑娘，不但人好看，人家还愿意供养老四读完大学，这比什么都强。

　　寡妇想，老四的命真是比谁的都好，天塌下来也有人帮他顶。学业的事且不说，光是那张国字脸越长越英俊，竟成了八个孩子中最像百堂的那一个。

子清·2009

　　开始照顾父亲之后，子清整个人变得神经兮兮。先前潜伏在体内三十多年的神经官能症仿佛一夜爆发。每隔五分钟她都会去瞄他，有时透过镜子的反射，有时透过厕所的门缝，有时仅仅是在意念中扫描他卧室里的风吹草动。每隔几十分钟就要检查一遍各种危险物件是否还在原位：房门是否被强力扭开？马桶是否无故堵塞？书本杂志有没有搁在煤气灶上？最关键的是，煤气是不是悄悄开启？——据说一氧化碳中毒是一种慢性无痛的死法，必须警惕。每隔一夜她都如梦方醒，原来老人家起得这么早，原来之前的自己从没有正常地生活过。每隔一周她就多一点儿绝望，原来这病如此顽固，逆行在单行道上。她在给奥托的电邮里写：原来我真的是他女儿，和他的病一样不依不饶。

有生第一次，子清开始真正一把米、一把菜地操持生活，被迫追随平凡的节奏，七点早餐，十一点午餐，三点半散步买菜，四点半做饭，六点晚餐，七点洗澡，八点关灯，九点工作，十一点查房，十二点强迫自己睡觉，如此一来，现实感反而消失了。

她对奥托说，我不再是我。

她开始每日三餐固定饮食，因为她必须是他的楷模，同时也是他的玩伴。为了他，她要准备热腾腾的牛奶或豆浆，把前一天买好的早餐蒸好。至于午餐和晚餐，她也需要提高警惕，如果菜式多样（番茄炒蛋+红烧鲫鱼+咖喱牛肉+蒜蓉西兰花），他会义无反顾地多吃肉，留下一堆红红绿绿的蔬菜；如果菜式简单（大排+青菜），他会毫不犹豫地多要一碗饭，甚至三碗饭。不出两个月，他的裤子就扣不上了，子清这才恍然大悟，并不是自己的厨艺有多么高超，（天可怜见刚刚已罗列了所有她会做的菜），而是他根本不知道自己吃了多少。暴饮暴食的老病人，经常会在女儿洗碗的时候迈进厨房，大声地吩咐："快做饭！早点儿吃！"假如她说"我们刚刚吃完啊"，他要么悲愤地一扭头走了，要么悲惨地眼泪汪汪地看着她："吃过了？"

需要澄清一点：在此之前的十多年里，子清没有连续三天在家烧饭甚至吃过饭。她是个喜欢下馆子的败家子，前提是兜里还有钱；没钱的话，方圆十公里内有熟人可以蹭饭也行。母亲去世之前,没来得及把好手艺传授给小女儿,刚把刁钻的口味塑造定型,举起筷子等着下顿,她老人家就走了,过后两年,父亲就到洪老师家过日子去了。子清单过了十多年,每年都有几个月在国外混日子,她能有多规律?如果你问子清,这些年里最规律的饮食是怎样的?她可能会说是在马来西亚转机的那两天,她独自在那个冷气冻得死人的机场里等待一场台风过去,每次困得不行了就去吃东西,她至今都记得,那个大众餐厅里有小鸟飞来飞去(它们在寒带一定可以存活)。不转机、不混日子的时候也是有的,她在上海前前后后租过七八个公寓,每个楼附近能送外卖的店都被她叫过,规律也是有的:日复一日轮转几个店后,她就再没有胃口了,一个接一个,它们被打入冷宫,等她缓过劲来、鼓起勇气再拨打它们的电话时,十有八九已经换了老板,甚至换成了宠物店。

照顾父亲的第一个月里,她清楚地闻到自己头发上、衣服上的油烟味,洋葱,蒜头,鱼腥,肉腥,不管洗多少遍手,那些味道都缠绕在手指缝里。她甚至怀疑,命运要她把前十年欠下的烟火债一次性还清。她手忙脚乱,像个不合格的女佣,唯一的幸运是有个老糊涂雇主。

他不是一个精细生活的男人。或者,更确切地说,他希望生活精细,但一辈子都仰仗别人的照料。他有这样的好命。子清读小学的那六年里,每天都要回家吃午饭,父亲和母亲轮流骑车回家做午饭。母亲很会翻花样,但他不会，无论什么蔬菜鱼肉都用红烧。除了红烧，父亲最常做的是胡萝卜炒鸡蛋，也是子清小时候最爱吃的，黄澄澄的菜油泛出胡萝卜丝的橘红色，金灿灿的蛋块浸了胡萝卜油汁。虽然每家每户都有特别的菜式，但父亲的菜决不超过三道工序，子清也从未觉得不好吃。好的结果是她不挑食，坏的结果是她长大后烧菜会被人笑话。

一开始，晚餐过后的时光是子清能够独占的，这委实让她高兴。有时天高气爽、花好月圆，她也忍不住掰出个把小时分给他，带他出去散个步。她挽着他，像一个嫉妒心极强的小老婆，决不允许他离开自己半步，决不信赖外面的花花世界。她挽着他，也像一个耐心的早教老师循循善诱，那是月亮哦，你知道吗，闻到了吗，桂花好香啊，你知不知道回家怎么走，你是谁啊？如果散步没有尽头，那就真的完美了。但散步的尽头是电梯，时常会出现意外，邻居三姑六婆或是带着孙儿、或是抱着小狗，总要挤进她和他进的电梯，然后免不了拉拉家常。她和他，就像突然遭受测验的小学生那样，偶尔想作弊，偶尔想交白卷，但世俗的老师们从来对标准答案有强迫症般的执着。比如说，三楼的居委会小组长前一天问他，这是你女儿吗？他笑呵呵地说，不是的。后一天她再问他，这是你家阿姨吗？他笑呵呵地说，是的是的。那么，子清该如何解释自己的身份呢？她从不申辩，从不打岔，总是耐心地听他们在短暂的几秒钟里完成各种无谓的问答。因为她觉得那挺好玩的。也因为她说不出口，无法当着他的面对陌生人说，他老年痴呆了。仿佛这是一种太明显的亵渎，一种百分百的否定。

那阵子，他还可以说出这样那样的言语，尽管词不达意，莫名其妙。心情好的时候（很少），子清就以此取乐，描述或拍摄一些长镜头给网络那头的奥托看。不需要解释剧情，也不用翻译。心情不好的时候，子清就退出所有社交程序，头也不抬地敲击键盘，恶狠狠地翻译五千字再说。那一年，在夜里给奥托写电邮是子清生活里唯一的乐趣。

"如果这是场扮家家游戏，我是可以演好的。

有时他对着镜子说话，半小时，一小时，两小时。我便去看新闻刷微博。一想到世界如此动荡，大水，大火，车祸，兵变，谋杀，食人，每时每刻都有无数人死去活来，我便觉得在这间屋里安静得近乎失去人性。

不和镜中人唠嗑的时候，他和门较劲。他凑近门边，左手摁下门把手，使劲，再反向往上扳。使出的劲道很大，锁头在锁洞的局限中咔嗒咔嗒锐响。长年累月，或许会在某一天破壳而出，锁就无法再承担锁的使命。他是那么小心的做这个动作，简直是偷偷的，他大概以为轻手轻脚就能让别人听不到，就能神不知鬼不觉的出门去。

作为一个前世的工程师，他不再理解简单的锁的命题。他只是不停地用手和脚去抵触那道屏障。他把眼睛凑近防盗门上的小窗，那不是一个鱼眼镜，而是一扇可以拉开匣门的小玻璃窗。他轻声说，没办法，这不行……之后的言语细弱又坚定，内疚使得这次告白变得温柔。在牢狱般的隔阂里，他必须鬼鬼祟祟。而谁在那一边等待他的靠近、甚至救赎？谁在陪伴他，像无期徒刑的狱友又一次确证越狱的不可能。

这窃窃私语颇有压缩空气密度的奇效，在家里抻出一道道易于扯断的神经。突然，私语变成了怒吼！你不是能干吗？那就好好干！摇身一变，他开始教训门外汉，挑唆无形人解除自己的困境。

我和他的安静近乎鬼祟。他和镜中人窃窃私语，没有一句一词完整，包括声调，仿佛他知道这是徒劳，这是病态，所以不敢声张。没有一句真话。而我的安静，类似被禁言，无人可集结，因为我太清楚，镜中再没有别人，他退化到了不知道镜中人就是自己的地步，连花喜鹊都不如了。

虽然我善于表演，那时正投入地扮演劝架的好人，但也真的费解，无法全身心地信仰这一个角色，忙不迭地、徒劳地试图为他的谵言妄语编造逻辑，在回忆、痛苦、科学、迷信、虚构纠缠覆盖之中，为自己建一条双向来往的路径，以便进入他的失智时空，并能安全抽身而出。我就是没办法简单地一笑置之，说一句，脑子坏了。

但我可以演好的。吃饭、睡觉的时候，演出总要到高潮。大概，十多年居无定所的生活让我学会了撒谎不打草稿，所以我总能配合他的剧情。镜中人是同事时，我演出下班前的忙碌，假装顺口说，人家回去了。镜中人是家人时，我演出乐呵呵的应酬，假装顺口说，人家去做饭了，我们回家吃。镜中人是孩子时，我演出闹腾腾的儿童乐园，假装顺口说，人家去玩旋转马车啦，你过来，我给你玩激流勇进。镜中人是陌生人时，我必须警惕，因为他们会吵架，甚至动拳头，我就是虚拟世界中的维稳特警。"

晓静·2010

子清拜托老同学关鹏找一位有照料老年人经验的阿姨，关鹏建议她去找晓静，她以前在房产界的朋友会有一些家政公司的门路。晓静很快给了她三个选择，子清当天就买了折叠床和屏风，把厅里隔出一个供阿姨睡觉的空间。首选是浙江的鲁阿姨，有经验，但过来试了三天就请辞，说老先生脾气很犟，不像她以前照料的全瘫老人那么"好弄"。第二位来试工的是河南的张阿姨，在医院做过护工，可惜她在每日三餐方面技术欠佳，而老先生也不需要每天打针吊水清理褥疮，更何况她开价很高，子清便婉言谢绝了。第三位是来自安徽的叶阿姨，风风火火，很热烈的农妇，以前只有照料婴孩的经验，买菜烧饭打扫都很利落。

叶阿姨喜欢聊天，田里捕地鼠的大老鹰，来上海郊区打工的儿子，做装修常年在外的老公，身体健朗的公婆，全都是她的谈资，乐呵呵地侃，骄傲又满足，侃着侃着就会改变这套私宅里的沉闷，连同子清陪聊的笑声也会渐渐变得真心起来。她给叶阿姨买菜谱，甚至把母亲生前的一件呢子短大衣送给她。叶阿姨就穿着这件大衣去买菜，身后跟着步履矫健的父亲，子清会固执地假想，只要父亲还认得这件衣服，就不会跟丢了人。

叶阿姨很快就找到了节奏，全方位解除了子清在一日三餐方面的难题，允许她夜里工作到更晚，却不用早早爬起来做早餐，更重要的是，子清不用再受困于这间房，不用把自己全天候捆绑在父亲身边。她终于能在白天出门了，能在夜里晚归了，能和关鹏喝杯咖啡，能和老同学们聚餐，能跟着晓静去做指甲、逛商店……没错，叶阿姨就是最伟大的救星！

约晓静喝下午茶的地点就在她公司旁边的咖啡馆，日本人开的店，标价昂贵，有蓝色的碟子和枝形的勺子。日本太太在小圆桌边谈老公孩子，等晓静的时候，她偷听了一会儿，发现日语已经忘光了大半，再仔细去想，二外课堂里的胖老师面目清晰，每堂课讲完都是一脑门的汗，这种细节记得清楚，课堂所讲的内容反倒被忘光了。第一次去日本，直奔金阁寺，左看右看都没有地方可以偷土，过于精致的日式庭院让她无法下手，计划中第五份土的收集任务失败。第二次去东京，直奔安藤忠雄的光教堂，用十分钟就拍完了内景，奥托又扛着摄像机和教堂管理员搭讪，只是为了给她打掩护，总算在教堂外的小花园里抓了一把蔷薇花的散土。那些回忆都还鲜活着。但记忆确实在衰退。叶阿姨来了之后，她会利用零星的时间勉强自己背几个法语单词，有时背不下去，突然急起来，又胡乱地复习日语语法。拿出大学时代记的笔记，却一点记不进去。荒疏的感觉每时每刻都有，像生理期不断滴漏血液。或许早晚有一天，会变得像父亲，变成沙漏。什么也不留。躯壳完成任务。彻底松懈。

子清想起奥托前不久发来的视频提问：

"说一样你父亲给你的礼物。"

她的视频回答有点绕："我爸有很多工具，电焊的，木工的，什么都有。但那些工具里，最不可思议的是一盒子日产的手术刀，圆弧形的柳叶刀刃，锃亮的不锈钢手柄，我始终不知道是从哪里来的。手柄的数量不多，大约几十枚。但刀刃有整整一盒，大约一百片。

我爸曾说，他小时候梦想当一个医生，却因为色盲而无法报考医学院，说到这里，他总是带着一种近乎幸灾乐祸的奇怪口吻跟上一句话：你要记住——你的儿子也可能是色盲。

说起来，会遗传的病也会像冷兵器那样与我决斗吗？那将是我自己也病了的时候。阿尔茨海默症是可能遗传的。有时候，我会突然想不起某个高中物理老师名字、买菜时偶遇以前邻居却想不起他叫什么的时候，我就会惊慌地怀疑自己过早地继承了父亲的基因。实在可笑，因为这竟成了惯性思路。

　　说回来，他几乎从来不用那盒手术刀，大概工作时会用来切割电线吧。那些刀片不加遮掩地放在一个透明硬塑料盒里。因为我屡次在小朋友面前炫耀我家有日本刀，被几个男生挑衅带去学校验明真身。这没问题。不出所料，身为双职工家庭的小孩，我一回家就顺利地取出一把小刀，放在铅笔盒里，第二天的数学课后拿出来给同桌男生看，他没见过这种东西，只能继续挑衅我。他说，谁知道这刀快不快，真的可以割开皮肉吗？为了让他相信，我顺手在自己的左手中指肚上划了一下。要不是鲜血流个不停，我也不会被老师发现我偷了家里的刀。我并没有感觉疼，或许是因为它真的很锋利，或许只是不想哭，不想引起别人对我的嗤笑或哪怕一丝关注。我在乎的是父亲带回来的刀被崇拜了，被敬而远之了，被默许为我的宝物了。我不在乎流一点儿血。

　　说起来，这是我第二次因为刀而被老师留校。第一次用的是水果刀，我妈妈很喜欢用它削苹果，它小巧，精致，刀柄上还有花纹。那是在幼儿园，有一阵子，我总带着自己的破娃娃去上学。二十世纪八十年代初的幼儿园里没有很多金发碧眼的芭比，最高级的不过是长睫毛会翻下来滑上去的洋娃娃。我的娃娃是纯棉布的，现在想来其实很环保，肚子里塞着谷物，衣服上有补丁，但看起来像是故意的拼布作品。那天早上，我若无其事地从厨房碗橱里拿出那把小刀,放在衣兜里,抱着娃娃上学去了。我要向小朋友们演示外科手术,简称开刀。就在几个小朋友面无表情——他们都不如我激动——围观我动刀时,老师一个健步跑上来,夺下我的刀,把我像现行犯一样关进了小黑屋。刀被没收了。我被隔绝了整整一天,直到母亲下班来接我。"

晓静冲进来的时候,爽朗的大嗓门把日本太太们吓了一跳,那桌的声音立刻变轻了。"亲爱的不好意思啊!老板突然过来讲了点儿事情,啰嗦死了。你点好了吗?小姐,我要夏威夷咖啡和奶酪蛋糕。"

"你赶时间啊?讲五句话都不带逗号的。那我就开门见山——谢谢你帮我推荐阿姨。真是帮了大忙。"

"这个阿姨可以用吗?不好用再换。现在的阿姨一个比一个刁钻,做得好好的,隔半年就会要跟你涨工资,我反问:拜托!我们做白领的也不可能半年一年就涨薪水啊,她居然说,那你们也可以跳槽呀,你不涨,我就跳到隔壁的隔壁那家去咯。"

"你没去隔壁的隔壁的公司问问行情?"

"我们隔壁的隔壁的公司是卖避孕套的!"

两人疯笑起来,无论如何都停不下来,就像中学课间休息时那样。晓静是子清高中三年的同桌。子清的第一次作弊,第一次逃学,第一次不及格,第一次四人约会……都是因为晓静。晓静眉眼细细,腰身细细,却有一对豪乳挺拔在比例完美的小身架上,可能再过三十五年也不会受到地心引力的摧残。

夏威夷咖啡端上来，晓静翘起兰花指，捏住杯把的手指亮晶晶的，法式美甲瞬间就扑灭了少女气息。晓静放下杯子，也完全收住了笑容，沉静地打量起对面的昔日好友。"现在有阿姨帮你看着老爸了，你也可以找时间去打理一下啦，头发还是那么乌黑乌黑的，看起来好沉重，完全没有发型可言。"

子清的笑容还没收尽，听了这话又疯笑起来。"这是去年年底我自己剪的，"看晓静突然瞪大了眼睛，她笑得更凶了，"以前赤橙黄绿青蓝紫都染过，陪老爸住了大半年后，头发乱七八糟，枯黄枯黄的，黑头发像个罩子一点点压下来。你知道，我头发长得快，有一天和我老爸搞得不开心，互相扔枕头、骂人，气得不行，半夜睡不着，看着镜子里的自己像是陌生人，抄起剪刀就把以前染过、已经黄透的头发剪了，一刀下去就刹不住车了，剪歪了，再剪，另一边又不齐了，再剪……索性把剪刀竖过来斜过去乱剪一通。"

"你和你爸像是谈恋爱。"

"他倒是可能的。刚刚和我住的时候，有天晚上，我看他房间灯还亮着，就推门进去看，他规规矩矩坐在床上，看到我就好高兴地拍拍旁边，说，快来呀！我就过去亲了他一下，让他躺好，把灯关掉。"

晓静的眉头皱起来了。"他大概以为你是你妈吧。"

"也可能是洪老师。"

"她们会亲他吗?"

"不知道。你看到过你妈妈亲你爸爸吗?"

"没有。他们那代人应该不会。"

"哪代人应该都会。只是我们不知道。我们太多事情都不知道。"

晓静的父母是上山下乡回上海的,爸爸去的是东北,妈妈去的是贵州。子清记得,读书的时候,只要父母一讲起以前有多苦,她就不耐烦。

"你爸爸妈妈身体还好吗?"

"蛮好的。他们没病没灾,等于给我福气。我爸去年查下来好像有冠心病,就把烟戒了。我妈说他到年纪了,怕死。"

"我妈如果不是那么早走,我爸大概也不会郁郁寡欢的。"

"他后来又结婚了呀,本来可以蛮开心的。你经历这些事确实早了一点儿,就算是老年痴呆,你爸爸也算早了。"

"回头去想,他和洪老师再婚没多久,我去看他的时候,他话就不多了,翻来覆去就那么几句话:最近忙吗?身体好吗?有男朋友了吗?我想,洪老师也蛮辛苦的,那么活泼的老太太碰到那么沉闷的老头,什么爱好都没有。"

"对哦,你和关鹏怎么样了?"

"怎么突然扯到他了!"子清白了她一眼,低头喝咖啡，吃蛋糕。

"傻瓜都看得出来啊！为了你的事情，他竟然给我打了十七八个电话，我看是陌生号码一直没接，这么多年没联系了，我都好吃惊的！"

"我们也很多年没联系了啊！说来也巧，关鹏的爸爸和我妈妈以前在一个办公室上班，最早都是住在新村里的邻居。然后，关鹏的丈母娘家和我老爸的第二个太太住在一个小区，去年我去看爸爸时碰到他，顺便留了电话。"

"他还问我，有没有什么翻译的活儿可以介绍给你。我说朋友的公司有本年鉴之类的东西要翻译，关鹏跟你说了吗？"

"说了。我推掉了，那种投资公司的年鉴很无趣的。"

"无趣？！钱多呀！你和钱有仇啊！翻译那些卖不动的大部头小说书能有几个钱？"晓静的嗓门又高起来，隔壁的日本太太们又静了几秒。"现在阿姨啦医疗啦开销都很大的，你现在最需要钱。"

"我现在都不出门，用不了多少钱。"

"你就是犟。不喜欢的事无论如何都不去做。这样不好。"晓静又开始皱眉头了，子清小时候就觉得，她生气的样子最可爱了，怎么看都像是装出来的，别人就会忍不住去逗她。"不过也好，你现在烦心的事那么多，少一桩不开心就能开心一点儿。话说回来，就算你不喜欢关鹏，也不要推掉他嘛。"

"你今天当关鹏的代言人啊？"

"你是不是嫌他离婚又有小孩？是不是嫌他长得难看？是不是觉得他不解风情、不够文艺……"

"你烦不烦啊？！"子清是真的烦了，也皱起了眉头，同时发现隔壁桌要买单了。她挖了一块蛋糕，慢慢地咽下去，心里觉得这种场面对关鹏很不厚道。他不适合作为太太小姐们下午茶的话题，不应该被任何人居高临下地点评分数。"最近我常想，等我们老了，如果都没有结婚，或是离了，或是丧偶了，不管有没有孩子，我们都可以住在一个院子里，想聊天就聊天，而且都是聊得来的朋友，不想聊天就一个人待着，死了也不至于个把月才被发现腐尸。我们需要攒一些这样的朋友，这比找人结婚更重要……也更难吧。结婚又不能解决一切问题。"

晓静赌气地嘟起嘴巴。"你才腐尸咧！又没有让你立马嫁给他喽，那么紧张……男人么，能派用场最重要。反正你不要推掉，先用着好了。"就着这个话题，她自得其乐地说了几个她当下的"男用人"。子清发现，一旦撇清关鹏，这个话题就充满了喜感，渐渐的，两人在互相嘲讽、挖苦和调笑中重获少女时代的快意。子清喜欢生猛爽快的中学同学，彼此间有种知根知底的默契，不管现在是什么身份，不管当下的喜怒哀乐，谁也不用装；再加上很早就分道扬镳，人生道路的方向样貌各有不同，又多了浓烈的新鲜感。

关鹏·2011

　　大救星也是要回家的。元旦长假，叶阿姨没有走，因为老公和儿子都留在城里加班干活，在春节前多赚点儿钱，她说回家也没意思。但一眨眼到了春节，她是一分钟也待不住了，老公小年夜到家，儿子带着女朋友大年夜到家，她问子清，我可以比他们都早一点儿吗，家里要收拾一下，毕竟，准儿媳妇第一次上门呢！子清当然说好，你想什么时候走都可以，工资照付。第二天凌晨四点，叶阿姨就穿着呢子短大衣，背着蛇皮袋，去赶回安徽的小中巴了，一天两班车，她只能坐五点启程的早班车，傍晚再转一辆车，这样夜里才能到家。

　　春节没有叶阿姨，子清和父亲再次相依为命，除了小区花园和菜场，哪里也不能去。春节前后三天，连菜场里都极萧条，还下着雨，子清索性买够了菜，塞满冰箱。年三十下午，子清炖了一锅鸡汤，黄澄澄的很诱人，她给他盛了两大碗。爆竹声响起时，她很感恩，仿佛有人伸出援手，化解了这个家的沉寂无声，分了些热闹给他们。

大年初一，下午三点半，关鹏不请自来，一推门先塞进来两只大塑料袋。"你不要嫌弃啊！昨天我请客，都是家里人，定了一个大盆菜，剩了好多，突然想到你最需要接济，就全都打包啦。睡醒一觉突然有良心了，心想，蛮好早点儿给你订一份的，就一门心思要给你带点儿新鲜货色，今天顺路去张生记打包个老鸭汤。新菜旧菜都有，你要嫌弃就把剩菜扔掉好了。"

子清知道他一向贫嘴，能这样说话已是很正经了，碰到那袋汤，还是热腾腾的，眼眶就有点儿热，但非要顶他一句。"大年初一不去陪老婆孩子？跑到这里拜年，我可没准备红包哦。"

"喂，侬搞搞清楚，现在只有我发人家红包，谁也轮不到发我红包，"关鹏也不往客厅走，就在玄关的换鞋凳上坐下来，"等下我是要去儿子的外婆家，不过也不着急。离婚之后，老人家一直看我不顺眼，去了也蛮别扭的。"

"儿子红包要包多少？"

"你管我！反正你一听会吓昏过去的。"

子清白了他一眼，把菜包提起来，拿去厨房。磨蹭了两三分钟，才喊了一声："换鞋进来帮忙啊。"

就在两人一个提着袋角、一个拿着汤勺舀肉块的时候，父亲悄无声息地出现在厨房门口，令人惊异的是，他一丝不苟地穿着西装和皮鞋，但头戴绒线帽，下半身是家居蓝色线裤，毛裤的腰头翻露在外裤的外面，手里还提着一只旅行袋，但从瘪瘪的轮廓上就看得出来，里面必是空空如也。

"还磨蹭什么！"父亲皱着眉头，紧张地呵斥了一句，眼神盯在关鹏身上，"赶不上车，看你往哪儿跑！"

关鹏愣住了，手里的塑料袋滑腻腻地扭动了一下，仿佛代替他扯了扯嘴角，金黄色的鸭汤顺着走神的袋口流出了砂锅边缘，很快就淹没了一小片淡黄色的大理石流理台，然后溢出略微凸起的台面边缘，垂直滴流下来直到地砖。

"你要去哪里？"子清不慌不忙地问，扭头捏住歪掉的袋口，拨正了汤水的走向。

"回家啊！"父亲这时好像突然看到了她，眼神里多了一份鄙夷，好像她问得莫名其妙。

"家在哪里？"子清不去看他，只是看着汤锅，继续一问一答。

"在那里嘛！"父亲用没有提包袋的那只手比划了一个方向，然后一个弧形，再然后是茫然的一片概念。"你不知道……他知道。"

汤倒完了。子清抓出纸巾把溢出的汤水吸掉，再用抹布擦拭。这些不起眼的动作仿佛也抹除了关鹏的不知所措，擦去了健康人类对于失智病症的本能的惊慌和排拒，一点点恢复了平素的嬉笑油滑，亦即健康人类应该有的乐观及狡猾。

"我知道！等下我们就走！你先坐一会儿。"关鹏这么快就进入角色，子清着实没有想到，她擦地板的手停顿下来，抬眼去看一个健步走出厨房的关鹏，他正搀着自己糊涂的父亲往餐桌边走，像个老朋友那样拍拍他的肩膀，把椅子挪到他屁股底下，然后接过他攥着的包袋。"看看东西带齐没有哦！是不是要去很远的地方呀？"子清听出了一个离婚的父亲哄长久不见的小儿子时会用到的语气。

"嗯……对……"父亲也仿佛进入了角色。子清开始搓洗抹布，对着水龙头下的水沫开始假设：父亲也想离开，迫切的程度不亚于她自己。父亲有自己想去的地方，这种病，让每一次出走、每一次把玩门锁、每一次整理行装都充满了旁人不知的坚决的意义。那么，父亲会想去哪里呢？像勤勉工作的三十多年里不断而频繁地出差？像游子一样终于想要叶落归根？像顽皮的孩子一样总想逃家闯荡？

父亲嗫嚅了一会儿，仿佛终于承认自己讲不清楚要去哪里，便又恼羞成怒，站了起来。"快走！走！快！"

关鹏拉不住他。或是不敢去拉他。或是不想去拉他。子清算准了时机，在父亲即将推门而出的时候跑出厨房，她决定帮助这两个男人完成这一年的开场大戏。"来啦！我们走！"子清飞快地甩掉棉拖鞋，踩进短靴，抓出外套口袋里的门钥匙，转头催促关鹏，"快点儿呀！出门了！"

三人进了电梯，出了电梯，出了这栋楼，走向关鹏的车，上了车，关了车门。车子里还是暖的。三人都没有说话，直到车子启动了，车门锁上了，关鹏才问："去哪儿？"

子清和父亲坐在后座，长出了一口气，仿佛已经完成了一件大事。"随便吧。"

大年初一的道路格外通畅，父亲一直目不转睛地看着车窗外。移动中的景致让他安静下来，甚至可能是胆怯起来。他看到了斜坡，绿色的矩形指示牌，车况电子屏幕上绿色线条交叉连结而成的几何体，路面上的白色标识线，他没有看到焦虑的交通，没有迟缓的等待，他也可以是过大年的幸运儿。子清觉得眼前的一切都不属于她，只是移植到她头脑中的他的所见所得，她很疲倦。

"你知道我现在能做到什么吗？"在高架桥上向外滩方向行驶的车子里，子清突然问道，透过后视镜，关鹏隔了几秒才确定这是在问他。

"我只能喂他。让他吃，但不能吃得太饱。让他睡，但不能一睡不醒。让他说，但不能一吐为快。让他走，但不能走离我的身边。让他闹，但不能伤及他自身。我只能这样去迎合他，没有别的办法。如果我忽略他的请求，就会感到有愧于他。我不想放弃理解他。然而，可悲的是，这竟然是一生中第一次试图理解他。"子清说完这些，去看后视镜里的自己，让视线和关鹏有一秒钟的碰撞，然后笑着说："所以，谢谢你带来吃的，谢谢你带我们爷儿俩兜风。功德无量啊好人。"

关鹏把车停在北外滩尽头的一条小马路上，三人手挽手地走上了新修的外滩步道。近乎外星球一样的地方，对这个健步如飞的老人来说，他的记忆不曾更新到这个版本。子清问他，你有多少年没来外滩了？你第一次来外滩是什么时候？是和妈妈大学毕业后分配到上海的那一年吗？每一个问题，子清都是自问自答，偶尔，老人会突兀地给出一个答案，牛头不对马嘴，但可以提示子清产生更多疑问。无论如何，走在人丁稀少的黄浦江畔的这三个人有一种悠然自得的氛围，他们走得不疾不徐，彼此贴近，一个挽着一个，始终轻言轻语，隔江就是东方明珠了，个子高高的年轻男子还殷勤地拿出手机要拍照，老人和年轻女人很配合地倚靠在护栏前，连老人都咧嘴笑起来，但笑容里面缺失了几颗牙齿，因为老人太认真地收藏假牙，以至于永远找不到了。走到步道尽头新建成的台阶座位区时，他们也像尽职的游客那样停下脚步，按照不成文的规矩在此小歇，年轻男子更是守规矩地在烟缸边抽完再掐灭了一根烟。他们没有留下一丝不和谐的痕迹。

叶阿姨不在的日子里，子清就像停摆已久的钟又被拧紧了发条，每一秒都走得铿锵有力，每一分钟都恪尽职守。因为大年初二的早上五点半，天还没亮透，子清还没醒，老人家就迫不及待地开火煮饭了，只不过，搁在蓝色火苗上的是红色的塑料脚盆，里面连一滴水都没有。

子清住在两室两厅的小卧室里，和厨房隔着一个客厅、一个餐厅，在这套公寓里最偏远的位置。她不知道自己是如何醒来的，闹钟还没响，脑袋昏昏沉沉，她甚至迟疑了一两分钟才决定先去上个厕所，顺路看看父亲醒了没有再决定回来睡多久回笼觉。所以，她走向客厅的脚步是相当缓慢的，走进洗手间的时候都没有开灯。她闭着眼睛坐在马桶上，觉得很暗，睁开眼睛，又觉得周遭物事有点儿不对劲。但一切井然有序：卷筒纸在原位，洗衣机没插电，洗手台上只有父亲用的塑料口杯和肥皂盒，牙刷被收进了抽屉，以防他拿去做别的事情，她和叶阿姨的洗漱用品都搁在客用洗手台下面的柜子里，洗拖把的水池里依然摞着水桶、几块抹布和拖把，旁边……她突然意识到旁边应该有鲜红色的塑料盆，但此刻不见了。没错！这个小空间里最显眼、最鲜艳的颜色。就是因为它不见了，她才觉得少了点儿什么，造成失重或失焦的错觉。对于这个家的细节是如此敏感，这本身就让子清惊讶了。

她去父亲的房间找盆，做好了看到他在清晨泡冷水脚的心理准备。但房间里没有人，也没有盆。如果清醒和疼痛一样，也能在一到十级里做区分，此刻的她显然已经十足清醒了。

她转而去厨房，发现父亲在试图拉木框玻璃门，那是厨房和餐厅之间的一道屏障，下面的滑竿有点儿松脱，她和叶阿姨早已习惯不要把门推到最里面，否则会很难拉开。他显然不知道，因而把自己关在里面了。就在子清把轻微脱轨的移门搬回正轨，费力拉开的时候，她在父亲身后看到一团难以言喻的红黑色。此刻的她，应该有十一级的清醒，以及，十一级的心痛。

人和盆都找到了。盆几乎被烧穿了，拧卷的塑料发出刺鼻的气味，半个盆都烧成了黑色。人在咳嗽，呛出了眼泪，但没有大碍。红盆事故就以她关掉煤气、打开窗户为终结了。因为事故本身就是对两个人的惩罚，所以她不会再给更多惩罚了。她推着父亲进了卧室，端来半杯水，看着他喝了几口。

她想，幸好父亲开了煤气，如果没有打着火，煤气泄露，事情不知道会怎么样收场。大概要等叶阿姨过完年回来时他们才会被发现，不过那样的话，红色塑料盆就能完好无损了。后来，叶阿姨回来上班后，她讲了这事儿，叶阿姨若有所思地说："王小姐，你们是有先祖神明保佑的呢！清明的时候要去祭拜祖坟哦！"

所以，从初二清晨开始，子清的神经就再也没有松弛过。

事实上，大概从两年前就没有松弛过了。也是过年时节，也是一大清早，洪老师带着他，以及一只简单的衣服包，打开这套公寓的房门，她慌忙地从床上鲤鱼打挺地坐起来，听到洪老师说自己的糖尿病和心脏病一齐复发，要去住医院。没有更多的话，甚至没等她下床，她就留下身边一大一小两个包袱，走了。门关上后，父亲茫然地看着还没倒过时差的女儿，客客气气地说，你好，你好。那时候的她还顶着一头挑染蓝色的头发，看影碟看到四点半才睡觉，刚刚办好二月份去清迈的机票和签证，心满意足地要和奥托在那里碰头……

一切安排都可以取消，染过的头发会变黄变长然后被剪掉，奥托也可以找到新的恋人，只有她永远是父亲的女儿，这一点无可改变。

紧张唤起了另一种陌生的感觉，仿佛心里有一头怪兽，要她不断地喂养。它饥饿的感觉，是她在屏幕上看到奥托和新女友穿着轻薄的T恤很紧地依偎时所感到的。这头兽应该在丑恶、阴森的内在宇宙里淋漓尽致的宣泄自己的愤懑、仇恨和痛苦，是被囚的独裁者。喂饱这头心兽，它就不会蹿出口舌来作恶了，哪怕它在你胸腔里、背脊下、肠道内留下文身般的记号，那终究是对世界无害的。她知道，他血里的兽也在肆虐。他肯定也有，因为是他生养了她。

初二的清晨，他盯着盘子里的包子，一只肉包子，一只菜包子。他的眼神很涣散，空洞泛黄的眼白托着昏浊黏滞的眼黑。他伸出手指，一只，再一只，把两个包子都掰开了。像是应验了心中隐兽的什么预测,他开始点头,一下,再一下,把肉包子里的肉馅挖出来塞进嘴里。牙齿奋力地咬,好像很顾念要喂养的那只小东西,所以要嚼得碎一点儿。

她看他吃得起劲,便进厨房做自己的咖啡。等到摩卡壶尖啸一声,厨房外餐桌旁的他已经不见了。盘子里的包子也不见了。她加入牛奶和糖,安静地搅拌,然后听到心里那头兽说:"怎么可能?他决不会让你这么轻松的。他给你的二十年,现在你要加倍奉还。"

她放下咖啡杯,跑出去找他。他在自己房间里,摸摸索索,半个身子都掩在衣橱门里。她问:"你在找什么?"他摆摆手,把她挡开。她等,等他从衣服堆里抬起头。他的心兽一定在教导他做什么,要怎样喂,喂给兽的病,或是病的兽。他镇定自若地把衣橱门关好,转身朝她看看,又摆摆手。她看到他的嘴里是空的,手里也是空的,打开衣橱看看,也好像看不出什么端倪。

一个多月后,叶阿姨在整理春装的时候从一个衣兜里翻出掰成两半的菜包子。硬邦邦的,真的像死透的宠物。叶阿姨大惊小怪地又说又笑(那时候她还没有抑郁)。她也跟着笑笑,说老头子一点儿也不傻,知道肉好吃,也知道躲避挨骂。其实,她还听到那头兽的笑,笑得很放肆,笑她故作聪明,却根本早就败了。

那天以后,她就不再像好心眼、有文化的父母那样苦口婆心劝他不要挑食,而是像十九世纪英国寄宿学校里的铁面教师,盯着他把所有食物吃下去才肯作罢。事实上,有很多个安静的清晨,就像这一年大年初二的清晨,他清醒无比地把菜包子的瓤挖出来,勉强把包子皮吃下去,留下她困眼昏聩,哑口无言。后来她只买肉包子。如果孝顺也是一种对父母的放纵,至少在包子问题上,她可以拿到第一名。

他血里的兽已经把理智嚼烂了。在他还可以讲话的时候,也就是和第二任太太住在一起的时候,他每天起床后都在衣橱里翻找东西,虽然红木衣橱里有一个扁扁的抽屉是属于他的,他也曾经把重要的文件和银行卡收在里面,但他不知道洪老师早已把那些足以证明他身份和财产的东西转移到了她的床头小柜里那个上了锁的抽屉里。他固执地找,哪怕已经不明白什么是"有"和"没有",仿佛他要的东西是理应无中生有地冒出来的。后来,他固执地把一些报纸裁成同等大小,对折,叠好,边边角角都排列整齐,把它们拿出来再放进去,无休无止。再后来,洪老师把这些废纸扔掉了,她嫌恶这莫名其妙的肮脏的感觉,因为她不曾试着去解释。她对子清喋喋不休地抱怨:你爸爸现在很脏,喜欢收藏废物,把废物扔掉,他竟然把抽屉整个儿抽出来,砸在地上,把地板砸出了小坑,还辱骂她是贼,是骗子,是王八蛋。子清天真,苦口婆心地跟洪老师解释,阿尔茨海默症初期的一大症状就是有疑心病,分不清是非真假,逻辑失效。洪老师反问,那他半夜看到窗外有人,一整夜站在窗帘后鬼鬼祟祟地说，你要干什么？你不能进来！那也太吓人了吧！

被病劫持的父亲能见到什么？老年人特有的固执又会让他信自己的所见所闻到何等地步？子清再有想象力，也无法模拟。模拟本身不愚蠢，但模拟的结果注定是。他站在穿衣镜前喋喋不休，有时饭也不吃，觉也不睡，她忍耐了两个月，终于让叶阿姨拿来螺丝刀，站在椅子上，要把镜子卸下来。穿衣镜连着老衣橱已有二十多年了，手腕一用力，螺丝刚一松动，背后涂着水银的镜子却崩裂了，邪气的巴掌大小的三角形玻璃迸出来，擦着子清的太阳穴弹出去，掉在地上也没有碎。叶阿姨吓得脸都白了："小姐，我好担心你破相啊。"

家中所有的镜子能拆的拆，不能拆的，都用贴纸贴起来。即便如此，父亲还是聪明地发现了微波炉外的一方镜面。叶阿姨问她，要不要把这个也贴起来。她很难受，难受得就像要被迫扼死父亲唯一的亲人，所以她摇了摇头。结果，父亲就搬了凳子，坐在厨房的微波炉前，猫着腰，低下头，看到镜子里的那个人时会露出灿烂的笑容，缺了几颗牙都看得清清楚楚。

他血里的兽吞掉了逻辑和语言，然后开始消化情绪。前所未有的恶毒的眼神会突然像锥子一样扎在她身上，前所未有的恶毒的巴掌也曾毫无理由地落在叶阿姨的脸上，前所未有的暴君人格在身体沦陷后执行独裁。

最冷的那几天里，子清不敢让父亲洗澡，而是在饭后给他泡热水脚。红盆烧毁的那一天，她搀着父亲一起去超市买了个蓝色的新盆。父亲冬天的脚背是凉的，脚趾秀颀，白皙的皮肤上青筋温和舒展。她喜欢父亲的手脚，也曾希望能遗传给自己，但她并没有像父亲那样高挑又俊俏。她喜欢帮父亲洗脚，但给他剪脚趾甲的时候却很挣扎，指甲那么硬，因为他不肯在暖水里多泡一会儿，他四肢强健，会不容分说地把刚刚沾湿的脚提起来，湿漉漉地伸进绒毛拖鞋里去，每次洗脚都像是拔河比赛。所以指甲总是很硬，要很用力地剪下去，他会闪躲，而她就会害怕弄疼他。操练了好多次，在淘宝上寻找并淘汰，选中了最好用的指甲剪，现在的子清终于学会了利落而自信地在最短的时间里完成这项工作。

叶阿姨走了一星期，她决定让父亲洗澡。事先开好暖风机和空调。她和叶阿姨共同遵守的流程是这样的：调好水温，让他自己脱衣服，听到他进入淋浴间后要进去把脏衣服拿出来，以免他洗完了又穿上，隔一会儿，再进去一次，试一下水温，以免他碰歪了水龙头，然后就要出来，以免他认为有人要用而中断洗澡，再隔一会儿，进去看他洗得怎样了，有过一两次，他只是站在水帘下，一动不动，那就要小心地帮他冲去皂液。如果一切顺利，还要耐心地等他穿好衣服，检查穿得对不对。

所以，子清耐心地守候在洗手间外，听着里面的每一声动静，推测父亲洗浴的进展。脏衣服已经拿出来了，带着体温和酸酸的体味。水溅在瓷砖墙上、地上、玻璃拉门上和身体上的声音是不一样的,此刻组成的交响乐听来还算欢快和谐。"男女有别。"叶阿姨曾经很婉转地这么说,拒绝了帮父亲洗澡的任务。事实上她也知道,这一条同样固执地存在于父亲残余的意识里,在她们出现在洗手间里的时候,他要么发怒、要么害羞、要么逃跑。叶阿姨还说:"等到你爸爸不能自己洗澡的时候,你就要准备找男保姆喽。我抬不动他。你也不行。"

所以,子清耐心地守候在洗手间外,用想象力演算父亲沐浴的进度,琢磨着叶阿姨说过的话未免太悲观了。看了看表,大约洗了十五分钟了,她决定进去,总要有人帮老头擦擦背,不管他愿不愿意。不足三平方米的小房间里雾气腾腾,她看到,玻璃立方体里有一个肉色的人影背对着她,却是蹲着的,手臂剧烈地动作着。无论如何,听起来活泼的水声是一种误导,更像是对乐观的嘲笑。失去理智的父亲是在用肥皂和木梳的组合擦地砖呢。梳齿在淡绿色的地砖上不停地打滑。子清蹑手蹑脚地推开玻璃门,不想惊动他,也来不及脱下自己的加绒家居服,直接撸起袖子,压出一点儿浴液,在他背上抹出泡沫来,父亲似乎发现了她,但也没有抬手赶她走,也许只是因为她很安静。

她一言不发。她出汗了。淋湿的棉服越来越重。她让毛巾轻轻着陆在父亲的背上,从上到下,一下又一下,轻柔地擦拭。她感觉到背脊的反弹力,以及她附和他擦地板的节奏。似乎,她觉得失去这个节奏就将触怒他,或甚而是失去他暂时对自己的（无意识的？）信任。

她尝试让他改变蹲坐的姿势，腿必定是麻木了，他索性一屁股坐下来，她费力地将两条腿抻直，淋浴间太小，她只得把手托在他两腋下，把他拖到马桶边的地板上。她用最快的手法帮他洗了一遍身体，然后把淋蓬头拿下来，对着他的身体冲去泡沫，一遍又一遍。最后，他依然坐在地上，她用浴巾帮他擦干，帮他站立起来。他腿脚的麻木缓解了，但站得很不自信。仿佛是因为突然站起来了，他低头看到了她，发现了她是个闯入者。

他用仍然攥在手里的梳子向她砍去。

她眼皮上的划伤直到叶阿姨回来上班依然没好透。她一睁眼就能感觉到疼痛，甚至看得到模糊的结痂。斜穿过上眼皮和下眼睑的这道划痕是无法忽视的，那让叶阿姨心有余悸，也让子清失去了一部分威严。事实是残酷的：他的意识越来越游离了，在她们自以为是、刻意不去细看的领域里，病的恶化比她们预想得要快。

就是在那几天里，子清想到了一个大问题。

通讯录·2011

诺基亚 E72 之前的诺基亚 520 被落在捷克的火车上了。她、奥托和杰西卡（加拿大 W 电视台的旅游频道综艺节目主持人）的任务是去拍摄布鲁姆洛夫的风景人文，但他们从布拉格出发时身边就多了四五个捷克年轻人，其中两个女生都不到二十岁，美得不可方物，梦想是当国际名模，刚刚去布拉格的经纪公司拍完了模特卡所需的照片。另外三个是打算追求她们的美国游客，从她们在查理大桥上摆 pose（姿势）时就死缠她们不放，于是一起上了慢车回女孩的家乡。

那一路特别吵闹，特别好玩。他们录了一段杰西卡临时采访姑娘们的素材，又撺掇姑娘们帮忙，进火车驾驶室拍了一段风景。总之，把一辆列车都跑遍了，下车后她的手机就不见了。那里面存有子清迄今为止最完整的通讯录。

所以,她没有办法通知东北的亲戚们,父亲的病确诊了,并且日益加重。即便在春节期间也没法电话拜年。更糟的是,家里的座机始终没有响过。如此看来,亲戚们应该没有这个家的号码,也没有她的手机号码。退休后的父亲的联络方式,亲戚们只可能默认为洪老师的家宅号码。

根据瑞士作家马丁·苏特在《小世界》中的描述(一九九七年出版的小说在数据层面当然仅能作为参考,但子清无法不在意),对该病的确诊首先要根据血液和脑脊髓液的检测结果排除大脑受到传染病侵袭的可能,再参考大脑供血指数排除动脉硬化的供血障碍,参考大脑物质代谢中氧和葡萄糖利用的数据确定大脑的特定区域代谢活动减少。但是,核磁共振脑部成像也无法揭示痴呆症的其他原因,也几乎没有一家制药厂对这种绝症展开过研究。这主要是因为阿尔茨海默症的患者没有自主意愿,因而也无法接受医药实验。书中的患者得到了普通中国老年痴呆者难以置信的私家护理,费用高达一年四十到五十万瑞士法郎,配备了两名白天陪护和一名夜间陪护,饮食、理疗、劳作疗法、清洁工作都有专业人士担当……

在陪伴父亲的第二个春节长假里,子清发现了这本书。她最喜欢的片段是:书中患者的痴呆症是在六十五岁的恋爱阶段突然恶化的。他提着晚餐的食材在恋人家门口迷路了。恋人发现自家的烤炉里出现一只短袜。恋人很快被他忘却，当做了陌生人。但这位患者的痴呆症也掀起了尘封的往事，这让他变成一种隐性的祸害。

子清悲戚地想到，父亲的痴呆也让他失去了人生最后一个女人，再嫁祸在她自己身上，逼迫她去掀开父亲的往事。在当事人口述失效的前提下，往事的通道口之一就是通讯录，至少能够指向其他相关者的口述。其次是照片，沉默的提供部分真相，并期待无边际的假设，且永远无法被验证。

客厅里有一只老木桌。桌面方方正正，统领台面下的大方抽屉和四只小抽屉，一统到底，没有任何装饰和附件。那是父亲在二十五年前用手绘的设计图让木工打造的。子清的中学时代、大学时代都在这张书桌上写作业（作业和考卷下面也可能是情书）。子清毕业离家后，父亲征用了这只木桌上唯一可以上锁的大方抽屉，摆放了房产证、结婚证、退休证和母亲的丧葬证。子清想，父亲的通讯录要么收在这里，要么搁在电话机下面的玻璃柜里，但这只是正常人的逻辑，对眼下的父亲来说，正常逻辑往往是不够用的。所以——

第一步，找钥匙。所有能找到的钥匙都插不进这个锁眼。失败。

第二步，用螺丝刀插进抽屉和桌面的缝隙，用榔头上下左右地砸，丝毫不心疼。子清居然真的撬开了大方抽屉的锁，力道太大，锁头连着一大块高密度木板被扳下来了，没机会插手的叶阿姨称赞道："王小姐，你真的不像上海女人。"

第三步，被抽屉里井井有条的摆放方式惊吓到，克服那种惊异带来的悲凉（父亲本来就是一丝不苟的人），子清放下工具，去洗手间仔细地洗了手。叶阿姨识相地把碎木屑和工具清走，躲到临时摆在餐厅里的单人床上，一点儿声音也不发出来。

矩形的立体空间里，几个结实的塑封袋稳妥地各据其位，边缘紧贴却都不曾叠合，尘埃都没有多少空子可钻，像是一幅被完成的拼图。时代不允许他好逸恶劳，他最会按部就班。因其过分的平衡，子清突然不晓得从哪里下手，不知道该拿起哪个口袋才是正确的。她太想保持正确，似乎在那无所谓对错的次序里隐藏着未来的命运。

父亲或许早已想到了这一点，所以才用这种透明封面、塑胶拉锁的文件袋，所以才使母亲的墓穴证书一目了然，墨绿色的硬质证书刻意地提升墓地的坚实，已在十多年的岁月里将塑胶袋撑出了棱角。第一个袋子给子清的感觉是重，每一张票据、每一份文件都很平整，墓穴证书里夹着预付发票、遗像底片、瓷像制作发票和维护费发票，夹着照片和底片的曲别针已经生锈，锈迹蚀刻在母亲的背景上。白色大信封里有参加母亲葬礼的同事们的名单，有些人用的是单位信封，还有些人很随便，只用白纸折几下,但即便是那样一张无所谓的白纸都被父亲保留下来,自己补上名字和金额。还有一些邮政局的制式化的吊唁。另一个白色信封里是母亲葬礼的花费,除了殡仪馆的诸多发票外,子清无比惊讶地发现,在死亡证明书之后,从奔丧的亲戚到来的第一天到离开上海的最后一天,每一顿饭、每一天的酒水饮料开销都被清晰地记录了——

麦德龙的清单:青大蒜、茄子、百子糕、豆沙包、酱肘子、鲜汁干、特价炸猪排、芝麻排条、葱油饼、擦手小毛巾、新奇士橙、一次性塑料杯等等家宴所需品。

手写的菜场账单:红烧肉 10.00,豆制品 4.40,鳊鱼 7.50,大米 22.00,香菇 2.50……

火车票售卖点的收据:上海—锦州,代办费肆拾伍元;上海—大庆,代办费肆拾伍元;上海—哈尔滨,代办费肆拾伍元……

亲戚们所住招待所的发票:910 元

一双女布鞋的商场结算凭证:17.00 元

骨灰寄存费:260.00 元

租车费:250.00 元

……

最后,在这只袋子最下面的小信封里,子清第一次看到了父母的结婚证。红红薄薄的一张对折纸,封面上只有"结婚证"三个字和一颗黄色的星星,内页上没有照片,左边撑满了毛主席的侧像,下面是一条语录"领导我们事业的核心力量是中国共产党。指导我们思想的理论基础是马克思列宁主义。毛泽东"。右边的证明文书很简单：上海市普陀区革命委员会（盖章）证明二十九岁的男青年王世全和二十七岁的女青年尚庆芸于一九六九年一月十日自愿结婚。

这个袋子里装的是父亲和母亲的缘分的始终，子清觉得这种收纳方式简洁清晰得难以置信。她试图去想，整理这些票据（及其顺序）的父亲一定有着镇定的表情，决不发抖的双手，决不含糊的意识，他用这种方式告别自己一生中最重要的、持续最久的一段关系，同时也仿佛带着先知般的明智，用证物向后代做一番诚恳的工程师式的叙事。没有夸张的渲染，没有多余的对白，没有配角，甚至没有影像，信赖叙述性的文字，更信赖数字。以母亲去世为标志，子清原本拥有的家庭正式宣告解体。但谁也不知道，王世全是在失忆前的多少天，用这种方式编排了这个家庭的大事记。

这时，子清几乎忘记了撬开抽屉的初衷是找寻父亲的通讯录，或者说，在通讯录的延长线上的遥远的大家族。此时此刻，子清的脑体已完全被逝去的母亲所占据。是的，甚至是身体也有了前所未有的反应，她把证物按照原来的次序（甚至发票上的折角也要保留）放回袋子，拉上拉锁，放回抽屉，然后去父亲的房间，就着客厅漫射进来的灯光，看到父亲侧着身子睡着了，均匀的呼吸声越听越矛盾，因为那意味着不分记忆如何都要稳定工作的躯体是健全的。她轻轻地走到他身边,用手背轻轻掠过他的额头,他有一双世人说的长寿眉,硬挺的眉毛里夹杂着细长的白眉。

当夜,她在Skype(网络电话)上连通了子莱,把手机拍摄的父母结婚证照片给她看。子莱轻描淡写地说:"以前就看过的,你在哪儿找到的?"

"我撬开了一个抽屉,发现爸爸的档案工作做得很棒。"子清描述了那叠发票。"假如是你,大概早就扔光了吧。我记得你去加拿大的时候什么都没带。"

"但妈妈走的时候,我带了一本相册回多伦多……"子莱费力地站起来,到旁边的书柜那儿摸索,怀孕八个月的身躯非常臃肿,但声音还是轻快地传过来了,"在这儿呢!我都好久没看了,看到以前的自己都会不认得……你看,那时候我多苗条……你看,这是爸爸妈妈来加拿大参加我婚礼的时候,"她冲着镜头举起相册,"妈妈特意染了头发,爸爸买了套新西装,你看你那时候!还是个乖孩子的模样。"

"那时我中学刚毕业。"子清当然记得,那是她第一次出国,姐姐的婚礼是在唐人街办的,姐夫还要奋斗两年才能买得起多伦多郊外连带大花园的小房子,但那两年里,子莱一连流了三胎,搬到新家后,整整一年都在养身子,刚养好,好不容易怀孕了,母亲却突然身亡,子莱是过了三个月的安胎期才飞回上海的,没来得及看到母亲的遗容,母亲也没来得及看到自己的外孙女。

"预产期快到了吧。"

"不是双鱼就是水瓶。"子莱在镜头前兀自翻着相册，头也没抬地答道。生了两个女儿之后，子莱决意抓紧最后的生育时机，再生一个男孩。事实上，姐夫家的人温厚谦逊，并不在乎她没有生下男孩。但子莱比谁都想。

"男孩儿的话，水瓶好一点儿吧。"子清懒洋洋地回了一句，目光落在手机屏幕上的结婚证，突然注意到日期。"哎！姐！你知道爸妈是未婚先孕的吗？"

"那又怎样！那年头兵荒马乱，无政府状态！"

"你问过爸妈以前的事吗？"

"问什么？"

"'文革'那时候。"

"那有什么好问的？他们已经来上海了，乖乖上班，好像和他们没太大关系，"子莱合上了相册，"说起来，倒是你和'文革'的关系还大一点儿。你知道的吧？生你那天，全上海庆祝'文革'结束，大游行！我记得特别清楚，爸爸骑自行车带我去医院，妈妈那时候已经在产房里等着了，可是没有人！医生护士都上街喊口号去了！扛旗帜！整个医院里只有病人和死人！天都黑了才回来一两个护士，赶紧把医生叫回来……妈妈差点儿死在手术台上。"子清的出生就是这样一段共识的历史，家里人、邻居都会在她长大的岁月里不断重复这件事，说得她好像是个幸运儿，见证了新时代的开始。

"你们每次讲这件事，用的词句、顺序都差不多，你和爸爸。简直像是念新闻通稿。应该是爸爸先这样讲，你学会了，再跟邻居阿姨娘舅讲，最后你们一起跟我讲。有时候历史就是这样被写出来的。"

"不管谁讲的，反正是真的。我记得那天晚上，满大街都是人，我捧着保温壶，里面是隔壁阿娘做的黑鱼汤，坐在自行车后座上。其实……"子莱停顿了大约几十秒，但子清没有催促她，"妈妈不想生你的。是爸爸想要一个儿子。"

"我知道。所以你叫子莱——儿子要来哦！小时候问过你们，为什么我叫子清，爸爸就说，因为又生了一个女儿，没办法再有儿子了，计划生育了，那个任务就算结清了。"

"你居然记得！"屏幕上的子莱显然瞪大了眼睛，"其实爸爸说的是，儿子的事就算完了，但总不能取名叫'完'，所以换了个适合女孩的字。你居然记得！那是你出生后没多久的事，我记得很清楚，那时候奶奶来上海住了大半年，他就是这样对奶奶说的。"

"他肯定不止一次讲过，你听到的是他和奶奶讲，我记得是我读小学以后问他的。"

"难怪。"子莱的手下意识地去揉肚子，好像胎儿又踢了她一下。"反正妈妈不想生你的，她说年纪大了，再养一个孩子负担更重。"

"妈妈生我的时候，和我现在差不多大吧，"子清说，"妈妈要是知道你都快四十五了还要生儿子，大概会骂你的吧。"

子莱不想让子清知道自己快要落泪了，也许是孕期荷尔蒙起伏的结果，这阵子她特别伤感，特别是窗外漫天大雪飞扬的时候，她会看着看着就落下泪来。在多伦多二十年了，错过了和母亲的告别，错过了和清醒的父亲告别，因为流产和生养又错过了回大学继续深造的机会——那原本是她去加拿大的首选计划。人生不知从何时开始像大雪里搭公车，错过一班车，再追上一辆却是南辕北辙，再仓促跳下，去赶正确的方向。

她也不想让子清知道，在生养了第二个女儿之后，自己有过很长时间的产后抑郁症，两个孩子的哭闹声会让她想杀人，但世间没有可以给她杀的人，所以她严肃地考虑过要不要就此了结自己的生命。那场生死攸关的病耗费了她两年的时间，等到小女儿能够咿咿呀呀说话了，她才渐渐走出阴霾。现在，她担心失忆的父亲，担心一向任性的妹妹，但更担心腹中的男婴和自己在未来几个月的命运。

她更不想让任何人知道，在母亲突然辞世之后，她被医生、丈夫和婆家人宣判不可能做越洋飞行，更不能去守丧，她只能祈祷，因为附近区域里只有教堂可以日夜欢迎她，沉默地接纳她的眼泪。超市六点关门，加油站让她反胃呕吐，餐馆里眼色呆滞的醉汉让她惊慌自己会不会再次流产，社区服务站的图书馆每周只开放三个下午，所有中文书报都快被她看完了。在母亲遥远的死亡之后，她无可奈何又心生宽慰地皈依了基督教。一旦加入了教会组织，各色各样的邻居大妈大姐都立刻晋级为友人，她们每天都会打电话来问候，听说她有过产后抑郁症，家庭医生还介绍了精神科医师来电，follow up（跟进）。失去母亲的那一年，子莱的通讯录竟然被写满了：各种热线电话号码，毗邻十几户人家的电话号码，教会姊妹兄弟的电话号码。所有的关怀都是免费的，这反而让她没办法拒绝。

关于她的祷告，父亲只有两个字的评价，"没用"。电视上爆出飞机撞世贸双子楼的时候，她拨通父亲的电话，告诉他加拿大没事，他竟然在电话里说"没用"。她在父亲第二次婚姻、自己第二次生产后回国看望他们，带给他们最好用的榨汁机和滤水器，他也说，"没用"。她在无数次回想中得出一个结论：父亲早已有了痴呆的前兆，但，没用。其实，最没用的是自己。但，不是所有的爱都有声张的姿态。不是所有爱都有拯救的能力。

"先这样吧。我去看看姗姗醒了没有。"子莱寥寥两句，示意自己要下线了，但被子清突发的问题抢先截住了。

"等一下！你那边有没有通讯录？在东北的亲戚，你还有联系吗？"

"……大概有吧。但很久没联系了。从来没人打过越洋电话给我。怎么了？"

"帮我找找。你去忙吧。"

两人下了线，但事实上都默默地在电脑前坐了片刻。直到戴维铲完门前的雪回来，在门垫上使劲跺脚，子莱才振作精神，走出了书房。世界另一边的子清回味着姐姐提及的往事，知道自己很难轻易地睡着了，家庭内部的考古学已经翻开了第一页。

间接口述者如子莱，也是不可信任的。子清想了一夜，得出了这个结论。醒来已是阳光灿烂，她觉得这是个好兆头。洗漱完毕，连早饭也懒得吃，只想继续翻检大方抽屉里的塑胶袋。

父亲和叶阿姨坐在沙发上看电视。只有打仗和搞笑可以让他们同时做出反应。久违的阳光照进来，刚好照亮拉开的抽屉，把每一只鼓鼓囊囊的塑胶袋都照得明晃晃的。子清又折回自己的房间，拿起压在一叠杂志下的照相机，许久不用，幸好还剩一格电，抓取今天的阳光应该够用了。

当夜，照片在三秒之内传到了一万一千四百八十五公里之外。

一张是柔和的，阳光像牛奶一样纯净，也净化了坐在沙发上的一男一女，他们相隔一米远，就像这个客厅里的每一样东西保持宽松又疏离的气氛，十分轻微的过曝。男人的笑容似乎有点儿勉强，但也不失天真，显然，他所凝视的对象并不复杂。女人却笑得很尽兴，笑容鼓起了饱满的脸蛋，阳光透进了瞳孔，令笑容更有神气。画面里没有出现让他们笑的元素，但他们与摄影者的关系却是不言而喻的亲密。阳光慷慨地洗白了沙发、茶几和拼木地板。子莱看到后回复："房间很干净，爸也很精神，挺好的。"

另一张是犀利的，浓烈的阳光是以黑影反衬出来的，近乎残忍的高对比之中，男人失去了笑容，呆滞的表情逼得所有皱纹无处遁形，他略带痛苦地闭起眼睛和嘴唇，眉头有两道纵向的深纹，上唇尤其紧张地抿住下唇。女人却依然灿烂地大笑，牙齿显得更白更大。画面中依然没有让他们笑或痛苦的元素，但因为两人表情的迥异，时空内部仿佛有了巨大的割裂，摄影者变成了隐形的偷窥者。在强烈的反差中，阳光出现了颗粒感，前景中的茶几和拼木地板也仿佛提前苍老了。奥托看到后回复："如你之前所说，这个家里没有任何装饰品。没有画。没有花瓶。没有小摆设。但我能看到你。很想你。"

子清把玩着相机，一会儿凑近父亲面前拍特写，一会儿从餐厅的角度拍摄阳光中的剪影，幸亏电池很快就用完了，她这才回到老书桌前，继续一再被拖延的任务。

第二个塑胶文件袋是小号的，装着有关父亲的证物。以退休证为开篇，高龄老人优待证，银行卡，信托公司用户卡，非机动车辆行驶证，护照，港澳通行证，邮政储蓄卡，心脏起搏器设备识别卡……显然，父亲是在退休后开始收拾这些物事的，据子清所知，他在单位里、部里都得过项目奖，但没有一张纸可以证明他之前的业绩。

第三个塑胶袋再次显示了父亲的清晰思路。和洪老师再婚前，父亲卖掉了老宅，买下了此刻子清和叶阿姨陪他所住的这套房子。买卖合同之外，这个袋子里的发票和收据囊括了和房产相关的一切开销：水电煤，电话，电视，每一样家具……甚至还有一份清单，列举了建材明细和不同种类的装修工费。诸如——石膏线：380，瓷砖：2125，胶水：120+120+110，水管：748……这样的数字写满了整整一页 A4 纸。父亲的字迹细小又齐整，在最下方用不同颜色的墨水笔标明了：房款共计 368171.00 元，进户费 6604.70 元。唯独没有房产证。子清想，如果他和洪老师真的在婚后住在这里，每个月的开销恐怕都会被详细收纳。但事实上他们从来没有住过这里，再婚后不久，洪老师的女儿怀孕待产，之后帮忙带孩子，父亲这八年多都是住在洪老师家的。这个塑胶袋见证了父亲最后一段时间的清醒，或许还有希望，希望在这里开始一段崭新的生活，有新的恩爱，新的后代，子孙满堂。

只有第四个袋子是大号的牛皮纸信封。打开之前，子清犹豫了一下，是想给自己几个选项，仿佛猜中有奖。亲人的信笺？日记？都不太可能，父亲不喜欢收留旧物，一向如此，家里清清白白，尤其搬到这里后，过去的痕迹几乎被扫荡一空。在子清的印象里，小时候每几个月就要看父亲写家信，收到回信也历来没见他留存。自己和姐姐得过的奖状？更不可能，他从来都不是多愁善感的那种父亲，他务实，他简单，他遵守礼节但不制造效果。子清伸手进去摸了一下，是一叠纸，再把它们全部拉出来……那些剪报有点都泛黄了，全部都是养生指南，从报纸上、杂志上剪下来或是撕下来的——

五类人易感染肝炎。口臭暗示了哪些疾病。秋季养生。蜂胶的作用。冠心病者如何散步。五个穴位延年益寿。长寿老人谈清淡饮食。春寒如何防关节痛。适当吃冷食。绿茶好还是红茶好。白酒的妙用。断食疗法。果皮不可扔。中老年饮食全攻略……就是这样鼓鼓囊囊的一袋剪报，子清一张一张地检视标题，最终确证：从饮食到运动，父亲都已谨遵养生原则，只是从没想过自己会败在阿尔茨海默症的手里。

还有一些手抄的摘要，最特别的是一张蓝格子绘图纸，父亲用清俊的笔迹抄写了一段《道德经》："出生入死。生之徒，十有三；死之徒，十有三；人之生，动之于死地，亦十有三。夫何故？以其生之厚。盖闻善摄生者，路行不遇兕虎，入军不被甲兵；兕无所投其角，虎无所用其爪，兵无所容其刃。夫何故？以其无死地。"

善摄生者真的没想到，病有所用其魔。

仍然没看到通讯录。吃过午饭，子清把家里的每一个抽屉都拉开检查，在每一堆衣服里翻检，到每一个不常用的厨房橱柜里找，甚至把她自己房间里（只有她自己有钥匙）书架上也扫视了一遍，甚至在鞋柜里也找过了。

叶阿姨准备腌鸡腿的时候，子清估计幼儿园已经放学了就直奔洪老师家，她只想在晚饭前确认通讯录的下落。

老太太没有想到她会来，脸色不好看，但气色不错。自从她把第二任丈夫送走之后，再也没有出现过，也没有打过哪怕一通电话来问问好。子清客客气气的，换上拖鞋，逗逗洪老师的外孙女，先问继母最近身体如何。对方似乎也知道这寒暄只是客套，只是摆摆手。子清进门后，两人就没有对视过一眼，目光的焦点退缩到在茶几上画画的小女孩身上。

"我是来问问……"

"不要问了，我要离婚。"

"我只是来问问，我爸爸和东北亲戚联系要用的通讯录，是不是在这里？"

"不离婚，我什么也不会给你的。"

"你误会了。我只是想联系亲戚。不知道前阵子过年时有没有电话来？"

"误会啥？前阵子我们出国旅游了。不知道。"

"哦。春节过得挺好吧。"

洪老师不言语，走进了厨房，把子清一个人晾在客厅里。小女孩画完了一棵树，转过红润润的小脸笑眯眯地看着她，到底是小孩，觉不出两个成年人之间欲语还休的冷战气氛，反而甜甜地问她："阿姨，外公呢？"

子清没想到自己被记住了，突然眼眶有点儿热。她捏捏女孩粉嫩的脸蛋。"你想外公啦？"女孩点点头，子清也由衷地笑了。她站起来，看看电话机下面有没有本子，又望望厨房里的动静。

女孩奶声奶气地问："你要找什么？"

子清蹲下身，把女孩拦在怀里。"你知道外公打电话的时候用到的小本子在哪里？"

女孩想了想。"外公不打电话的，"然后扬起脖子大喊，"外婆！外婆！"

洪老师的手上还捏着两根葱，急忙跑出来看，小女孩也迎上去，撒娇般的说："外公的小本子在哪里呀？小本子！小本子！"

洪老师掩饰不住恼怒了，三步并作两步来到子清面前。"你那个老爸抠门得要命，什么都藏好不让我碰，什么通讯录，哪有那种东西！只有一个巴掌大的小本子天天放在裤兜里，六个兄弟一个妹妹都用数字表示！哪有这种兄弟，连名字也懒得写！别的人要么写个姓，要么写个单名，旁人根本搞不清谁是谁！搞谍报啊？我跟你说，连着四五年都是我催促他给亲朋好友打电话，沟通沟通，不要整天坐在房间里发呆，拨号都要我帮忙，拿起电话也不管人家是谁，老三句：你好，还好吧，就这样。讲好就挂掉，谁还会给他来电话？出怪咧！"

"本子呢？"

"有一天他发神经病自己撕掉了！一张一张地撕。我还问他，你这个不要了？还有备份吗？他根本不理我。

我去抢也抢不过他,还要打我,我命真苦呀!你现在来要?早干嘛去了?你们家通讯录就一本啊?你自家去寻,不关我的事!我能给你的都给你了!别的离婚再说!"

小女孩有点儿害怕,外婆的声音再大一点儿她就要哭出来了。子清摇摇头,走了。

仍然没有通讯录。

子清给奥托的 e-mail(电子邮件):

"病把他掏空,我要重构,但也许只能是虚构。

现在的他只有疲软的、零星的词语。字散了架,词被割裂,数字狂舞后溃不成军。语言从昔日明确的队列里脱离,从广阔的天空坠落,滴淋在游移的鱼嘴。

没人知道。哪怕近旁的人和自己只隔着两层衣物,也永不知晓你内核的动荡。

身体就是密室。在身体里发生的一切,甚至连我们自己也后知后觉。

对于大脑整体的萎缩,所有人束手无策。

医生或许是侦探,小说家或许是帮凶,但想象力需要实证吗?"

春

世全·1964

一九六四年哈尔滨某学院的贺年片是这样的：校徽妥妥的在下端中央，散发出光芒般的直线，映照出一枚花冠点缀的圆镜，镜中是奶白色的三层教学楼。"恭贺新年"是现代化的篆体字。一九六四是直来直往的罗马字。他在贺年片背后写的"秀文：新年好"是近乎娟秀的行楷，撇捺洒脱，连笔的签名有点儿风流。他把它放进信封，用邮票封口，骑上男生宿舍里公用的那辆自行车去校门外的邮筒。刚出校门就遇上一群女生，嘻嘻哈哈地走过来，和他打招呼，问他要不要一起去看冰灯，最调皮的那个丫头还抢下他手里的信封，对着夕阳照，可怜信封纸白白透透又薄薄，所有人都看得到"秀文"二字。他被女生们狠狠笑了一通。

他把信夺回来，塞进邮筒，说回去叫几个男生一起去。兆麟公园见！

毫无悬念，那一年最受人喜爱的冰灯作品是《毛泽东选集》。长方形的厚冰面上是阴刻的《沁园春·雪》，毛主席的笔迹在刻刀下面被模拟得既拙又憨。每个人走过这里都会下意识地背诵出声，甚至朗声齐诵，仿佛那是座视觉传导启动音响的自动化装置。诗文冰碑之上是三颗大红星环抱中的毛泽东侧头像，再往后，是两三本巨大纵立的《毛泽东选集》，书脊上的书名是标准的老宋体。他听到一个女生轻轻地哼了一声，不知道对谁，耳语般的音量说了一句：搞得像墓碑一样，丑死了。他想认清那个女生的脸孔——这并不容易，一闪而过的女生都差不多，留着一样的齐耳短发，穿着一样的蓝布罩衫——等她们走过去了，再问刘春。刘春说，矮矮胖胖那个？长得还行，你不认识？女生中的状元，尚庆芸。他说，哦，就是她啊。

冰雕的履带式拖拉机上写着"以农业为基础"，保留冰挂造型的"珠穆朗玛峰"的峰顶插着五星红旗，透明的冰花瓶里看得到盆栽花木。看了几年冰灯，他也看出了些门道，拖拉机、宝塔、动物、花瓶、城池都是保留项目，前一年的冰花瓶上还写着"大跃进万岁""总路线万岁"，今年写的都是"毛主席万岁"。再走几步，可见一些小型冰雕，花鸟虫鱼，一派与世无争的景象，这才淡了时代感。他对身边的同学说，这才好看些，能看出手艺来，不像那些大冰块，方方正正，没有艺术气息。

突然听到陌生的人应声说道，小伙子不是来看热闹的，好。

他一扭头，发现同学们都走到前头去了，身边的这位却是个中年大叔，戴着厚实的狗皮帽，胸前挂着一台海鸥照相机，好像生怕相机在零下二十度的环境里受伤，他把棉大衣的前襟敞了一半，几乎是把它揣进了怀里。

他说，这相机不错呀，上海的。

陌生人笑了笑说，你识货。

陌生人左左右右打量他，又说，你上相。给你来一张？

他问，多少钱？陌生人说了个数儿，他就摇摇头，走了，往前跑，去追同学们。

其实，他心想的是，照一张也好，在冰灯前照一张，过年回家时送给秀文，多有面子。她给自己寄过两张照片，都是在照相馆照的，乌黑的辫子很长，瓜子脸很俊俏，看不出来比自己大了三岁。但她还没来过哈尔滨呢，更没看过冰灯。他想让她知道，虽然他现在是个穷书生，但他见过世面，比她在林业局当会计更有前途。但是，照一张的钱也没有。二哥每个月只有五十块钱工资，给自己十五块钱，二嫂听到他的名字就翻白眼。三哥在部队，没有几个钱。大哥搬到前院去了，分家前对他讲的话，他这辈子都忘不掉："供你读完高中，我已经对得起死去的爹了，我不能供你到老！等你工作了，还得把我供你读高中的钱还来！"大哥可以不管他，但也不管他下面的几个弟弟妹妹，这未免太无情了！

往后，真的要靠秀文供完大学吗？这似乎也不像话。

春节，他背了个小包回家过年，除了一袋哈尔滨香肠，包里只有两件旧衣服和几本书，衣服拿给娘改一改，可以给弟弟穿。过年的时候，织布机不会停，磨盘也不会停，他要把苞米和麦子磨好，还要帮弟弟把冬麦田拾掇一下，那年的小麦收成不错，还要把房顶补一下，雪压塌了一个旧窟窿。回家就是干活。他宁可绕道也不肯经过前院的大哥家门，他们家吃饺子的时候，娘趴在窗台恶狠狠地朝大儿子瞅，一直瞅到他们把最后一个饺子也吃了，娘就开始破口大骂，从大哥的家门口骂到村口。"连只饺子都不知道给亲娘吃！"前一年，村子里的焦点还在他身上——窟窿台有史以来第一个大学生——他们全家都感觉光宗耀祖的，今年却成为全村人的笑柄——窟窿台有史以来第一家闹分家闹上法院的。他巴不得快一点离开这无望的乡村，不止是二哥和三哥，就连妹妹也感觉到：四哥越来越像城里人了，皮肤更白净了，讲话更斯文了，方言粗口都少了，干农活更笨拙了。

其实，他早就不住在这屯子里了。初中就得去县城住宿，十几岁就要自己管自己的衣食住行，每个月连吃带住带学费共要九块钱，有几次实在凑不出来，娘就去姑表亲家借。要不是成绩好，怎么可能读到高中毕业？他也惦记着家里人，想到一切不幸都是从父亲病逝开始的，就一门心思要考医，全家都赞同，但复查时发现是色盲，转而考虑学费很少的师范，二哥却强烈反对，也没错，那时候，只有最差的学生才进师范。就这样转投了机械类。收到录取通知书后，他一声没吭，直接去了哈尔滨，直奔二哥的工厂。二哥惊问，你怎么来了？他说，我考上了，只有你能帮我了。

没有人帮，他无法读完这一路书。不靠读书，他也无法从屯子里走进县城、再搬入大都市。他不知道未来会在哪里，但肯定不在这个屯子里——这个名为窟窿台的小屯子里，绝大多数人都不会写窟窿两个字，所有从这里寄出的信封上，都用两个象形的ОО示意。

那些年，距离村子最近的寺庙都被砸了，原本去拜菩萨的人都去赶集了。元宵将至，市集上就开始热闹了，做熏鸡的烤肉的酱菜的烙饼的都预备好了。做媒的人来传话，元宵那天，王家四哥要去一趟市集，见见秀文姑娘。他让三哥陪他去，三哥是当通讯兵的，比别的兄弟都有派头，也会说话。

滚元宵的摊贩旁热气腾腾的，他隔着一团团白雾汽看到了照片上见过两次的秀文。原来，没有照片上那么白净，瓜子脸倒是瓜子脸，但黄黄的有点不精神，这就显出了年纪，到底是比他大三岁。她也叫了一个哥哥陪她来。两个哥哥就寒暄起来，刚说了几句话，扭秧歌的队伍就跳出来，锣鼓咚咚锵，大花大绿的棉袄舞动起来，乡下男人们就围拢去看，他瞥见几个猥琐的表情，听见那几个人在议论谁的屁股大谁扭起来才好看，男人们讲笑完了，秧歌一轮也跳完了，秀文脸上随兴的笑容也收起来了，他也尽量不露声色。元宵出锅了，四个人分两碗，一碗五仁馅儿，一碗芝麻馅儿。秀文的哥哥付了钱，他三哥抢了第一个吃。

秀文也吃，眼睛定定地看着他，没留意牙缝儿里嵌了黑芝麻糊，还笑着问，你怎么不吃？

他只是笑笑，到最后也没吃。那一碗都给三哥吃了。

回程，三哥问，你咋不吱声。

他说，又不好看。

三哥嗤笑一声，又说：别那么没出息，人家肯供你读大学呢。

他摆出深思熟虑的神色，闷头走了一里地，这才答：我宁可欠你和二哥的，也不想欠姑娘家的。

当晚拜了祖坟。按照风俗，要用玉米面、白面和荞麦面做成灯碗，便是金灯、银灯和铁灯了。蒸熟了，倒进灯油，插进棉絮捻的灯芯，再放到祖坟上点亮。娘让他去点，又说了一遍："咱家祖坟是冒过青烟的！你爹下葬时，坟里跑出来九只红蛤蟆、一条大花蛇！你要光宗耀祖，你要养家立业！"他在父亲的坟前磕了三个头。

第二天他就回学校了。校园里冷冷清清，也没事儿可忙，他醒来就骑上车，逛大街，东看西看，从学校骑到冰封的松花江，看人溜冰转圈，看得冻了，再上车，骑到中央大街，看秋林商场外排队买香肠面包的队伍，看得饿了,再上车,骑得浑身发热,听到了那熟悉的钟声,不知不觉就骑到了喇嘛台。

东正教堂的彩色玻璃窗里朦朦胧胧有烛光摇曳。他突然觉得累了,是那种跋涉千里后终于抵达目的地时的那种轻松的乏累。洋葱头在暗黑的天际隆起更暗的轮廓线,隆升出令人陌生却安详的满足感。并不太陌生,在哈尔滨生活两年多了,屡次三番经过这里,听过许多传奇故事,但他从来没有进去过。没有理由,也没有人邀请或陪伴。他已经入党了,刘春是介绍人。他是不可能也不应该进去的。

但那天不一样。暮色笼罩的街头突然只剩下他一个人。也许那是时空中的一个漏洞,或是错位,或是穿越,否则也无法解释,就在他停好自行车的那一瞬间,教堂的原木大门静静地打开了,从中泄露出的光芒仿佛只为了灌注到他的瞳孔里,不失时机,不遗漏一分一毫的温暖。有一个人为他打开了这扇门。

他没有意识到自己走向那片光。在无人关注的时候,理智并没有什么用处。

他迈入教堂之内,不自觉地仰头,望向插满白色蜡烛的枝形吊灯。他把那些烛光一朵一朵地打量一圈,察觉到它们是多么宁静。仿佛这个时空里不存在风,甚至人的呼吸。宁静的重量压下来,像十亩地的棉花裹住了自己。与世隔绝。

Jack 和 Zero · 2013

一开始，病是狙击手。站稳，调整呼吸，缓慢地消灭一个目标，躲在角落里的、突然窜出头的、隐蔽的重要目标。五年前，父亲和洪老师买菜时突然跌倒的时候。门牙撞碎，额头蹭破，骨肉瘫软，脑沟某处发生地震，掀翻了一部分记忆，海啸波及家人，哪怕三秒就退潮，他自动醒来，不知前世已崩塌，只是硬撑着爬起来，埋怨菜场边沟里臭鱼烂虾太熏人。他竟然否认自己跌倒过。

很快，机枪连发，短兵交接，一剑封喉，病把回忆的活路断了。他不再记得。他叫不出任何人的名字，怀疑妻子是小偷，接到亲兄弟的电话时完全不知所云，昔日的工作灰飞烟灭，工作了四十多年的单位徒有其表，移居多伦多快二十年的大女儿是彻底的陌生人。病以这样的方式消解他一生的意义，时常令子清追问，生命是否真有意义。

然后，是炮击隆隆后的寂静战场，硝烟弥散。失踪后被找回来的他像个魂。病已重构了这个人。城市像个恶魔的子宫，在你我无法见到的黑暗涌动里，将他从乡村到城市的一生中仅剩的庞杂元素错乱嫁接。

父亲在熟悉了新环境后，敢于抗争了。为了争夺脱衣服的权利（或许该说是不穿衣服的权利），他朝身强力壮的男护工挥起拳头。护工已有经验，机灵地躲开，他的拳头便砸在门框上。子清看到他肿起的手像一个馒头，膨胀起来的皮肤特别光滑，让她想去触摸，试探弹性。肿手让一个干瘪的老头突然有了胖小子的假象。她幻想戳破那幻觉，但触感只会加剧陌生的好奇心。没有皱纹，没有疼痛。如果全身肿起来，他会有人爱吗？像气球的话，至少可以飘走。

现在，子清觉得自己在练习接受最后的寂灭，每一次漫长的地铁之旅都像是展示，密集的，向她展示人类的真相。常识退位，知识泯灭，意见沦陷，智慧离场，仅剩一具顽冥肉身，固执地不肯消亡，仿佛以僭越的、伪造的姿态炫耀生命力。

地铁里的气味很难闻。有人咳出蒜味，有人浮出酸臭汗味，屁倒算了，竟还有人散发酒气，哪怕是午后。子清戴着耳机，调大音量，打开手机，调出微信，找到Jack。那是在一次地铁事故中加的陌生男子——那天地铁突然停在站台，门敞开，过了十几分钟都不开动，她和别人一样迈出车厢，等在月台上，和周遭的人一样下意识地玩手机，滑来滑去，心不在焉。就是那时，微信跳出一个新朋友认证，她想也没想就按下了添加键。在等待列车的时间里，她盯着这个人的头像看了一会儿，皮肤白净，印象最深的是他有漂亮的下巴，眼下的卧蚕也很饱满，换成女人也是好看的。她不认识这张脸。至今为止，她的微信里还没有一个陌生人，她并没有在第一时间做出老手的判断：在她通讯录里的某人更换了手机号码，而Jack就是新号码的拥有者。列车再次启动的时候，他们从"你好，哪位？"开始，慢慢确证彼此是彻头彻尾的陌生人。他说上一只手机失窃，换了新号码，每天都在添加朋友。如有打扰，非常抱歉。她说不用抱歉，自己每周有三天会坐长途地铁，来回三个半小时，转车共四次，去工作，有人聊天也挺好。半真半假的倾诉，挺好玩。

半个月后他们见了面。Jack的真人比头像还好看，在阳光下遮住额头，阴影下的睫毛长得像假的，下巴的曲线完美地暴露在柔和的光线里。她是名为Zero的莫须有者，用一张数字0的图片做头像。之后的三个星期，因为夜里的寂寞，他们聊天的内容越来越放肆，或者说，她纵容他放肆。又过了两星期，Jack和Zero成了情人。他有一个女朋友，所以不能约在他家。她也不愿把这件事暴露在父亲的家里，她始终认为那不是她的家，散发着迟暮老人特有的酸气，陈列着沉重的家具。所以，他们总是约在情人旅店里。

通常都是他下班后在房间里等她，他喜欢用手指玩iPhone的出音口，喜欢用iPad看色情漫画，喜欢给每个朋友制订个性化的铃声、头像和背景色，他不知道自己比子清小十一岁，Zero则是假装不知道。

开春后，父亲有了一次小中风，何时发生的，并无人知。她去的时候，护工们只是说这是一种猜测。但她确实看到了一张僵化的脸孔，绷得很紧，仿佛被无形的力量拉向骨头。他不像往常那样低着头假寐，或和旁边的秃顶老厂长喋喋喏喏，而是笔挺地坐着，脊椎到头颈全线僵硬，但他的手始终放在桌子上，手指的颤动很像在描写什么字，或者说，做出书写的预备动作。他像一个紧张的小学生坐在课堂里，面对一位暴君式的班主任。除了异常的僵硬，没有别的迹象再能证明小中风的闪退。

子清坐在父亲对面，长久地凝视他。因为父亲看起来太陌生了。她回想这辈子见过的父亲的脸孔，像手绘的动画片那样，把一张一张画面掀动起来，成了流畅变化的动画，最后定格在面前的这张脸上。快进的镜头，像某部电影里长时拍摄一只苹果从鲜红到腐烂的镜头。

有勺子在敲打桌面，有人荒腔走板在唱歌，有家属骄傲展示微信里的KTV录像，有老人悲怆地长啸，但子清和父亲笔直地对视，仿佛在凝滞并上升的真空中。

子清拿出了照片。隔三岔五的，她会从家庭相册里找出几张老照片，拿给父亲看。最早的几次，父亲会指着照片上正在做机械振动实验的人，食指绕着自己的头画圈圈，呵呵地笑。但现在，他对照片上的亡妻、自己、女儿都只有漠然的表情。

这张照片是在子清翻找通讯录那次从一个厚本子里掉出来的，最初大概夹在某封信里，但信封信纸都不见了。本子是父母单位发的硬面抄工作日志，只有前三页写了几行字。子清家里有无数本这样的本子，不同的硬面上印着"建厂四十年""机械工业部"等镀金色的标志。

照片是九十年代司空见惯的七英寸柯达照相纸，照片上的女子已过半百模样，眯着细长的眼睛，短短的卷发被湖畔清风吹乱了，嘴角带着克制的笑意，背后的湖面上有白色的船，桅杆高高的，却没有扬帆。相片的背面写着："老同学留念，一九九一年十一月游海拔六千英尺的 Tahoe 山顶，那里终年积雪，这里是山顶湖 Lake Tahoe（太浩湖），几千年前，这里是大冰川。知名不具。一九九二年二月四日。"

子清把照片翻过来瞧，果然，压在深蓝色水平线上面、轻薄云层下面的，还有一道蓝白交融的山脊线。前景中的女子一身橘色夹克，仿佛要消融于那天最后一抹阳光中，令背景中的山海云显得更超然冷艳。子清忍不住赋予其寓意，并试图从女子的眉眼间捕捉到更多意义。这显然是父母在大学里的好朋友。子清隐约想起来，童年的某个夏日，这位阿姨来过上海，在他们家吃过一顿饭，席间说了些什么自然是不记得了。这位老朋友在美国加州的古老冰川湖前露出恬淡的微笑，仿佛不经意的提到岁月。几千年的痕迹依稀，几十年的知名不具。没有影子。照片里的每一样物事都没有影子，水面的波动抹煞了船和云的影子。照片外的每一样物事也没有影子，摄影者和照片的接受者都没有在那莞尔若失的笑容里留下切实的影子。

子清有一种未必真切的印象，所有和父母年轻时有关的人都是和蔼可亲的，围绕在他们身边、塞给她和姐姐糖吃的同事们、出差时路过上海来看他们的老同学们……都是笑眯眯的，就像她本人的童年，了无烦忧。所谓过去，只是构成当下的笑容的充分必要条件。看着这张照片，她越来越觉得自己对父母这代人的判断根本停留在童年。口唇期的天真记忆。

父亲的目光似乎连聚焦在这张照片上都做不到，眼皮沉重地耷拉着。子清不肯放弃，随着父亲低垂的视线去调整照片的高低位置，似乎在等待它突然被认出来的奇迹般的一刻。

盲人从子清身边摸索着椅背走过，哑巴热情地拍着她的肩膀，身高不足一米四的小老头笑眯眯地指着闭目书写的父亲，胖阿姨和几个护工在窗边聊天。这是安详，这里特有的安详状态。谁也没有受伤，谁也不需要特殊关照。子清就在这其中隐没了自己的愧疚。她把父亲交托给了这里，虽然勤勉地要来看望，却总是近乎无所事事地坐在父亲周围，连洗澡、穿衣这样的事都由护工去做，就连在衣服上绣一个名字都做不好——方脸阿姨在旁边看不下去，索性夺过她手中笨拙的针线，行云流水般绣出那三个字。

她尝试给父亲按摩背部，但双手触碰到僵硬的肩膀就变得盲目了，没有把握是因为被按摩的对象毫无反应，她感觉自己只是在装模作样。她想象自己按中了肩井穴位，想象一道酸痛的电流顺着父亲的肌腱刺入躯体内部。夏季夜空里血管状的闪电。冬天灶台上窜起的蓝色火苗。深秋走失的夜里刺痛双眼的陌生人的手电筒光。就是这样，然后跳转，或许可以是半个世纪前东北麦田里的一阵风，从面对面的父亲和母亲之间的狭小缝隙间穿过，让他们都很酥痒。

包括愧疚在内的所有想法，Jack 都不知道。

Jack 面对的是 Zero。年龄身份都不详的零小姐。总是约在地铁口正对面的情人旅店里、坐在乏味的床上等待他的零小姐，她有时很贪婪，有时很被动。

这天，Jack 刚一抬手要按门铃，门就被 Zero 拉开了。他露出坏笑，仿佛一眼看穿她的迫切。厚厚的地毯是蓝紫色系的漩涡状花纹，吸走了大部分声音。她却站在门口，并没有迫不及待地让他进去。他突然听到她的背包里传出叮铃叮铃的轻响，那么轻，竟然听得到。他这才意识到，她背着包，也许是想夺门而出。

"我……下去买瓶饮料。"她果断地走出去，手里拿着门卡，他没有移动，倒好像是她主动地贴近他。他不费力气地伸手揽住她的腰和臀，亲吻她的耳朵后头。有着漂亮嘴唇曲线的大男孩很擅长亲吻，柔软丰厚的唇部吸吮在她皮肤上的时候，她再次果断地推翻一分钟前的果断决定。

"不许放我鸽子，"男孩收住了吻，先发制人，"我知道你会的。早晚都会的。"

"刚才没情绪了，"女人收住了心，故作哀怨，"只是想出去透透气。"

事实上，放鸽子的事以前有过一次。她让他空等了两个小时，像傻瓜一样坐在酒店里，等到她重新开机，说手机没电了无法联系，对不起，下次见，他才彻底死心回家去了。因为 Zero 不可能代替子清去解释，那天父亲发烧了，吊盐水几个小时，必须有人守在他身边，摁住他那只不安分的手，他没有意识自己在接受治疗，一味地要把插在手背上的针头拔掉。通常来说——实在没有护工可以腾出时间来做这件事的情况下——父亲的手将被绑在床栏杆上，没有人会质疑护工有虐待的企图。但那天她去了，她在，她就不可能容许父亲在捆绑中挣扎扭动。失智老人的反抗是纯粹的生理反应，情绪失去理智的调控就像脱缰的野马，教养退位，斯文扫地。她把手拢在父亲插着针头的手上，不让另一只手去拨弄，哪怕那只手会恶毒地掐她拧她拍她的手。总之，Zero 和子清是两个女人，她们分属于不同的男人，不同的责任和义务，但永远无法分割同一个身体，无法同时出现在两个地方的两个人身旁做截然不同的两件事，这是精神在分裂，并永远地败给肉体的不可分。

男孩的手摸索到门卡，在她背后灵巧地刷中了门锁。嘀的一声。他吻牢她，同时一步步地把她往里送。咔嗒一声，门关紧了。他拨下她的背包，扔在地下，又听到了叮铃叮铃的响动。闲聊是必需的，但不能太严肃，最好是些无关痛痒、无关私人生活的话题。对于两个只想性交的人来说，最好说什么都像挑逗，于是，他凑近她耳根问，"你包里有什么？叮铃叮铃的……"

她顺势坐在床边，把地板上的背包拿起来，摸出里面的一串钥匙。钥匙圈的挂件是一枚沉甸甸的铜饰，圆形的两边挖进去两个弧度，仿佛用手指捏出了腰的造型。正面雕刻着丛林和三只猴子，分别捂着眼睛、耳朵和嘴巴。反面刻画有一张地图，标明了川治温泉、鬼怒川温泉、男体山、东照宫等景点，最下端标明是"日光国立公园"。就在腰型弧弯的两边挂着两只玲珑的小铜铃，响声就是从这微小的空洞里发出来的。

"去日本旅行了吗？"男孩问着，用食指拨弄着小铃铛，手势看起来很色情。

Zero当然不会告诉他，这是父亲二十世纪八十年代去日本公差带回来的礼物，子清和子莱为了这枚钥匙圈争抢了好久。那是父亲志得意满的时候，改革开放刚开始就作为机械工业部的访日代表团成员去了日本,她还记得父亲那天穿上定做的藏青色暗条纹西装,提着皮箱,在街坊邻里的艳羡的目光下走出工人新村的小楼,她也去送,送到面包车上就赖着不肯下车了,硬是一路跟着父亲和同事们去了虹桥机场,那是她第一次知道上海有一条哈密路,第一次看到白色的飞机倾斜升空,想象父亲坐在里面,然后想象自己长大了也这样去飞。

Zero要演好Zero的角色。必须有充沛到位的动作,她开始投入,和男孩的对手戏由两条柔滑搅拌的舌头开始。要像佛教里的那三只猴子,不看,不说,不听。

这是最底层的趣味。发自本能,也踩躏了本能。仿佛,每一种体位,每一声呻吟都源于自觉和不自觉的模仿,是本能的对本能的模仿。高潮的时候总是会有五分之一秒的幻觉。不可捉摸,无法预设。这一天,爆闪在Zero脑海中的画面是火。火舌舔卷,一切变轻,轻成黑色的粉屑飘向高处。

这才不会让她想到奥托。做爱时的奥托是柔情而笨拙的,酒醉时也会有些粗鲁,但他始终是有点儿羞涩的。但Jack从来都是骄傲的,从生殖器的形状到纯熟的技巧都能让他骄傲,有固定的女友和临时的性伴也能让他骄傲。

他们会在十字路口告别。一个往西,一个往东,隔着宽阔的马路、粗壮的斑马线、交错的行车,分头为自己拦出租车。前几次她总以为是自己运气比较好,空车到得更快，这次她刻意去看，才发现他是在等她先上车，没有拦下开到他面前的空车。所以她还是先上车，两人隔着大马路挥手告别，夜色里，远得脸面都看不清。

这样结束一次看望父亲的城中旅途，子清和 Zero 就能用光各自所有的力气。

这样结束的一天，子清不会再想工作，连电脑都不想去碰。回到家，打开冰箱，拿出昨天剩下的米饭，打两个鸡蛋，切碎一把不太新鲜的蔬菜，加一勺罐装的橄榄菜，再洒一把冷冻袋装的玉米胡萝卜青豆，一盘炒饭就是易如反掌的晚餐。她捧着盘子，盘腿坐在沙发里，一张影碟刚刚看了个开头就吃完了，看到一半就睡着了，影碟放完后自动退回主菜单时的音乐将她震醒，她又迷糊了一会儿，觉得房间里好冷，再起身将盘子和锅子浸在水槽里，迫不得已去洗了一个热水澡，然后窝进开了电热毯的床上，把刚才没看完的那半部电影继续看完。夜里两点，她在黑暗的房间里躺着，半梦半醒，想起下周就是冬至，要独自纵贯城市去给母亲扫墓，明天还要给医生打个电话，问一下小中风的事，但在朦胧的意识里，父亲僵硬的脖颈和男孩莽撞的身体对峙着，老人的骨骼和年轻人的脂肪分裂着，她用仅存的清醒意志去调控镜头，聚焦在男孩又白又滑又壮又汗湿的胸膛，镜头不断迫近，近到仿佛能追踪到一滴汗的迸发过程，然后她会看到自己像火舌一样去轻佻地舔，把所有画面舔成雪一样的白色……她睡着的过程就是如此漫长。

快睡着的时候，她突然想起来了，那团火是她见过的。母亲葬礼后焚烧衣物时随风逼近她面孔的那团火，火舌突然旋转着蹿高，黑色的粉屑如轻烟缥缈。就是这样，在高潮如期而至的瞬间，在她闭着双眼的幻视中出现的就是这样的火。火舔着母亲生前最爱的真丝长裙，纯天然的面料迅速缩成黑屑，烟火飘出迷离的青雾，飘出一阵蛋白质燃烧时的微臭。那时，父亲手里捏着一条树枝，挑起另一条化纤面料的冬裙，姑妈在一旁扶着他，二伯父和舅舅都围绕在烟和火的周围……她在半梦半醒中逐一辨认他们的面孔，就像失眠者在数羊。

走失的神·2011

  关于第二次走失，子清有太多猜想，是因为从头到尾她都仿佛在另一个维度经历了一遍。那时候，她已成为父亲在上海的唯一的家人，因为洪老师已经不再愿意照料他了（让我们谨慎而宽容地不使用遗弃这种字眼）。

  那是十月的一个下午，叶阿姨带着他去菜场，就像带着一条老狗出去遛弯，这是每天例行的散步。她照例在自己房间里做翻译。她听到他们回来，也听到叶阿姨照例大声叮嘱他换鞋，并且再一次失败。她听到他的老皮鞋在木地板上的脚步声照例停在镜子前，她便继续专注地去翻一个长句。直到下一个段落开始，叶阿姨才慌慌张张推开她的房门，说，你爸爸怎么不见了？

  门没有锁。这是叶阿姨的疏忽，从她到这个家的第一天起，子清就再三叮嘱要随手锁上大门，要像时刻防贼那样，因为父亲的病就是一种贼，可以从外至内、从内至外的巧取豪夺。可那天，叶阿姨手上有一条活蹦乱跳的鲜鱼，她冲进厨房后，被掏干净肚肠的鱼挺身跃出黑色马甲袋，再一个挺身，撞倒了她平素放在垃圾桶边的废弃塑料袋桶，不可降解、也不可叠合之物滚出来，因为每一只袋子都被她谨慎地团成了一个球。这条鱼强悍的生命力让来自安徽的叶阿姨赞许不已，满地五颜六色又让她觉得莫名的欢快，便忘记了锁门这件小事。

　　门是父亲健康时亲自挑中的。以前，他们进门后从来不锁门，因为从屋内按下把手就能开门，但从屋外必须使用钥匙，门外的把手是固定的；从屋内用钥匙正转一圈扳动锁芯，即可反锁，屋外的人就算有钥匙也不能开门。对于叶阿姨来说，正反皆可，只是必须把钥匙随身携带，千万不能给老先生把玩，一则怕他东藏西藏，谁也不能再找到；二则怕他灵光一现，使用肌肉记忆力，翩翩出门。于是，叶阿姨就把钥匙系在脖子上，像个二十世纪七十年代的小学生。

　　就在叶阿姨有条不紊地把鱼砸晕，把袋子收好，把瓷砖地擦干净，把手洗干净的这段时间里，老先生在客厅大壁橱的落地镜前喃喃自语。那天，镜子的人应该是他最要好的朋友，他们俩总是说悄悄话，没有一句是完整的，没有几个音节是清晰的，镜子内外是一场近乎默剧的闹剧。叶阿姨刚来时，被这种场面深深地吓到过；

后来到底是习惯了,他和镜中人吵架、打架、挥拳砸玻璃,她都能安之若素地看电视。那天下午,老先生大概突发奇想,决定到镜子背后去找他的好伙伴,偏巧门一推就开了,便兀自走了出去,或许刚好叶阿姨把那条鱼滑进油锅里,呲啦一响,盖住了门锁撞回门框的声响。或许他坐了电梯,或许没有。或许顺手骑走了谁家的自行车(楼下有户人家反映在那个时间点在家门口丢了一部忘了锁上的自行车)。或许出了小区门就上了出租车(他的裤兜里永远有500元钱以防意外)。或许下意识地回了洪老师家。

这是第一个让子清苦闷的念头。这时候,父亲和洪老师的离婚案正在胶着中,二婚八年的老太太不肯以第一监护人的身份提出离婚,并扣住了父亲所有的证件,这让子清极其恼火。她们上一次见面是不欢而散的,洪老师以小学老师特有的高亮嗓门提醒她:电视剧中有很多表现不孝子女抢占遗产的故事,所以万万不能拱手把一切给她,因为"我和你不太熟",因为"我要保护你父亲"。但她事实上抛弃了他,不肯再照顾这个让人操碎心的傻老头了。

子清让叶阿姨在家待命,"他一回家就要立刻通知我",然后抓起手机、钱包和钥匙,下楼去找。电梯从五楼降到一楼,她已经在头脑里迅速列出清单,在人脑GPS上画出了路线图:ABCDE共有五处要去寻。电梯门一开,她突然想到还有楼梯,便一路奔上去,看看每一层里有没有父亲的影子。一直奔到十一层楼才放弃，坐了电梯又下到底层。在这个时段里，她很清醒，也因为清醒而有信心，似乎很有把握：时间不长，一个老头，能走多远？只要比他想得更周到就好。现在想来，还有比这更狂妄、更愚蠢的想法吗？你怎么能同绝症去斗谁聪明、谁利索？看了那么多追踪嫌犯的好莱坞影视，只为了反衬你现在的束手无策，太缺乏前瞻性——为什么不在他身上装一个GPS定位芯片呢？

地点A就是她、父亲和阿姨三人同住的这个家，是父亲为了第二次婚姻买的，房子很丑，像早老症婴孩，生来就没娇嫩过。从毛坯房开始，电梯里就贴满护墙纸，继而涂鸦写满装修队的电话；住满居民后，又被改成疏通下水管和搬家公司的贴纸，屡次被人撕掉，或是刮掉电话号码。竞争真激烈。但公寓内部是敞亮舒适的，符合七旬老人的审美观，装修是父亲清醒时完成的，笨重得几乎无法抬起的深色实木家具也是他钦点的。刚刚装修完，洪老师的女儿就怀孕了，她便不肯离开女儿家（地点B），这套房子就一直空置着，子清回国时偶尔会短期居住，直到洪老师把他送回来。

地点C，是距离这个小区十五分钟脚程的另一个老小区，那是在子清初中时，父母用老工房加现金加贷款买下的。她就是在那里，从一个傻乎乎的乐天小孩变成了一个看什么都不顺眼的叛逆青春期女孩，也是她人生中第一个抛弃的家，大学还没毕业就毫不留恋的搬了出去。

两年后，子清的母亲在卧室里猝死。这也是洪老师不肯住在那里、催着子清的父亲倾尽毕生储蓄购买新房A的原因。旧屋和新居，步行只需十五分钟。虽然将近十年没去了，但某种特殊的纽带或许比肌肉的记忆更不容易抹煞吧。父亲病后经常会问"你妈呢？"，子清有时觉得他指的是洪老师，有时认为他指的是母亲，偶尔也会觉得他只是在问陌生小孩。想到这里，她宁可他回到C小区的二十号一零一室，宁可他被陌生的住户赶出来。

地点D，是四公里之外的老新村。那是这个家的起点，是子清和子莱的父母成家后的第一个家，是姐妹俩单纯美好的童年记忆的所在地。虽然她不相信父亲走失后会记得去老新村的路，但谁知道父亲萎缩的大脑会给出怎样的讯号呢？寻找者不是盲目的，但面对失智症的逻辑，所有推理都可能是自取其辱。

地点E，毋庸置疑，是他工作了四十年的科研所。在这个瞬息万变的城市里，有些事几乎难以置信，比如：他的办公地点始终没有变过，在同一个科研所的同一个分所小楼里的同一间办公室，办公室沿四壁分布，中心区域分布着四五个巨大的水泥凹槽，年复一年的进行机械振动实验。自从搬进了C小区，家里有了洗澡间，子清就再也没去过科研所了，在她的童年记忆里，那无非是有公共澡堂、免费电话、叔叔阿姨给零食的地方。尤其是有冬天的澡堂。

其实她也不算是孤军奋战，当她在普通人家吃晚饭的时候从A小区叫出租车去B小区时，谨慎地拨通了洪老师家的电话，告知她要去她们家附近看看，如果父亲真的去了，麻烦通知一下。洪老师叹了一口气，说，你来吧。

她不止去了，还吃饭了。因为饿（这让她羞愤难当）。晚饭还没收掉，虽是残羹剩饭，但都重新热过了。身高一米五、因糖尿病而日渐干瘦的小老太哭丧着脸坐在餐桌边。"我们经历过一次啦。饭总归是要吃的，否则哪有力气。哪像我，吃也不能吃了。你打算怎么办？"子清把汤里最后的两个肉丸子捞起来吃掉，摇摇头，和她说话总有种回到小学被数学老师训斥的感觉。"我跟你讲，啥人也没办法，他这个病，你要从长计议，住家阿姨有什么用？不是亲人呀！再说了，亲人也不一定有用，你看你们家，大女儿跑到加拿大结婚，噶许多年哦，只回来过两趟；小女儿也不知道在做啥，人影也找不见，一歇儿在意大利，一歇儿在美国，人家说叫天天不应叫地地不灵，放在你们家，就是叫她她不应，叫你你不灵！"所以，不是第二任太太的事了，子清抹了抹嘴，说："我就是担心他不小心回到这里了，才过来看看。既然他没来，我走了。"

接了她电话后，老太太已有准备，她说，会让小丁开车把三年前找过的路线再走一遍。"赶紧报警，但是你要记得，你爸的身份证我给小丁了，他要带回来的！不能交给你。等离婚的事情办好了，所有证件——包括房产证、工资卡、身份证——原样还你，我不贪的。"

"你不提出离婚，我能怎么办？"

"该怎么办就怎么办！有问题找律师去问，不要来问我。小丁，你们好走了。早去早回，明天还要上班的。"

小丁是个发福的中年男人，拘谨地拿着小挎包，已经穿好了鞋，站在门口等。他的眼睛很小，几乎看不出瞳孔的方向和表情，但圆嘟嘟的脸孔上似乎终年不休的浮着"我是好人"的字样。他和三代母女生活在一起，早已习惯了精明利落的女性氏族家风。他开车的时候，没有多说一句废话，车子先围绕B小区转了两圈，然后由南至北把每条街游了一遍，再由东到西把小马路开过，最后停在了A小区所属的派出所门口，下车的时候夹紧小挎包，进了派出所，基本都由他在说话，很快办好了手续，到底有经验。最后，他很自然地把王世全的身份证收进了小挎包。子清和他在派出所门口有礼貌地道别。

那一夜，子清就像在熬夜转机时那样，身体困顿，精神不敢松懈，随时想听到延误的班机的消息。人在这种时候，就算不小心睡着了，也肯定没有梦。总有一件事在抽紧神经。她根本没有睡，好像父亲随时会回来，敲响那扇门——那扇必须用钥匙才能从门外打开的铁门。

等到夜里四点，她开始制作寻人启事，挑选合适的照片，绞尽脑汁地想他昨天穿了什么——那时候，脑汁这种东西大概也凝结了吧。她上网搜寻了范例，也就是那时候，她发现淘宝上有人出售"各大报纸各种版面寻人启事",她留了言,对方竟然即时回复了!十五分钟后成交,支付宝付款却因系统维护耽误了半小时,原来六千元超出了她账户的额度。最快只能是后天见报,对方再三跟她确认:"如果明天人找到了,也是不能退款的哦亲!"(亲你妈)

第二天的主要任务是贴寻人启事。子清去复印店印了三百张,A4纸上有父亲的头像,写上了姓名,身高,头发颜色,衣裤颜色,时间地点,重酬答谢。全部塞在双肩背包里。再去五金店买了最结实的胶带和胶水。在这种完全事务性的操作中,不可名状的怒气似乎才能被隐没。这怒气不知道是指向谁的,因为她深知:不仅不能怪罪任何人,也没有别人可以帮到自己,所以反而要感激所有人,包括复印店里安慰她的少妇(穿着一袭大花裙子,抱着一个嗷嗷待哺的婴孩,还不忘说,上次也有个人来店里复印寻人启事,老人太容易走丢了,不过他印得没有你多,你真的要三百张吗?);也包括交通协管员(他没有勒令不许在红绿灯旁的电线杆上贴启事);还包括小区里的长舌妇(她们凑到跟前把每个字读一遍,发出啧啧啊啊唉唉哎呦等各种叹词)……然而,她还是有一腔怒气。

要不是复印店里的少妇提醒,她根本想不到去小区物业调看监视录影。四方格的画面,模模糊糊,找了一小时才找到当时父亲出门时的样子,正正经经,爽爽朗朗,简直是意气风发。出了小区门,毫不犹豫地往右拐,消失在画面里。物业的人说，出了这个镜头，你就需要去派出所调街上的录影看了。派出所的人婉拒了，对她说，一般案件是不许动用这类资料的，况且，再过一条街就由另一个辖区的派出所管了。子清便死了心要把所有寻人启事贴完。

她当然是从 A 这栋房子周围开始贴。第一张，贴在进门的玻璃密码门上。谁知，不出十五分钟就有人拨打了启事上留的电话，楼上一户人家苦苦哀求："明天一大早我们家结婚，可不可以麻烦你们把寻人启事贴到外面的墙上？玻璃门那个位置我们要帖红双喜的！要拍摄的呀！真是不好意思，可是看起来有点儿不吉利啊！……祝你早日找到老先生。"（不吉利个你妈）

第二张，贴在小区门卫室。之后是在每栋排楼的左右中。之后，她走出了小区，在纵横两条马路的电线杆上，这带给她前所未有的感受——没有做过的人或许不知道，这是需要厚脸皮的。你应该反背双肩包，像是从肚子里扯出一张纸，左手腕上挂着宽胶带，右手食指勾着剪刀，在小区里贴了十几张后她就得出了动作的规范性，效率第一，速度第二，不要被人扯掉是第三。子清的个头不高，所以几乎要贴在和脑袋平行的位置，剪贴上层边缘时双手要完全举高。胶带要一半附着纸面，一半附着水泥或钢铁或玻璃，树皮也试过了，粘不住。上下各贴一层胶带后，要用手掌根拍一下，让粘性发挥最大作用。这个过程通常需要两三分钟。然后，你就可以惊讶这两三分钟里竟能聚集起那么多有闲的路人，一扭头，你就发现自己被包围起来了，好多张兴奋的脸从启事上转向你，接二连三地抛出问题——他是你爷爷还是爸爸？看起来蛮精神的呀，怎么会有病？报警呀！警察没用的吧？……反复回答这些，大约也需要两三分钟。

　　后来，一边贴，你也会很自然地开始派送。顺手塞给在路边卖红薯的老头，他看起来比照片里的老先生还要老。顺手塞给在C小区里打牌的老头们，他们看起来挺聪明的。顺手塞给在大卖场门口摆摊卖牛骨木梳的藏族妇女，她实在百无聊赖。顺手塞给在学校门口看自行车的老太，因为她观察你已有十分钟，不给也不好意思。顺手塞给房产中介门口抽烟的西装男，他理应跑遍附近的每一个小区，你甚至不妨塞给他十来张。顺手塞给兰州拉面、包子铺和生煎店里的伙计，谁知道你老爸饿了会不会去吃点儿啥呢……

　　在和五花八门的人匆匆交流的过程里，确切地说是从早上八点半到午后一点，子清渐渐有了一种跳脱自身的快感。街边巷尾的每一种存在都似乎在召唤自己，这是前所未有的事。那么多陌生人一点一点吸走了自己的怒气，饥饿和乏累也戳穿了底气。一种由麻木演化来的冷漠，渐渐允许了不加择选的接近，她强迫自己接近每一个人。她假装自己到了外国，是的，明明就是自家周围几公里之内，她却必须视其为外国，带着通常对异域才有的好奇心，让眼光镜头化，唯有如此，她才可以看到那么多人，意识到他们和她共处一域，并且，可以轻而易举的攀谈起来。这无疑是良善之举，却不是每天发生的事。因由生活本身的强迫力，我们大多数时候都采取直线式的日常生活轨迹，尽量不与外界产生不必要的交流，因此获得安宁乃至安全，这难道不就是城市人的模式吗？

所以，子清始终迷恋当一个不负责任的旅人。不介意让人一眼就看出来她是旅人。旅人可以肆无忌惮的迷路，问路，找寻一栋当地人根本忘却的楼宇，盯着一幅当地人司空见惯的画看许久，可以在任何时候举起相机或摄像机，然后头也不回地走掉。旅人才能无所畏惧，无所顾忌，粗鲁，也因而自由。

所以，子清始终不喜欢在上海久留。不喜欢有家的感觉，因为名为"家"的存在是一种锚，拖坠你在一地渐生留恋，懒惰而至不再好奇，不由分说地勒令你臣服生活规则，吞下厌烦，吞下废话，把自己捆绑到模式化的轨道上，和模式本身同生共死。

也正是这种模式，让她逐渐在贴启事的下半场失去了动力。回想上半场积极的表现，她给自己做了简短的点评：剧本的线索清晰，主要人物十分鲜明，由动作构成的长镜头带出丰富多变的移动场景，以及各色人等，恰与收敛凝固的表情形成对比，导演控制了很好的节奏，献给名为"回忆"的剪接师的素材丰富，可以配合电子乐和现场采音制造有张力的快速剪切，也可以配合咏叹调的哀歌，或民谣，或萨帝（Satie）的钢琴曲制造出伤感缓慢、淡化时代感的内心戏……就像任何一部踌躇满志的处女作，不可避免地带有过度的自恋，看不到取悦大众的企图。然后她意识到，自己确实有做戏的成分，倒不是说戏剧扎根在骨子里乃至无法拔除（从来都不会这么狂妄），而是这件事溢出了她的日常表现，因而处处隐含自以为是的模仿。我在模仿什么呢？她问自己，一个孝顺而焦心的女儿吗，一个仁至义尽的家人吗，还是一个以行走和偶遇为生的旅人？或者，更有可能的是，一个在回忆和转述中不至于被他人垢齿的虚伪的凡人？

她可以游离在自己身外，看到外部世界经年累月在自己脑体里投射下的观念，陈腐又伪善。在闻得到厕所味的快餐店座椅里，她不知不觉把烂熟的薯条往嘴里塞了太多，一整夜只打了一个小时的瞌睡，身体对油腻产生了抗拒。好像有另一个自我在更深处折腾，要立刻离开，要回家睡觉，要继续潜心翻译冰岛艺术家的剧本，要像戈多一样去等待父亲的再次出现。她非常清楚，这次重逢只能基于巧合和偶遇，最坏的可能不是去接受父亲的死亡，而是……永远无法再见到这个失忆、漂流的陌生老人。

在冷气充足的快餐店里，她灌下了两杯咖啡，再把汉堡塞进嘴里，一边吃，一边用剩下的薯条做起了地图。全都味如嚼蜡。ABCDE，五个地点依次连接起来，像个被人踩歪的五角星。下半场要跑完 D 和 E。如果这只是一项计件工，那未免太容易实现了。新宿街头派发纸巾的西装男生、制服女生，派完就完工了，可以领取微薄的酬劳，作为大量无用功的补偿。她多么希望自己也有酬劳，那就是，启事贴完的时候，父亲从阴影里走出来说：你好，你好，辛苦了。

三十小时之后，她给奥托写了一封 e-mail（电子邮件）：

"所有的人，都是与我无关的，搁在平日，他们全都被完全忽略，现在，缺席的父亲生出惊人的统辖力，迫使我把眼光投向他们每一个人，又带着厌烦迅速远离他们。暴露在人群中的离心力，只能催生更难打破的个人的封闭，这是我在很多次漫无目的的行走中得出的结论。我看着落地窗外熙熙攘攘的街头，突然觉得另一个我要得胜了。

我真他妈想一走了之啊。

可这他妈不就是我跑遍世界想找到的所谓戏剧性吗？可我跑那么多陌生的城市真的是为了戏剧性吗，难道不就是想逃离这里吗？

因为教养的过程缺乏戏剧性，自己也厌恶在鸡毛蒜皮的小事里浪费过盛的情绪，所以才向往戏剧化的人生吧。然而年轻时的戏剧感总是貌似跌宕，大喜，大悲，大闹，年长一点便觉出那种折腾的低级来。年轻时没有对手，只能折磨家人。

我不能走，却不是因为戏剧性。在这个城市里，这个星球上，因为年老而失能的人多如牛毛，每天你都能在网络上、警局里看到心急如焚想找回丢失老人的人，还有一些人走失了，却没有人去寻找他们。没有人能给出一个数字，证明我所遭遇的只是千万分之一。"

两点半，子清到了父亲退休前的单位。门卫要她至少说出一个名字，才能放行。她说，"我找金喜善"。这不是开玩笑，金喜善真有其人，男性，大学毕业后在她父亲手下，算是他的徒弟，她第一次用电脑算命就是托他的福——那时候很多小孩还没见过电脑呢，子清就在父母的单位里见识了芯片。后来，韩国的那位美女出名了，她每次在广告上看到她都忍不住笑。所以，金喜善是她能记住的唯一一个父亲同事的名字。

小楼经年未变，爬山虎的新绿覆盖了砖墙面，风起叶涌，让她想起了儿时，每年暑假，父亲都用竹筐热水瓶打单位里的冰饮料回家，正广和橘子汽水、盐汽水的味道，但据说是食堂自调自制的。等他回家的时候，她通常已在姐姐的指挥下在公用厕所用大木盆洗好澡了，姐姐也把米淘好了，姐妹俩就躺在草席上，子清看蓝天白云，子莱看琼瑶三毛；因为姐姐通常都不理睬她，她就琢磨白云的形状，编造童话故事，大声说出来，只为讨姐姐嫌。等父亲一回家，子清总是第一个冲上去，急不可耐地夺过灌满冷饮的热水瓶。

单位里的每栋楼都变了模样。这栋小楼也肯定经过了翻修，推门进去，便听到震耳欲聋的试验声，不知道派什么用的机械体在振动台上有节奏的晃动。父亲以前的办公室改建过了，拥有了和时代相符的铝合金门窗、壁挂空调和饮水机——这些，在她的儿时记忆里都没有。但记忆里究竟有什么画面，却也模糊了。

金叔叔见到子清，愣了一下，突然喜笑颜开："你来得正好！你爸爸很走运啊！"

她的心猛地跳快了。"他来了？"

"谁？"

"我爸呀！"

看着他茫然的表情，她乱跳的心泄了口气，继而从背包里拿出寻人启事，递给他。

他默默地收起笑脸，很仔细地读那张复印纸。她看到他头顶已半秃了，记忆中风华正茂的大哥哥已成了快退休的男人，他刚分配到这个单位的那年夏天，在试验室里穿着拖鞋，踩到了器械木箱板上的钉子，当即被送入医院。那几天她家饭桌上总在谈论金喜善的脚丫子。父亲激动地模仿他，子清兴高采烈地撺掇他讲一遍、再讲一遍：他踩到第一颗钉子时，痛得一跃而起，一米八的瘦高个子窜到一米八高，落下来时，另一只脚则踩到了第二颗钉子，父亲会用筷子比画他跳得多高，钉子多长，分别钻进肉里多少，直到子莱抗议这种细节不适合餐桌。于是，子清下意识地低头去看他的脚，看到了很适合中年男人的棕色皮鞋。

他让她坐下，给她倒水，她一口气喝完了。这显然增添了她颓唐落败的程度。他斟词酌句地说，已经有一年多没有见过她父亲了，上次走失后，他代表单位去慰问过一次。他带着足够的歉意，仿佛在检讨自己对昔日领导关心不够。这让她很过意不去。

然后，他疑惑地抬起头。"事实上，退管会的严老师前两天找过我，问我怎么能找到你爸，因为退休工资调整了，有些手续要办，但他说，洪老师告诉他，你把你爸爸接走了，现在住在哪里都不知道。"

子清的脖子往前押了一寸，肯定也瞪圆了眼睛。她惊讶的时候就会这样。"是她把我爸、连同一小包衣服送来的！就在我爸自己家啊！她从没来看过，但怎么能说不知道住在哪里呢？当初那就是他们的婚房啊，窗帘都是她亲自买的，钥匙也有四套，一套她自己留着，一套给她女儿和女婿，还有两套归我和我爸。"

金喜善叔叔沉默了片刻。这种家务事，连子清自己说都觉得无聊，虽然他露出很为难的表情，好像不知道该不该同情她，但她已抢先一步同情起他了。"现在这些都无所谓了，关键是把人找到。他肯定没来过？"

"没有！不过你等等，我去问一圈！"金叔叔迈开两条长腿，一秒不耽误地到隔壁办公室去问，然后是试验站另一侧的办公室。然后他沮丧并焦急地跑回来——真的是一路小跑——停到她面前，很郑重地摇摇头。

"要不这样，我陪你到退管会去一趟，看看有什么可以帮到你的。对了，正好可以把退休工资那事办了。"

退管会所在的小楼，似乎就是多年前的那间公共浴室。一三五女用，二四六男用，夏天满员，冬天拥挤到母女共用一个水龙头。所有关于女性的生理知识她都是在那间浴室里得到启蒙的。但她也不确定就是那栋楼，科研所里密布了几十栋楼，楼与楼之间的小巷拓宽了，有些部门自立门户，从个人承包变成股份制，隔三岔五就装修门面、加盖楼层；还有些缺钱失修，一看就是被时代淘汰的纯机械部门，还有些车间经年不衰的响着电钻和电锯声，是永不淘汰的修配部门。这是一个独立完善的小社区，与时俱进，和她十岁前的印象大相径庭了。

退管会的人不仅帮不到她，而且自身难保。金叔叔也没想到，退管会的小办公室里人声鼎沸，十几个激动得面红耳赤的男男女女把一个中年男职员围在当中，金叔叔暗自叫苦。"这下糟了！"他把她拦在门外，帮她补了补前情概要：从今年起，事业单位和企业单位的退休工资制度正式分离，王老先生刚好在转制前退休，享有原来的工资待遇，还多了养老津贴，所以需要家人帮他签收新的工资卡。而拥挤在退管会里的那些老人们都在据理力争：难道晚生几个月，就该少拿一千块钱吗，这还有什么公平可言，这叫什么社会主义国家，高级工程师的退休金还不如政府机关退休的清洁工……

"你在这里等着，我去问问严老师手续怎么办。"金叔叔挺身挤进人堆，对那位愤懑的职员耳语了几句，那人却提高嗓门吼起来："今朝这场面还哪能办公啊？天天都来一堆退休老人闹事，吾册那有啥办法啦？跟我闹，没用的呀！王工的身份证复印件带来了吗？有没有工行招行中行或浦发的卡？"金叔叔用眼神问我，我只能沮丧地摇摇头，他便挤出了人堆。

"下次把你爸身份证和银行卡带过来，就能办了。下次也不会有这么多人在闹。"

"怪不得你说，我爸很走运。"她苦笑着摇摇头。作为一个从来没有领过工资，甚至连社保卡都没去办的小混混，她觉得在中国单位里度过一辈子真是匪夷所思。"不过，下次来也办不了。因为所有证件都在洪老师那儿，她不肯给我。"

"为什么？"

她耸耸肩。"大概她觉得我是坏人吧，想侵吞属于她的遗产。"

"你不觉得她是坏人就很好了。"金喜善长叹一声，把她送出了科研所大门。

四点，子清重归故里。

城市人没有故乡。每逢有人问起，上海，就是一个笼统的出生地，但不是本地人就不知道城中格局、及其潜台词，你需要很长的篇幅才能跟外乡人解释，出生在上海的工人新村和原法租界新式弄堂里有什么区别。

重归这里，她果然辨不清地标了。梧桐在他们搬离后又疯长了二十多年，铺张浓密，也改变了街道的光影。原先可堪标志物的小学不见了，这一点儿不稀奇，这座城经过了多少拆建啊！实话说，她根本没想到老家还健在，被埋在周围林立的密集高层之间，像一只局促的蛤蟆趴在井底，一趴半个多世纪，身上满是疙瘩。

第一个家就在小学背后的巷子里。因为太近，班主任会在你缺席、迟到的时候直接找上门来，那时候的家访简直像串门那么随意。子清记得同桌男生有一次旷课逃家，不出两公里就被老师追了回来。还有一次期末前的摸底考试，数学题目刻意出得难，全班都没及格，老师勒令他们把试卷带回家让家长签字。那一夜，至少几十个小孩在这个工人新村里被臭骂一通、乃至挨打。子清37分，当晚没敢把试卷拿出来，第二天早上临走前假装想起这事儿，打算浑水摸鱼，把考分遮起来让父母胡乱签个名就好。然而，母亲很稳妥地摊开整张考卷，放下了笔，说，让你爸签吧。这句话通常意味着：你等着被收拾吧。父亲在洗碗，湿漉漉的手接过考卷，突然变了脸，但他没有打她，只是把考卷一撕为二，再揉成一个团，一言不发地扔出去。子清看着那纸团滚进了大橱下面。申辩也没用。他说："怎么可能全班都不及格？你这个孩子从小就爱说谎。"子清掉了几滴眼泪，被母亲推出了家门。一到教室，她反而像个没事儿人，和同学们有说有笑的。数学老师在早自习时来收考卷，只有她说没有。"被我爸撕了。"老师二话不说，揪着她的胳膊就往外走。现在，子清回想起来才觉得纳闷，难道全校老师都知道哪个学生住在哪栋楼吗？不出七八分钟，师生两人已经站在家门口，三楼右侧腰门敞开着，正是普通职员忙着上班的时候。子清的父母在公用厨房里接待了数学老师，母亲把挂在厨房墙上的扫帚递给子清，指派她把考卷勾出来；父亲变得如往常一样和颜悦色，竟然开始夸奖数学老师敬业负责。母亲在灶台边抹平考卷，父亲执意要进屋拿支笔来签字，数学老师又执意推搪说不用了、不用了，好像两人争着买单。就在他们互相认可对孩子的教育要上心的时候，隔壁的娘舅端着泡饭咸菜鱼骨头来来回回好几次，朝子清挤眉弄眼，冷不丁说道："你们全家都是大学生！你不可以不及格！"

在这个工人新村里，父母都是大学毕业的工程师家庭并不多。上世纪五十年代，百万产业工人需要住房，在新中国第一任上海市市长陈毅的号召下，建起了专为工人群众居住的曹杨新村。这些事，子清之所以记得牢，因为小时候作为好学生、班干部参加过新村居委会的宣传活动，写过黑板报，尤其在夏季纳凉晚会上需要歌颂一下。就当时来说，第一批洋房十分先进，砖木结构，红顶白墙，一开始是二层楼，每层三户，每户都有抽水马桶，时髦极了，是由毕业于美国伊利诺大学建筑系的设计师汪定曾规划，还有人说苏联专家也曾献计献策。最早搬进曹杨一村的住客大都是劳模、先进工作者和老工人，之后没多久就有了幼儿园、卫生所、中小学、菜场、电影院、文化宫等公共设施。但是好景不长，这个新村很快被批评为太浪费，密度低，不经济，于是，从曹杨二村到六村都变成了上海人说的"两万户工房"，从时髦小楼退化成过渡性住房，厕所仍是抽水马桶，但变成几户公用，左右两只马桶间有栅板隔断，光线昏暗，空间逼仄；厨房也是公用的，乱糟糟，油腻腻。子清的父母一九六八年毕业后分配到上海，一九六九年就住进了曹杨七村，算是很幸运的。在他们那栋楼里，厕所里的隔断被拆除了，虽然利用率下降，但不影响一家人一起上厕所，更重要的是，杜绝了透过隔板（或大大小小的洞眼）偷窥等各种下流事件的可能性，更重要的是，腾出来的空间刚好可以放下洗澡盆，家家户户都有蚊帐一样的浴帘，挂起来笼住木澡盆就能笼住一团热气，冬日必备。那时候还有箍桶匠的，据说以前都是箍马桶的，后来到工人新村，箍的都是澡盆。

在这里十二年，子清没心没肺地长大，无忧无虑，也没有对这座城市的好奇。新村本身就像一座独立的小城，走出巷子右转一百米就是小学、医院、粮站、菜场、花园、车站、电影院、邮局……样样所需都在五百米内，密集而便利。母亲会惦记着去武宁新村或曹家渡的布店买料子，父亲却哪里也不想去，因为他所需要的一切都在这里了，无需再去更远的地方。母亲会安排，国庆节去外滩，儿童节去长风公园，父亲只是照办。对童年的子清来说，大自鸣钟、外滩简直就是另一个城市，需要坐很久的公车。至于老上海的那些情怀故事，在新村里几乎完全隐形，即便在电视里看到《天涯歌女》这样的老电影，人们通常也是说，住在新村里比弄堂里舒服多了。也有些老上海人的后代住在新村里，讲地道的沪语，但对于上海这座百年都会的认知完全是她成年后自我补习的，没有人跟她讲老上海的故事，她也不觉得自己是所谓的上海人，就算成年后有了清晰的认同感，被她划归到自己身份中的城市特性也都与父母没多少瓜葛。

七村里的住客身份十分繁杂，最初一村、两村的工人特性明显减弱了。子清家住的那栋楼里有科研所副所长，有退休纺织女工，有老上海资本家后代，隔壁娘舅是中学体育老师，他和在皮件厂做女工的老婆长期不和，但她和子清的母亲是好朋友，因为整栋楼的人都知道莱莱姆妈（子清出生时这个称谓已定型）手最巧，用她从厂里拿出来的边角料可以拼出堪比行货的皮夹克、皮背心、皮裙子，又因为莱莱姆妈忠厚可靠，娘舅老婆的私房钱都藏在莱莱姆妈家。到了二十世纪八十年代中期，新村里出现了天差地别，资本家后代的美女阿姨小时候跳过芭蕾，八十年代末移民美国；科研所副所长是第一批拥有商品房的人，最早搬离这栋楼；莱莱阿爸跟着不知哪位邻居去闯江湖，成了第一批认购原始股的人。后来搬进来的大都是结婚没房的小夫妻，住不了几年都着急走。子清家在这里住到一九九〇年，从那以后，子清再也没有回去看过，也没有哪怕一丝怀念。

直到现在,她重返故里,发现自己记得很多事。

她有点儿迟疑地从一扇黑铁门进去,昔日和父母、和老师、和隔壁娘舅共同走过的小巷隐约露出骨架,哪怕皮肉已衰老,新建的一些附属小楼仿佛注射过肉毒杆菌,可能是在世博会期间重铺过的水泥路平滑得像拉过皮的老脸。然而,她被深深感动了,没有断壁残垣写着中国人最熟悉的"拆"字,也没有旧貌改新颜让她完全迷茫,就在这依稀留存的寥寥几栋楼里,她还能一眼望见昔日的窗,阁楼的老虎窗也还在,哪怕那面墙上滋生了许多大大小小的空调外机,搅乱一个怀旧人的视野。

强烈的生活气息弥漫在这里,属于这个时代的物件密密麻麻覆盖昔日的印象,令人觉得过去的生活是那么简朴、单纯,她突然很想上楼去,径直走向童年所在的房间,蹬上竹梯,到阁楼里去,给两盆兰花浇点儿水,然后打开老虎窗,在清澈明朗蓝天下还会有积雪在瓦片上,真的,童年的冬天她真的在瓦片上采集过白雪。

她试着去想父亲在茫然的行走中又回到了这里——他来到上海后的第一个家,走到父亲每天停放自行车的楼梯井里,思忖着要不要在这里贴一张寻人启事。她蹬上红漆早已磨光的木头楼梯,非常想把那些印有父亲容貌的复印纸覆盖整座楼梯,从上到下贴满,连两格楼梯间的纵面都不放过。但她看到了楼梯井里靠墙搁着那把竹梯,二十多年的油烟和尘埃像浓墨重彩,把她童年时天天攀爬的这把梯子改造成了古物,轻盈不再,往上走没有了当做童年卧室的阁楼，往下走没有了勤恳忙碌的父母。她曾经睡眼蒙眬地踩空，顺着圆润的梯级滑下来，跌下来也好像不那么痛，一个小女孩坐在地板上咯咯地笑；也曾经一步两格地往上蹿，想快点儿回到自己的小世界，画完那只可爱的米老鼠。原来，他们走了，竹梯却一直这样靠墙摆着，像个孤儿。就在那一瞬间，她的眼泪热辣辣地滚下来，被这突如其来的怀旧打败了，被坚韧存在的往昔的证据打败了，一截不知通向哪里的梯子像一截断肢，反衬着缺场的父亲不知其踪。就在那个昏暗的楼梯井里，父亲仿佛已被默认为消逝的时代的一部分了。这既美好，又太不好了。

她意识到自己开始老了。从出生到现在，竟可以在六个小时的脚程内走完。中年就这样突如其来地降临了，在人生第一个家的旧址上。

她到底没有勇气把寻人启事贴满老楼。走出来，把大半瓶矿泉水倒进花圃里，再用剪刀当铲子去挖，硬土总算松动了起来，她连撬带刨，弄出了一抔土。没有容器，没有多余的塑料袋，她便抽出一张寻人启事，折成信封，想把那些土装起来。可是，土屑蒙上父亲的头像时，她突然有一种不祥又不孝的预感，十分懊恼自己没有反过来折。

无论如何，这是她搜集到的第十六份土。

当夜，她在半夜的城市丛林里寻找父亲。

高架桥下，街灯的茫茫黄色里搅动着大卡车和公交车掀动的灰尘，完全暴露在有毒的扬尘里，而且，这仿佛是某个无人的国度，确切地说，人只能关在铁盒子里以远高于步行的速度行驶，以此保持路的性质。几乎只有她在步行，缓慢而犹疑而麻木。她要假想他习惯性的路径，以及出其不意的路线。现在，袋里只剩一把剪刀、零钱包、钥匙和手机。她发现自己走到了A小区附近的大菜市场，而对面，那些漫无尽头的高压电线下面，是一大片绿地。

仿佛被眼前一排摇曳的小竹林所蛊惑，她不假思索地走入更深处。更远处有高耸的高压电塔，两三公里外才有灯光稀疏的楼宇。没有月色，没有街灯，完整的一片混沌之中，她盯着跑鞋下的石板小路。这双跑鞋已经看不出原来的颜色了，它陪她走了十几个国家，让她懂了一件事——如果盯着脚下的路，全世界的路都一样。

所谓不一样的，只是你抬起头看到的遥远背景。在那个时间点，她根本不知道那片绿地大到要走几小时才能走出来，也不知道那里面连路灯也没有。虽然不至于一脚深一脚浅，但只能盯着一条水泥石板路往前走，有桥，桥下有石桌石椅，那应该是午后老头们下棋的地方。因为这样走，很可能围着某些小花园绕行一圈，所以最费时间，然而她别无选择，每一步都似乎朝希望迈进一点儿，每一步也踏破一点儿可能性。

再往前走，看到了小溪，人造死水围出一片栽种着绣球花的草地，那应该是清晨老人们做太极拳或是甩手操的地方。草丛里似乎有声响，她用手机附带的小电筒往里照，发现那只是个挤挤挨挨的灌木丛，不会有人——甚至是失智的父亲——把自己塞在里面的，她怀疑自己快失去起码的判断力了。她把手机摁灭，亮光骤失，眼底留下诡异的光斑，近乎失明，这时竟有一种贯彻周身的放松感，仿佛肉体已承认这是无谓的抵抗，其意义只在于有过抵挡——"我在寻找父亲，纵是如此盲目，但日后我将至少无怨无悔。"

再往前走，又见竹影摇曳，和高高天空中的高压电线很不相称，高能量的电流在寂静无声的夜里发出吱吱的轻响。再往前走，忽见一个蹩脚的八角亭，亭厅极小，刚好铺满一床被褥，被子里的人毫无声息，毫不动弹，她蹑手蹑脚走过去，不想毁了流浪汉的美梦。

她累了，走了整整一天一夜，时不时忘却了自己究竟在找什么。就像小时候被罚抄写，一个字写了一百遍，就会认不出这个字，只觉得这个形状好古怪。也许父亲现在突然出现在她面前，她也不能再认出来。所有瘦削的老男人都仿佛可以是他。面前仿佛是另一个世界，和她熟稔的日常生活平行的异世界。她问自己，怎么可能邂逅走失的父亲，在这样的夜里，这样的地方？在他失踪已超过三十小时的第二个夜里？

只闻见植物的欲望，它们也都没有了颜色。当她终于走到绿地的另一端，在公园门口的石凳上乏累地坐下来，已经无法分辨自己在哪里。在匈牙利小城迷路时，酒醉青年从破车里探出头来叫嚣。在那不勒斯地下通道没有尽头似的白色走廊里，白色瓷砖之间有粗陋的黑色缝隙，刺目而单调的几何图案在长距离里重复绵延，让人不知道还要走多久才能回到地面。反正不是巴黎，午夜斑斓灯光下的蒙马特性玩具店多么可爱啊。都不像这里，中国沿海最大城市的原城乡接合部的漆黑午夜。

极度虚脱中，她意识到自己没路可走了。满世界跑的时候，她从来不曾有这样的想法，总觉得世界那么大，每个城市都有无穷尽的街巷。然而所谓的家，原来这么局限；所谓的家人，竟是可以如此遥远而陌生。

她继续走，直到再次看到正常的街道，那时候，疲惫彻底代替了恐惧，她一屁股坐到马路边上。有几秒钟，世界突然寂静，因为耳鸣，恍如隔世般的无声无息无色之感从头到脚覆住身躯，像不可言喻的沉重的下坠，没了呼吸，沉到了海底。突如其来的，全世界停滞，她被抽离到了真空，仿佛被什么附体，声音、时间、感觉一概消失。身前空荡荡，身后死沉沉。那一瞬间，她的上半生，他的整个一生，像顺行逆行的高速列车擦身而过，轰然一声，劈头盖脑，速度加倍。

那一夜，子清和父亲都元气大伤。

隔了两夜，第三天下午，子清接到派出所的电话。

那是远在四十五公里之外的派出所，子清从来没有去过的区域。出租车行驶在堵车的外环线上,景色越来越陌生,夕阳的光芒一点点褪尽,消失在高架桥的右侧。到达那家派出所的时候已经天黑了,在一位民警的带领下,她走到走廊最深处的一间房,空气里淤积着浓重的烟味以及……另一种密度极高的躁郁。

不足三平方米的小房间里,父亲被三名抽着烟的民警围在角落里,面前的那杯浓茶盛在一次性纸杯里,显得格外苍白柔弱。父亲的眼神是骇人的。惊恐,愤怒,疲乏,撑满了眼底的每一条敏感的血丝,瞳孔因此显得更黑更大,前所未有的神经质的表情。脸颊上的皱纹也仿佛被刀沿着旧纹刻到了更深层,几乎把这张脸孔重塑了。

"确认一下,是你父亲吗?"带她进门的警察是个戴眼镜的白面书生,也是这个房间里唯一表情松弛的人类。"昨天半夜三点半我们接到桂香小区守夜保安的报警电话,说这位老先生在小区花园里的池塘里玩水,好像要洗脚,又好像是在与水面下的鱼讲话,一会儿很凶,一会儿又笑,保安去阻拦他,结果打了起来,就叫来民警带人了。"

房间里跷着二郎腿的一个中年男警把烟头塞进当做烟缸的矿泉水瓶子,剩下的半瓶水被几十只烟蒂染成了恶劣的黑黄色,光是看一眼都让人反胃。"我们一看就知道是痴呆,但浑身上下也没有身份证明,你们做家人的应该在他衣服上绣上名字,或是吊个名牌嘛!痴呆几年啦？以前走丢过吗？"

另外两个稍年轻些的民警面目模糊，都很疲惫，但藏在椅子下面的四条腿都在高频率的抖动，这让子清越来越难受。"以前有过一次，是他自己回家的。后来出门都有人陪着的。内衣上没有名字，外套的内衬里是有的，裤子口袋里也应该有写好名字和地址的纸条。"

"没有外套。裤子口袋里是空的。"民警立刻做出答复。

"裤子里还有钱。"

"他现在会用钱吗？"

子清登时被问住，哑口无言。

"我们让他在这里休息，他也不肯睡。凶得要死哦！你爸爸以前是做领导的吗？瞪眼睛骂人，拍桌子摔东西，我们也不能把他铐起来，对吧？所以就关上门，让他安静一会儿。结果一直到早上，换班了，他也没有合过眼。带回去好好让他休息吧。"

子清呆立在门口，盯着那张俨然是丧心病狂的老脸，完全无法挪动眼神去应对民警的讲述。她想象不出父亲穷凶极恶的模样。

"我们足足问了八个小时，当然，他讲不出这两天干了什么，怎么会到了离家这么远的地方。自己名字也回答不出来。"

用审问的办法，用谈心的态度，用对待儿童的耐心……最后是用排除法，把最近报案走失的老人名录拿来，用一个个名字去套他的认可。"还好你报警报得早，如果只有二十四小时，名单不会发到我们这里来的。"

还好。幸好。所有局外人的反应都是向善的。但唯一的局内人王世全老先生，却坚持使用那副杀了人般的表情。对他来说，没有任何的好。

民警把子清推到他面前，但也不期盼老人哭着扑向亲人的怀抱。痴呆是六亲不认的绝症。亲人必须主动扮演双份角色。子清小心翼翼地喊出爸爸的称谓，然后是父亲的全名，然后自报家门，然后，甚至报出了早已去世的母亲的名字。她看到民警们有的摇摇头，有的起身往外走，有的面露怜悯。她很想让眼泪流下来，但觉得那样很丢人。

几位民警让她办好手续，签了字，留了证件复印件。她解释说，父亲的身份证丢了，还没来得及补，她不想把事情搞得复杂，说是他的正牌妻子不想来也不肯给身份证原件，她害怕这样抱怨诉苦的结果是她根本没有法定监护权领走父亲。两位民警护送她上了出租车，以免老先生在这短短的百余步中又动武使性子。父亲没有那样做。她揽住他胳膊，他没有甩开——这才是万幸。子清坐进出租车，确认父亲那边的车门是锁上的，再跟司机报出了地址。

这一路，没有一个人讲话。也许正是这长长的安静，顺畅无阻的夜行，舒缓了父亲的神态，以至于他下了车，走进家门时，只剩了困顿和疲惫。叶阿姨迎上来，搀着他，他也仿佛突然退回到了柔弱的童年，任她带领，任她摆布，脱下脏脏的裤子和鞋袜、脏脏的衬衫和汗衫……推进淋浴室的时候，他几乎已回复到了往常的斯文，没有恶声恶语，以至子清站在玻璃门外，怅然若失，仿佛之前看到的那张脸是一场梦。

但就算是做梦，她也梦不出父亲会有那样一脸惶恐而戒备的表情。那是潜藏在人心最深处的恶的本能、攻击的能量，是和平年代的幸福家庭里的小孩无论如何想象不出来的，是源自极度的恐惧。

子清·三十三

"三十三岁那年,你剁肉了吗?"

一个月后,子清坐在午后的咖啡店里,戴着墨镜,晚秋的阳光让人温暖,可惜眼睛肿得像个沙袋。她听到关鹏这样问,一下子不知道该怎么回答。明明之前一分钟还在说离婚,怎么突然要剁肉?她来找关鹏,是因为父亲走失又找回后的一个月里,洪老师三番五次拒绝来看望,在糖尿病重度患者看来,这一切波折都不该再与她有任何关联,事情要想有推进,老先生还要继续活下去,都只是他女儿的事。

"你到底是不是上海人?这种规矩都不知道?三十三乱刀斩,过生日那天要剁三十三刀,然后把肉丢掉,把厄运都丢掉。驱邪的!"

"我没有。没人教我。我不算上海人。"

"我看你就算剎了,也是把厄运留下来,好运都丢掉了。"关鹏点好烟,把打火机扔到桌上,烟熏上去,眼睛就眯起来。"那就准备好十二年一轮苦熬吧。天注定。"

"你敢说我爸的事是厄运?"子清用手扇开烟雾,"照你的讲法,洪老师这么做只是为了等分遗产?"她根本不知道父亲名下有多少股票债券、多少存款,她只知道现在住的这套房子是父亲的,房产证上是父亲、她和子莱的名字。"我就是想问问你,假如我找到父亲有写过遗书之类的文件,是不是可以免去离婚这档子麻烦事?"

"首先,我不能教你伪造遗书,教你这种没有生活常识的人也没用。其次,我建议你直接去法院。法官只会问财产分割、儿女抚养有什么纷争,不会问候老人家的健康的。"关鹏掐了烟,从兜里掏出手机,找出一个号码,让子清记下来。"我这个朋友办民事案的。你去找他。当然,你的遗书,我就可以给你办公证。"

"那你给我先办吧。我决定早点把遗书写好。"

"三十五岁就准备这事儿?"

"我爸七十岁发病,我妈六十岁猝死。我独身单过。喝醉酒倒在浴缸里死掉都没人知道,你觉得没必要先写个遗书吗?"

"要不要写一下QQ、邮箱的密码,以便我帮你广为告知,接受网络祭奠?电子遗产现在很值钱的,而且没有相关法律。"

"说是遗书,其实确切的说法是应对衰老、疾病、救治和处理身后事的原则。国外有现成的模板,在意识清晰的时候签好名,到了关键时刻就能保持尊严地终止治疗。没有生命感的活下去,真的是没意思。"

"你又不是神又不是佛,下这种定义不怕遭雷劈吗?天命有数,就算是生不如死,那也是命定的,这一世不受够苦,下一世接着补,到时候,你要不要再签一个'我放弃被生下来'的声明?"

"你信佛啦?"

"超度你是够用了。"

子清瞄了一眼他手腕上的串珠,黑檀锃亮,不知戴了多久,非常油润。"我老了肯定没钱也没小孩,存一点儿够用的钱把自己送进老人院就好。应该是没什么好交待的。写遗书也是自娱自乐,白写。"

关鹏叹了一声,叫服务员买单,在等账单的间歇里只是用苦恼的眼神看着子清。服务员拿来账单,他给了钱,目送服务员远去才再开口。

"你想过吗,我们认识都有二十五年啦!这几年,新朋友越来越难交,老朋友倒是越来越少联络。我有个大学同学,前两个月胰腺癌走了,想想以前一起喝酒到天亮的,真的好心痛。但想想自己马上要四十了,好像更加心痛,眼泪都要掉下来了。"关鹏还想再抽一根烟,却发现烟盒空了,就把它捏扁。"遗书你自己慢慢起草,不着急,没人催稿。改天找几个好朋友讨论一下养老房要不要买在一个小区,这个事情越早做越好。你看看你,男人、小孩都没有,白头发倒有了,笔笔直挺起来,当天线用的啊?"

关鹏顺手帮她拔掉一根又短又硬又白的头发,仿佛是纪念品,捏在手心里,就这么走了。子清又续了一杯咖啡,晒着太阳。关鹏的律师事务所就在隔壁的小洋楼里,这一带的老房子大都改建成了咖啡馆、小画廊和工作室,其实并不太像关鹏的风格,但他的客户大都是海归创业的时髦人,吃定这套的。挺好玩的,靠踢足球加分才进入重点中学的关鹏成了擅长融资和并购的商务律师,而入学时排名第一的高才生王子清现在是劳保都没得交的无业游民。

父亲这次走失,让叶阿姨神经紧张,一举一动都谨慎万分。有时,叶阿姨的神经质会让子清很心酸,觉得对不起这个憨厚耿直的安徽农妇,除了陪她多聊聊天,只能再加几百块工资,除此之外,她实在不知道还能怎样表达感谢和安慰了。而她自己因为这档事的折腾,心烦意乱,翻译的进度又拉下不少。

坐在阳光下的咖啡馆里无所事事,她竟然有一点儿罪恶感。随手翻开店里的杂志,看到的是大溪地旅行的精美图片。她想,按照三年前的打算,今年大概连北极都去过了吧,毕竟,从加拿大进入北极圈易如反掌。谁猜得到,现在竟和老朋友说起了遗书和养老的事。

要说旅行之类的计划,她倒是有过一个:去瑞士。

大约半年前,她看了电影《在瑞士的日子》,英国著名女演员朱丽·沃特斯(Julie Walters)饰演一位罹患绝症的女医生,她明白这种病会让她没有意识、没有尊严地死去,决定申请辅助自杀组织的协助,经过缜密的咨询、探讨和沟通,她在家人的陪伴下去了瑞士,组织方按照合法的程式完成了录影和注射,也预先安排了警察见证,圆满了她在充沛准备的前提下告别世界的心愿。这是一部根据真实事件改编的电影,之后的几个月里,子清就补全了相同题材的另外两部电影作品:《死亡医生》和《自杀游客》,讲述的都是同一个宗旨:人有选择死亡的权利。

从一九四二年开始,辅助自杀(assisted suicides)在瑞士就是合法的了。一九九八年四十三例,二〇〇九年二百九十七例,人数逐年上升。在澳大利亚、比利时和哥伦比亚都有过不同程度和时限的合法过程。她当即跳转到相关官网,仔细研读申请者应该满足哪些条件。父亲显然已经失去资格,无法在清醒的状态下给自己做出理智的判断,从这个意义上说,患有失忆、失智和相关并发症的人就连选择死亡方式的权利也没有,虽然绝症和绝症在无药可救的层面是平等的,但父亲得的这种病却早于任何民主行动,剥夺了他的选择权。如果一定要有个结果,那这场漫长的审读只能是为她自己的。

半个月后,关鹏做东,办了一次中学同学聚会,非要叫子清去。"有些人的名字我都叫不出来了,真的不想去。"她拿着电话在空荡荡的房间里绕圈子,但关鹏斩钉截铁地说"下午五点半过来接你",说完就挂了电话。

于是,子清出现在老同学们面前。这是他们高中毕业后的第一次大聚会。十三个人挤在大圆桌旁,每个人的手边都放着手机,只有她的手机最古老,诺基亚E72,虽然保养得很好,虽然她仍然很中意,但起码有五个人瞄过这只手机,分别用好奇、嘲讽、怜悯、惊讶等不同口气表达了关注。然后,人们才开始谈论长相的变化:曾经的小胖妞成了白骨精,鼻梁垫高了,割了双眼皮,在自拍照里的嘟嘴造型俨然是九〇后,嫁了个台湾人当起了全职太太;曾经的小帅哥有了啤酒肚,谢顶迹象明显,手机屏幕是双胞胎女儿的照片,逢人就秀;曾经的班长还是班长模样,当上了党委书记,抽红中华,喝天之蓝,新婚妻子是电视台儿童节目的主持人……已经离婚的有两位,除了足球小明星关鹏,还有曾经的英语课代表岳阳,在北京读完大学后留学美国攻读硕士,据说和一位美国富家小姐在拉斯维加斯闪婚闪离,去年,家里人帮他报名参加电视台的相亲节目,他索性辞了犹他州的工作,回国后一门心思扎进了无休止的约会中,所以,饭局一开始,话题就不可避免地落在岳阳身上,以关鹏为首的评审团对他目前交往的三位候选人做出了苛刻的评判,每一句都能引来众人的欢笑,包括岳阳的第一任女友卢晓静也笑得前仰后合。但他只用一句话就把大家的注意力从自己的绯闻上移开了:"晓静你笑那么开心做啥？都怪你，你不和我分手，哪来现在这么乱七八糟的事。"

晓静坐在子清和岳阳之间，吹弹欲破的胸脯就在他俩眼皮底下，想当年在丑陋校服里欲盖弥彰的性感终于拨云见日了。她骨架小，底气足。"哎呦！你现在这么多女朋友挑三拣四，还不谢谢我早点给你自由！"

"我看你更自由。这一桌人，就你和子清还没有结婚，到底是同桌，真要好！"岳阳不失时机地向大家举证说明，就在他回国的一年间，已在五星级酒店的大堂、老外街和酒吧街上偶遇晓静四次，每一次她身边的男伴都不一样。

晓静骂他十三点。"我是做媒体推广的呀，很多客户要见要陪的，我又不像你天天去约会。说起来，真正自由的人还是子清！不用朝九晚五，不跟我们这些俗人一样赚工资，想工作就工作，不想工作就满世界去旅行，实在太潇洒了，这种日子结什么婚啦。"

一时间，有人点头，有人惊讶，有人不置可否。接下去，有人问四金医保怎么办，有人问她去了多少国家花了多少钱，又有人问她做翻译是不是很来钱。子清一一简答，抵制着心底涌起的厌恶感。所有问题都指向钱，指向她的生活方式，带着下意识的评判立场，贯穿着典型的中产城市人群最擅长的精明和无趣。但与此同时，她明确地知道老同学们的七嘴八舌都是善意的，哪怕是狭隘的，所以，抵触感被压抑后，浮上心头竟也算一种暖意。

刚刚大学毕业决定当周游世界的自由人的时候,她算异类,但因为年轻,就算有反对者,反对本身也会转变为她的动力。就这样过去了十多年,所谓的异质慢慢褪色了,她坐在满桌菜肴面前,看着熟悉的陌生人,第一次觉得自己是和时代背道而驰了。他们才像是冲在最前线的人,晓静从房地产公司跳到公关公司再跳进传媒机构做自媒体营销,关鹏自修考取律师执照,岳阳打着海归的旗号杀了个回马枪,包括最显老气的班长,包括花枝招展却术业无功的全职太太,都知道要把自己的优势磨尖,扎中天时地利人和的命运点。他们都不畏惧社会,反而懂得要抓牢社会能给予个体的最多利益。与此相比,她是多么天真,多么任性,以为逃得开体制、混迹自己选中的世界,就会有传说中的自由。

"我是很傻的呀,玩了十年,什么也不会,什么也没有。"她得出这个结论,拿起筷子夹了一块黑胡椒牛仔骨。

"你有的,我们没有。我们有的,你以后也会有的。"关鹏点上一支烟,被全职太太制止了,理由是:也许在座的女同学中间有怀孕的。关鹏二话不说,掐灭了烟,但话是继续讲完了:"其实,现在有的,以后都会没有的。"

子清苦笑,点点头,知道他是在暗指父亲的病,但不知道在座的老同学们有多少人知道这事,自觉不要点破为好。为什么呢？毕竟是难言的苦衷，虽不是家丑，但不合时宜。

"什么有的没的，头晕！"晓静搭茬，"不过我听懂了，你的意思就是：做人要及时行乐。"

这一餐太冗长，话题时不时跳转，从岳阳落入母校花园池塘到班长带头探险操场下的防空洞，又突然跳转到北美和欧洲的旅行线路，每个地方都有人发表意见，陈述购物清单和价格表，从西餐到中餐，每种饮食都能挑起某个人的炫耀或厌恶，引发下一次聚会的餐馆PK，继而引申出谁在附近上班、哪里方便停车……无休无止的话题像一颗颗火星溅出来，子清却像一块死硬的石头，不可能被简单粗暴地点亮甚或点燃。她犟头倔脑地坐在那里，一门心思等待喜欢的菜肴，仿佛今天来这里的目的仅仅是吃饱，她当然知道，所有话题都是她有能力参与的，但都与她无关。热菜吃得差不多了，话锋渐渐弱下来，所谓聚会，都会沦落到这样的程度，大家开始看手机，约下一档或通报家人归时，身在曹营心在汉。

散场是以关鹏招呼买单为标志的。大家又嘻嘻哈哈一会儿，班长忍不住摆出领导的腔调说道，那就散了吧，下次再聚！一群人鱼贯而出，岳阳开车送晓静，白骨精开车送双胞胎爸爸和另两个女生，别的人相继打车或去搭地铁，眨眼之间，饭店门口只剩下了等待代驾的关鹏、班长和子清，他们抽着烟，都是若有所思的样子。

"我外公老年痴呆有十二年了,"班长突然对着快抽完的烟头说起来,"最早是有一天在电梯里被邻居发现的。他忘记自己住在哪一层了,就不停地摁按钮,人进人出,他却一直不出电梯,整整大半天都没有人发现,后来忍不住了,就在电梯里撒尿、拉屎……他住的那栋楼有三十层,大多数人都不认识他。后来有人去叫保安,还好有个楼下和外婆一起打麻将的阿婆认出他来,把他送回家。那天晚上,我外婆哭了整整一夜。"

"后来……怎么办?"子清问。

班长沉默了一会儿。"是我外婆照顾他的,找了两个保姆在家帮她。但是今年元宵节,我外婆先走了。她太累了。"

子清眼圈泛红,却不知道该说什么,反而望了关鹏一眼。他喷出一团烟,好像刚刚的禁烟饭局把他憋坏了。他就是不肯看她。她突然有点儿厌恶这种刻意的闪躲,仿佛他们在谈论的不是一种疾病而是一种罪过。

"外婆走了之后,光靠保姆也不行。我有个朋友在民政局,听他说,上海只有一个福利院是收阿尔茨海默症的,我过阵子会去看看情况,如果还不错,我可以介绍给你。"班长言简意赅,然后掐灭烟头,看了看手机,简直像是算好时机的,手机响了,两个代驾都到了。不出三分钟,喝了半瓶白酒的班长大人就坐着由代驾驾驶的私家车走了,喝了五六瓶啤酒的关鹏也坐上了代驾驾驶的私家车,和子清并排坐在后座。

开出去足有三条街，子清才平静下来，定神去看关鹏。那眼神像是在说谢谢，又像是在埋怨。但关鹏显然不是这么看的。他说："不要哭出来哦，否则我会忍不住的。"

"忍不住笑我还是骂我？"

"抱抱你。"

夏

喇嘛台·1966

一九六六年的夏天,毛主席还没有提出大风大浪之说,没有太多人去游松花江。他很瘦,很精干,但还没有学会游泳,也永远没机会再学了。同学们组织去太阳岛野餐,每个人带一种吃食,他没钱,只有窟窿台的苞米面,那就烙饼。

饼,是在学校食堂里做的,用掉了他从老家带来的所有苞米面,和完了面,醒了半小时,他去找擀面杖,厨子跟他讲,都在厨房里,自个儿进去找。他走进开阔的厨房,一眼就看到在案板边的女生,矮矮胖胖的,双手沾满面粉,系了一条小蓝花的白围裙。他隔着窗户看她卷起柔软的面团,用掌根压下,刷上油,用擀面杖滚,再细心地叠放上一张红薯颜色的面皮,两张面皮一起卷成细长的圆筒。他见她抹了抹手上的油和粉,拿起刀,下刀的模样又干脆又柔软,好像生怕疼到面团。等她把花卷放进了蒸笼,一回头看见倚在门边的他,就笑了,唇红齿白。

尚庆芸。现在他已经记得住她的名字了,还有她的脸,她的声音,甚至她的背影。

他要去拿她用过的擀面杖,却被她夺回来,说,你要擀饺子皮就得把油洗了。

他说,我烙饼。

什么饼?

苞米面饼子。

那也得洗。我来。

他看她在铝盆里洗,圆润的手搓着油滑的短木棍,他看了几秒钟,突然害臊了,就跑到外面去,磨蹭了一会儿,把自己的面团拿了进来。

她已经把案板收拾干净了。笼屉里冒出热腾腾的水汽来。看到他的面,用手指戳了一下,摇摇头,说,还要醒一会儿。

蒸汽缭绕,人热烘烘的。她把蒸好的花卷拣出来,细白的鹅蛋脸上沁出了汗珠子。花卷一只又一只,喧喧软软,晶莹饱满,好看极了。他又害臊了,说,要不你帮我,你做得好。

苞米面小饼下锅了,他仍在一旁看,看她灵巧地用铲子把面团压扁,锅里嗞嗞作响,香气窜了出来,他又看她不慌不忙地举起水瓢，仿佛在等一个确定的分秒，然后小心地倒水入锅，盖上盖子。她做这一切仿佛很用心，又仿佛不经意。她和他讲了几句话，仿佛很重要，他却仿佛根本记不住。黄澄澄的小圆饼出锅时，下面带了一点点棕黄色，但没有焦，香得让人咽口水。

从这个夏天开始，他会跟着尚庆芸去她的表亲家吃饭。半个世纪后，只有她的小表弟记得，他给的见面礼是一毛钱，够买两根冰棍。

但没有人知道，有一天出校门后，他没有往香坊的方向去，而是直奔南岗。她问，去干吗？他笑笑，说有一个朋友在等他们。

果然是在等。在喇叭台外的破路上站着一个中年大叔，脖子上挂着海鸥相机。

他对她说，不要告诉别人，梁叔是个喇嘛。

为什么叫喇嘛？大概是因为先民搞不清蒙古的喇嘛教和俄国的东正教，一概称呼为喇嘛。教堂也就成了喇嘛庙。

为什么是他？兆麟公园里是第一次见面，喇嘛台里第二次见面，一来二去的就成了忘年交。梁叔给他看早年拍的照片，有俄国人的肖像照，有红军开拔的大场面，有中央大街舔马迭尔冰棍的小孩儿，有松花江的夕阳，还有喇嘛台内内外外的照片。爱好摄影的信徒还讲述了神迹，虔诚，祷告，天堂和地狱。爱好精工技术的大学生帮忙拆装了一台老旧的相机，即使什么正事儿不干，在信徒的小屋里也有很多消遣让他着迷，老旧的俄文杂志比老照片更有看头，红灯泡点亮的暗房里妙趣横生，用象牙框的高倍望远镜看造反派闹事的场面颇有些隔岸观火的感觉。照相机和望远镜，都是小小的仪器，都能制造置身事外的错觉。

他对她说，这个人很有意思，听他讲故事，能知道很多事儿。

她只问了一句，他没有家人吗？

没有。就算有，也不在哈尔滨。

梁叔笑眯眯的，二话不说就拿镜头对着她，跟着她，快门喀嚓喀嚓地响，看她慌了神，红了脸，勉强摆定姿势，摄影师才哈哈大笑，说，习惯了才好，我还没装胶卷呢。

装好胶卷就是来真格儿的了。她去过照相馆，听过好多次摄影师蒙在黑布里喊"笑一笑！好，不许动！"现在没了口令，还真是不知所措。她不要拍了，让他独自拍。他已经当惯了摄影师的模特，泰然又自然地照了几张，然后还是硬要拉上她。

他说，我想和你合个影。

梁叔退到一丈开外，好像在等他们说完悄悄话以达成一致，其实是在取景。取景框里，两个人面对面，都带着羞涩，连镜头都感觉到了，恋爱真是迷人，便又追踪夕阳的动向，再左右横踱，调整洋葱头和他们的关系。梁叔用脚尖在路面磕出一个小坑儿，然后飞快地跑过去，二话不说就把他俩的手拉在一起。他说，摆好这个姿势，你看着她的眼睛，你看着他的眼睛，不要动。然后飞快地跑回小坑儿边，在取景框里看到他们先是不知所措地僵硬着，目光躲闪一阵，然后互相凝视，渐渐有了想笑的表情，牵着的手一直没有松动，好，就是现在，他喀嚓按下了快门，但没告诉他们。摄影师坏坏地猫着腰，假装还在那里拍，还在等一个确定的分秒，依然在取景框里偷看一对恋人在自己的摆布下直面对方的诚意和尴尬和激动和羞涩和不敢动弹的憨傻，看到他自己也忍不住，终于大笑着放下相机。

同学们，你们已经自由啦！

他们欢笑的时候当然不会知道，就在那之后的一天或一周，喇嘛台就会被夷为平地。而他们的自由也岌岌可危了。

回程·2013

第一个西瓜炸裂的时候，子清所坐的航班在哈尔滨太平国际机场降落。

还有一种可能是，父亲的记忆回光返照的时候，子清安全降落了。当然，胖阿姨说得很明白，父亲只是在某一分钟里突然意识到自己是谁，并慌乱地问道，这是哪里，我还在上海吗？护工们欢笑着回答这是上海，他安定下来，眨眼间又回到了不闻不问不痛不痒不知不识的失忆态。也许那只是一次巧合。

最近一次探望时，他把裤脚堆叠，像是在玩七巧板，或是他头脑中浮现出的机械体。实在很难拼凑时，他利索地把两只手塞进腰间，抬起屁股，把裤子褪到了脚踝，生殖器轻微摇晃，露出毛发枯苍。子清不露声色地帮他把裤子拉起来。护工们远远望着，知道不用她们帮忙。

习惯，就像尘埃落定。父亲在新环境里平和下来，子清也在新版图里游刃有余了。他早起不赖床，吃饭不迟到，洗澡不挣扎，吃药不反抗，身体不出毛病。她出门前不再犹豫，地铁上处之泰然，走进福利院大门时不再伤感，沉默陪伴父亲时不再尴尬，和护工们交谈时能接受玩笑。就连她的分身Zero小姐也能尽量守时地出现在情人旅店里，子清以为Zero只是冲动一时，真的没想到，连她也按部就班了。

生活渐渐定型，节奏趋于稳定，但子清最怕的就是按部就班的感觉。从熟稔到沉闷到疲乏到厌倦，最终落入难以自拔的临界点，那就像是被生活绑架了。

那天，Zero和Jack都懒洋洋的，他埋怨她不主动，她怪他要求太多。两个人沉默地躺在床上，他枕着她的肚子，像是一座不言自明的山郁郁寡欢。她想，两个不相爱的人定期性交，怎么会至今还没生厌呢。情欲是不可预知的火，一旦约定了时间地点，就免不了伪饰和模仿、配合或讨好，最好的结果不过是巧合：两个人天然迸发的情欲恰巧在那个时间地点碰撞到了。她想，他一定也在想，为什么还要见面呢。习惯，真是太可怕了。

"不见面了吧，以后。"她就这么轻飘飘地说出来了。

东北之行，就是她在那天晚上决定的。她想离开。她不确定这是不是一种逃离的本能。

当然，没有电话号码，没有地址，只有这一年半载子清努力回忆和整理的老照片可供参考，并将有特殊意义的照片翻拍存档到电脑里。她只记得，母亲的亲戚都在哈尔滨，父亲的老家在窟窿台。

出发之前，有一场台风在半夜登陆，子清躺在床上听到各种声音，耐不住了，从床上爬起来，在不开灯的房间里默默走一圈，假装检验窗户关紧，看看阳台漏水是否严重。路灯总是在那里，剧烈晃动的树叶来不及遮掩，路灯就像鬼戏剧场里的灯，闪去闪回。就着那灯光，看到绿化带里招摇的树，简直分不清是枝叶煽动了天雨地风，还是旋涡云雨卷着枝叶嚎叫。每一叶都翻出淡色的背面，每一枝都韧性十足。她想，枝叶竟是长得那么牢固呀！如果，记忆盘根错节，也能如此牢固，该多好。

很久没有离开上海了，一旦要出发，子清的每个毛孔里都充满了热力。既然睡不着，不如干点儿什么。开灯，搬来家族相册和所有来不及收进相册里的照片，全部摊在地板上。无需查验相片右下角惯常会有的日期，仅仅看父母的容貌、自己和姐姐的身高，她就能排出一条清晰的时间线。她惊讶的是，自己竟然到这时候才想起来做这件事。或许因为照片繁多——父母每次出差，都会带回一摞单位印制的留念照，数不清的合影上有数不清的陌生人。或许是因为，这太像父母双亡之后才做的事，太像收拾遗物。这事情迟早要来，只不过，她故意拖延让这场景发生。

一个人旅行，终究是她最拿手的事情。装备依然精简，得益于常年旅行的习惯。下飞机后直奔预订好的连锁酒店，地点靠近父母昔日的大学。进房间后，照例先冲澡再上网，头发干透的时候出去吃饭。一个人吃一大碗面的时候，她突然意识到，从上海到哈尔滨所耗费的时间不比斜穿往返上海城区去看父亲多多少。快速移动，快速遗忘，快速厌倦，快速怀念，这是她的世界。而对于父亲，从哈尔滨到上海曾经需要几天几夜，铁路蜿蜒如华丽丽的人生分割线，第一次远行的终点站即人生的终点站。

第一天。一大早。

子清步行到酒店旁的大学，她已在网上查询到校友办的具体地址，直接找到那栋楼，直接上到二十楼，办公室的标牌很显眼。她凑近坐在门口穿粉色T恤的眼镜男，打过招呼，直截了当地说："我想找几十年前的老校友资料。"

"有介绍信吗？"

"没有。但我带了一张一九六六年毕业班同学在天安门的合影，我父母的脸都拍得很清楚。"

"你到底要找什么资料？"

"我母亲已经不在了，父亲得了病，什么都不记得，和老朋友的联系都没了。我也不知道要找什么，比如，和我父母关系最好的同学现在在哪里？最好能有些具体的联系方式。"

"那可有点儿难度。两三个学院合并到这所大学也不过是一九九五年的事，不是所有资料都入档案的，之后才成立了校友办，这几十年前的事恐怕帮不上忙。要不然，你去找找档案馆负责人吧。照理说，没有介绍信是不能进去查档案的……不过你这事发自孝心，也没理由为难你。"说着就起身，要带她去找人。

子清跟着眼镜男出了门，电梯等了好久都没来，两人沉默下来就有点尴尬，她又说："孝心谈不上，我只是好奇。有一位老同学还是我爸妈的介绍人呢，小时候跟他们回东北见过一次。要是能找到，老同学们说不定还能见上一面。"

"还没问呢，你这是打哪儿来的呀？"

"昨天从上海飞来的。他们毕业后分配到了上海。"

"啊！那应该有希望找到资料。那时候，能分配到上海的学生很少啊！必须是条件很好的学生。他们是分配前就谈恋爱了吗？哎呀，那说明他们更有本事了，肯定搞定了老师。情侣分配到一起可不容易，简直是福利啊！"

两人进了电梯，又出了电梯，在雨后散发清新气息的校园里走了几分钟，进了图书馆。眼镜男让子清在大厅里等候，自己跑去办公室找负责人，没几分钟就带来一位年长些的蓝T恤眼镜男。粉T男当着蓝T男的面，三言两句把子清的要求讲了一遍，又用期待的眼神看着子清，她心领神会：自己也要争取一下，父亲失忆的彻底、母亲去世的突然、亲朋好友都失联，这些就是她的介绍信，她不能勉强人家在手续不全的前提下允许她查看档案。

图书馆是栋老楼，四周墙壁所用的灰绿色大理石深浅不一，最亮眼的装饰物就是靠墙壁摆放的两面镜子，镜面上方的红漆字已经斑驳了：庆祝理工大学建校五十周年，下方的落款倒是很清楚：二〇〇〇年九月六日。两面镜子并排放着，此刻映照出三人，总共六个人影，都站着不动。子清讲完了该讲的话。蓝T男的身影迅速走开，又很快回来，拿着一块不锈钢钥匙板。

档案馆在地下室，一道卷帘门和一道铁栅门把它和楼梯、和图书馆分隔开。进了门，便能看到一扇又一扇蓝绿色的铁门排在无人的走廊里。蓝T男步子很快，动作利落，子清还没跟上去，他已经打开了一扇门，等子清三步并作两步赶上来时，日光灯才跳亮。蓝T男嘱咐粉T男在门口陪着子清，自己转身消失在密密排列的柜列中了。

蓝色的温湿度表盘，两根指针交叉，都落在适宜的刻度上。原木色的卡片柜。军绿色的档案柜。裱在大相框里的档案柜方位图。子清只能看到这些，但能听到钥匙的响动，然后是一段奇特的安静，她很想听到脆弱的纸张发出微妙的回响，但什么声响都没有。粉T男干咳了一下。

"你父母到底是几几年毕业的？"突然，蓝T男不知从哪里冒出了一句。

"老实说，我不确定。我只知道他们一九六二年进大学，六八年底或六九年初分配到上海工作。"

"那就没办法了。"

子清索性往里走，也不知走过了几排柜子，看到在两排柜子的夹缝尽头的蓝T男，她允许自己焦急地问"到底怎么回事？"焦急得就像被骗的人刚刚发现真相是不可得的。

一直很严肃的蓝T男并没有喝令她走出去。他的手里摊着一卷泛黄的表格纸，任凭子清走到近前也不遮掩。"这上面全是辽宁学籍的入学生，但不分院系。我翻了几页也没有看到你父母的名字。"

"怎么可能？他们肯定是这所大学毕业的，这不会出错的，有照片为证。"

"我也不太明白，"蓝T男又把后面几册资料翻开看，过了一会儿，他斩钉截铁地说道，"六七年和六八年完全没有资料。这个可以确定了。以前没机会查看这些，倒是真的没发现。照你的说法，他们一九六二年入学，那么，看起来，本该毕业的时候是停课状态，没人给他们毕业分配，一拖拖到一九六八年，甚至一九六九年。但我也不明白，为什么那几届学生连入学记录都没有。好像……老师的资料也不全。"

"那些年够乱的。"粉T男也跟进来了，三个人凑在几张仿宋体手写表格前，也不知道各自在看什么。

"你们校友办有什么资料吗？"蓝T男问粉T男。

"老师的也没有吗？"子清也问。

"那么久以前的……真没有。那时候的老师，现在都不在了吧。老实说，除了那些有名望的毕业生，我们只能靠校友自报家门，没别的办法找到以前的老师和学生，大家也没有义务把每一次变动都告诉校友会。"

子清感觉得到，蓝T男特意等待了一下。他完全可以公事公办地立刻把资料放回柜子，锁门走人，但他只是把那些老纸张捧在手里，像是在等待子清宣布放弃。于是，她叹了一口气，点点头。

关灯。拉下卷帘门。三人一起离开了档案馆。回到图书馆大厅，六个身影再次映照在两面镜子里。"没帮上忙，不好意思"，两位眼镜男不约而同地抬起右手推了推眼镜，在事务性的表情之下浮现出一点儿稚气，这让子清笑起来，感谢他们，然后目送他们分头离去。

探访母校的整个过程不超过半小时，看似一无所获，却耐人寻味。

好像去了异国，或是平行时空。讲的是，听不懂的母语；说的是，不真实的真实。

那天下午，子清去索菲亚教堂喂鸽子。

倒不是因为她太想回归游客的身份，真正的动因是一张老照片。那个年代特有的五吋底片同等大小的小照片，不起眼的夹在一本黑硬纸、夹透明衬纸的老相册里，那几页，都是父母大学时代的照片：剪着刘胡兰短发的女生合影、男生女生在天安门前的大合影、不知何处的泛舟……照片上的学生时代是那么轻松、朴素。父亲的留影明显比母亲的多。父母两人的照片也不多,譬如一张是在某个大观园式的古庭院里照的,一前一后的站着,中规中矩,背后的月亮门旁挂着"听毛主席的话"的行书字联。

但子清只对这张别致的小尺寸黑白合影照情有独钟。别致,是因为它暗示着摄影者和其他照片的摄影者有所不同,虽然很小,但在放大镜下依然看得清楚,他们的笑容和别的照片里也不一样,似乎在这个人面前,无需遮掩他们的亲昵关系,他们面对面站立着,拍的是半身侧影,分不出颜色的衬衫也分不出男式女式,视线落在对方的眼睛,双手牵住对方的双手,而他们的背景也与众不同——高高耸立的尖顶教堂,洋葱头形状的尖顶在天际线的中心点上,为这个画面带去端庄的平衡感。这分明由摄影师摆拍的作品,否则,他们不会那么准确地站在教堂的两侧,拉拢成弧形的手臂也不会那么准确地和教堂圆顶形成镜像的对照。照片应该是在勉强的条件下冲印的,子清越看越觉得,若有合适的条件放大冲印,这张照片应该拥有美妙的光影层次。

确认了照片背面没有留字,子清在翻拍时尽可能把它放大。如果能找到照片的拍摄者,她想,父母从没讲过的青春故事大概就会有眉目。小时候当然问过,而父亲总是含糊地答,同学介绍认识,确立恋爱关系,一起分配到上海，就是这么回事儿。

"就是这么回事儿"——父亲几十年的口头禅，带着不容置疑的口吻，盖棺定论的架势。

子清不是第一次来哈尔滨，小学时全家回老家过年，就是在哈尔滨转的车，顺路看望了母亲的众多表亲——那快活的一家人姓贺，大大咧咧，记忆中只有热闹，上一辈人可以随时叙旧，无需附注，小孩子去听只能是一头雾水，不如和别的小孩子一起疯玩，堆一个雪人，吃一串冰糖葫芦。

一座城市再著名，若不是独自游走，子清就会对这城市无感。诸如巴黎、布拉格、都柏林、柏林、纽约这些城市，子清都喜欢拿一份地图，沿着河岸走，沿着地铁上上下下，漫无目的，行走本身就是浏览，无所谓迷路。不管跟随父母还是同事，只要有人接送，有人带领，做好一切安排，她就会木木然失去方向感，好像随时随地都在迷路。要是目标明确，有地址有电话，要她去办事，她就倾向于两点一线，选取最短路线，选用最快交通方式，那种感觉就是天下大同。有好几次，她为此和奥托吵架，因为她想快点儿完成任务，省下时间去暴走、去迷路，而在奥托想来，任务本身就该在迷路中完成。

子清的人生，至今为止，走的是有计划的无序之路，这是在意识到自己有能力搅乱秩序的青春期时由她本人决定的，并毫无意外地导致了父母的极度反对。得知她毕业后不想找工作，他们陷入了压抑的沉默，他们知道所有说服她的理由都是她熟知并免疫的，他们不知道用什么办法去阻止她，结果便是他们表现出了一种默许，并非温婉而豁达的默许，而是中国知识分子模棱两可的默许，若有火爆的工人性格就会爆发为强烈的不允许，若有豁达开明的圣贤性格，这种沉默就不会那么让人难堪。父母的默许，实质是一种不情愿的顺从、夹带着对未来的不确定、对船到桥头自然直之类的世俗真理的期待……是爱、信赖、纵容和失望的混合表情。父亲倒是吩咐了一句："你要写什么、拍什么都可以，但千万不要碰政治。文艺这玩意儿，不好搞。"但母亲陷入了彻底的沉默，与她的冷战延续到生命的终结。后来她才知道，母亲早已为她安排了一家大型国企办公室高管秘书的职位，有很多出国培训、分派到外国工作的机会，薪水的起点比其他外企单位高一倍，还享受公务员级别的福利待遇，最妙的是，那家交通枢纽单位的电子显示屏是母亲亲自监督研制开发的项目，恰是子清每次旅行时都会仰头瞩目的物件。刚刚毕业的子清只是认定，从出生就让他们失望的自己，不过是要开始决定自己的命运了。

现在，她走在这座父母相识、她生命起始的城市，只觉得这地方缺乏显而易见的美。缺乏和她记忆勾连的媒介。对父母的一生来说，只有两个城市是重要的，致命的重要：上海，哈尔滨。他们靠读书告别了东北乡村，来到这座被誉为"东方小巴黎"的大城市，第一次见识到大学、教堂和爱情，也在这里经历了红色造反团的打砸抢，和所有人一样被延误了毕业……但她现在还能看到什么？没有父母的指引，这只是一座陌生的城，充满了司空见惯的车辆、丑陋的现代建筑、千篇一律的饭店招牌……就算她停在索菲亚教堂前细细打量，也没有感到丝毫的激动。一切都像是新的，消息被刷新，楼体被翻新，平滑如镜的大理石砖广场毫无疑问是不久前新铺的。更让她泄气的是，这个绿色的大洋葱头显然不是那张照片中的教堂顶，伴随它的是一高两矮、分立三侧的绿色尖顶，而不是簇拥在秀颀尖顶下的三个紧凑的小洋葱顶。相比于照片上的教堂清丽倾斜的屋顶，索菲亚教堂拜占庭风格的红砖立面、套叠的拱券长窗显得繁丽且持重。索菲亚无疑是美丽的，只是对她来说不够亲切。

　　她绕了教堂一圈，鸽子也绕了她一圈。所以她停下来买了一包鸟食，还没洒出去，鸽子就扑向她的手，啄食的啄食，啄不到食的就啄她，她想甩开它们，又想护住自己的脑袋，结果招惹更多的鸽子往她的头顶冲撞，有力的翅膀拍出强健轻快的节奏，撩动她的齐肩黑发，吹来生猛的气息。她又气又好笑，她忍不住像乌鸦一样吼叫起来，啊——！啊——！啊——！越叫越爽，索性扯开嗓子，不加保留，让惊叫变了性质，从声带推进到肺腑再逼进丹田，打通一条被日常束缚所阻隔的脉络，从想哭到想骂到想爆炸，好像要把体内积压已久的恶灵吼出去，啊——啊——！喊到声嘶力竭，喊到鸽子都吓跑了大半，她听得出自己音质的变化，到最后，分明是铆足了全身气力要把藏到骨子里的怨气、怒气、辛酸、无奈……全都倾泻出去。红眼睛灰羽毛肉鼓鼓的鸽子很委屈地退避三舍,它们或许也听得出像子弹一样连发的情绪。

如果你也曾这样声嘶力竭地喊叫过,或是在天台,或是在山顶,或是在深夜的地铁通道里,你也会明白,这是一件多爽的事!吼完,子清深吸一口气,再畅快地呼出去,这时候,她才意识到周围的人匆匆散去,有人嗤笑,有人讶异,肯定是把自己当做神经病了吧。她抿嘴而笑,悠然环顾四周,仿佛在目送各种被她搅乱的秩序回归正常。但有一个人纹丝不动——

他精瘦的躯干上挂着一件红色T恤,胸前有一颗黄色的星星,乍一眼看去,掩映在茂密树影下,她还以为他披着国旗呢。这位老者及其所有的一切都破旧,但很精神。他盘坐在地上,面前摊着一块暗红色的棉布,布面上摊放着一些老玩意儿,鼻烟壶,纸扇,卷了角儿的旧杂志,缺了一块镜片的望远镜,指针颤抖的指南针……他叼着一根烟,一星红光反衬出黢黑的脸庞和手指;另一只手捻转着一串泛黄油亮的佛珠。一只眼睛瞎了,白蒙蒙的凝结不动;另一只眼睛犀利地盯着她看,但并不吓人,因为他嘴角的皱纹堆积出一个惯性的笑容,有点玩世不恭的那种笑,那种见过世面也知道天光下没有新鲜事的笑。子清也不甘示弱地从上到下打量他,十几秒过去,他们都没有移开目光,也没有淡去笑容,她就朝他点了点头。

他却摇了摇头,仿佛在说,没用。

她走过去,低头去看那些老货色,发现望远镜下面压了一张字条,白纸黑字,写的是:"老兵得病,无力求医,珍藏旧物,求有缘人,有情无价,多谢赞助。"她拿起纸扇,刷地抖开,扇面上写的是一段草书,毛泽东,沁园春·雪。放下。鼻烟壶看起来很精致,但很脏,她不想碰。老杂志,竟然是俄语的,封面是手绘插图,她饶有兴趣地拿起来看,内页也全是俄语的,有芭蕾舞剧照,服装繁琐,头饰夸张,但照片和印刷不够好,什么也看不清楚,还有大胡子俄国人的人像照,文章看起来像是一篇采访报道。

"解放前的。"老人开口了。

"大爷,你看得懂吗?给我说说?"子清问,老人又摇了摇头,掐了烟,又点上一根,漠然地抽,并不理睬面前这个好奇的女人。好像在等她走,又好像在等她买。子清不是不明白,残疾的老兵并不是真卖稀世古董,她可以留下一些钱,带走一样微不足道的东西,在体谅尊严的前提下,买卖可以代替乞讨和施舍的关系。她还可以多说几句话,陪一个枯坐在雨后教堂边的老人讲讲往事,用发自真心的好奇取代微薄的慈善心。父亲的失忆,带给她这样一种后遗症,看到脸上写着沧桑的老人就忍不住去想他们经历了什么,他们记住了什么,甚至忘记了什么。虽然记住的片段或瞬间或许已经预谋了未来的遗忘，虽然绝症会插手，微不足道的个体生命不堪一击，但个体所在的整体不会轻易退为空白，哪怕斑驳也好，哪怕记忆只是碎片。

"大爷，解放前的这些杂志您怎么保存下来的？值钱了。"子清自顾自地埋头看，抬头问，老人不回答，她就接着问。"这是在哈尔滨做的杂志还是在俄国做的呀？您知道吗？瞧这个大乐队，里面有中国人呢。"

"当然有。哈尔滨以前有俄国人的音乐学院。这是在马迭尔影剧院拍的，放洋片儿。"老人也多看了几眼那一页的照片，扶着大提琴的是秃顶的俄国人，拉小提琴的则是西装笔挺的中国人，背景里还有两个中国姑娘捧着花束。"你往后看……再翻，再翻，好了，就这儿，这是太阳岛上的游艇俱乐部，瞧那些俄国女人的裙子，好看吧！"

"好看。贴身，大花，配太阳帽，高跟凉鞋，真时髦！"子清真有几分惊讶。

"东方小巴黎！不是吹的。"

"大爷，您贵庚？"子清拿起下一本杂志，却发现是八十年代的《大众电影》，原来，俄文杂志总共就两本，摊在最上面。

"八十多啦。"

"那您参军的时候，打的是日本人？"

"打。谁都打。土匪也打。中国人也打。日本人也打。大冬天的，连鞋都没有啊，就那么打。"

"那您也算抗日英雄啦。"

"咳，活下来就好，管它英雄狗熊。"

"这个望远镜怎么卖？"

"二毛子的东西，象牙的！好东西。"

"您收来的？"

"咳，收啥呀！死人屋里捡的，"老人掐灭烟，没再点，手在汗衫上蹭了蹭，把那只小巧的望远镜拿了起来，"闺女，你挺会挑。这个玩意儿有点儿典故。那个二毛子，算是我发小儿，一个院儿里长大的。他爹是俄国人，他妈是山东人，那家人逃难来了黑龙江，就留下来造铁路。那个二毛子啊，长得真好看，他爹比他妈大整整三十多岁，唉，生下的那孩子长得真好看，眼睫毛长得呀，呼啦呼啦的。这是他爹留给他的玩意儿。日本人来了，俄国人走了，犹太人来了，共产党来了，国民党走了，然后苏联人也走了……也不知道他死在了谁手里，年轻轻的，死的时候头发都还是金灿灿的，胸口一朵大血花……"

"那您还卖？留着纪念吧。"

"留啥呀！我也快死了。"

"留给儿孙啊！"

老人把玩够了，放下望远镜，又点起一根烟。"谁要？破东烂西。养儿不孝，不如都扔去喂狗，可惜这东西连狗都不要闻。"

子清无言以对，拿出五十元，要带走这件。老人不肯收钱，说太多。两人推来推去三个回合，老人又拿起那两本俄文杂志，塞到她怀里，这才收下那张钞票。

像是要躲避什么似的，子清一转身就冲进了教堂，进去才发现，教堂里没有人做礼拜，已改成了建筑博物馆。就是这么出乎预料的，她在穹顶下的阴凉展厅里走过一张张欧式、犹太式、俄式建筑的老照片，突然看到了圣·尼古拉教堂的旧照。被年轻时代的父母四手拢住的东正教堂原本矗立在圆形环路的大花坛里，环路支引出四条宽阔的大路。如此看来，摄影师是让他们站在正门前的大路上，让那只矜持的小洋葱头远远地成为背景。

一九〇〇年落成的这座教堂是远东地区最大的东正教堂。它并不是因为沙皇尼古拉二世才得名，而是用了圣徒尼古拉之名。每个城市都该有主保圣徒，上世纪的哈尔滨就是在圣人尼古拉的庇护之下。地址，特意选定火车站对面的高地，风水师说这儿是龙脊所在。木材，特意选定加拿大红松，不远万里穿越太平洋送到哈尔滨。蓝图，由俄国设计师完成，八面玲珑，整栋建筑全木制造，没有用到一颗钉子。圣像，在俄国完成，符合古俄圣像原则。玻璃，红黄绿嵌合出宗教感的几何形，在大厅里投下五彩光斑。水晶枝形烛台，从高耸的尖顶垂下，照亮信徒的安宁祷告。大钟，共有七座，傍晚六时准时敲响，哈尔滨人都听得到。

子清的父母也听得到。至少，在一九六六年教堂被红卫兵推倒之前，他们应该每天都听得到。那一天一夜，教堂里的每一对榫头都在挣扎，被人力扭曲还不足以让它们瓦解，随之而来的拖拉机发动野蛮的全力，它们仍会执拗地回弹到原位，卡在它们应该坚守的位置。红卫兵们把经书和圣像堆在圆形花坛里的草坪上，先用火烧尽这些四旧迷信的糟粕，再让三人爬上洋葱头的尖顶，套上绳索，让地面上的人群和一栋漂亮的建筑物角斗。一对榫头脱开，所有榫头脱开，脱落崩毁的木头发出哭泣般的惨烈巨响。

　　第二天。一大早。
　　子清直奔香坊区的派出所。她对出租车司机说，随便找一个就行。反正，亲舅、表舅的名字她都是知道的，少时在家信上看到的地址也确实是香坊区，不会有错。子清这一代人，读书时代还是讲求书法的，小学时练毛笔字，临摹的是欧阳询；中学时代练的是钢笔行楷，据说高考时字迹漂亮的作文会得高分。在对书法饶有兴趣的那些年里，父亲曾让她以听写的方式代笔拜年家书，写好草稿再誊清，信封也是子清写的。
　　于是，子清行云流水地在民警的笔记本上用楷体写下几个名字，把昨天讲过的来龙去脉再讲一遍，增添更多伤感的情绪，补充更多姐妹俩常年在外国的事实，她不仅带上自己的身份证、还有姐姐的绿卡复印件和母亲的死亡证明书。因为母亲去世已有十年，和母亲娘家的人失联更能让人同情和理解，她从民警的表情里看到自己声情并茂，那绝对没有假装的成分，倒有几分祥林嫂的倾向。无论如何，这是她有生以来第一次完整地倾诉这些事，虽然是对着陌生人——或许正是因为对着陌生人，才能讲得那样诚恳而动情。

穿着制服的民警坐在日光灯照亮的老房子里，不知道墙面有多少年没清理了，锦旗、表格、证书……贴得层层叠叠，大方木桌油腻腻的，玻璃台板下压着更多层叠不清的名片、纸片、发票、收据……在这位面容严肃的老民警后面，子清能看到另一个房间，脱掉上身制服的几个男人埋头吃着不锈钢饭盆里的方便面，他们的身后，子清还能看到一只电炉、一把筷子和几只碗。吃完面的男人把烟头直接扔在碗里。他们静悄悄的，没人说话，都在听。

老民警耐心地听她讲完，转身叫来一个年轻人，他还在撩碗里的面条，一边点头一边应声，立刻放下筷子走了过来。他说："跟我来，我都听明白了。"

电脑在另一间屋子里，设施依然很陈旧，子清已经很久没见到这种尺寸的电脑了，就像大学时代母亲给她攒的第一台 PC，脏兮兮的键盘都快看不清字母了，不比小镇网吧里的电脑更干净。年轻的民警输入子清舅舅的名字，问她："大约多大岁数？有几个重名的，你要过来认脸。"

舅舅也该七十了吧。第三份名单跳出来时，她一眼就认出了满头白发的老人。

"户口迁进又迁出了。现在在哪里，我们这里没有记录。要不然你记下他儿子和女儿的户口所在地，都不在哈尔滨了。"

子清一口气写下四五条地址，民警又开始输入第二个名字，是子清母亲的姑妈的二儿子。

"这个重名更多了，你慢慢认。"

子清胸有成竹，像一个好学生复习完备，不怕临时测验。老照片中和哈尔滨有关的照片她都仔细看过，有些是在照相馆里拍的，有些是在松花江畔拍的，虽然她搞不太清楚贺家六个兄弟姐妹谁是谁，但有几张脸是记得住的。

她一张一张地看，老民警在一旁问："多少年没见了？"

"我妈去世时，只有我亲舅去上海参加了追悼会。表舅们都忙，或是当时不在哈尔滨，没联系上。这个表舅，我只是小时候见过一次。"

"那都多少年了？二十多年？你也不怕人家不认你？"

岂止二十多年！"不会的。贺家舅舅和我父母关系挺好的，我父母读大学那些年都在哈尔滨，我外婆死得早，有一阵子我外公带着我舅舅回乡下种地去了，我妈留在哈尔滨，和她姑妈特别亲，和姑妈家的孩子一起玩儿。后来，有两个表舅跑销售，八几年的时候还来过一两次上海。我记得很清楚，都长得很帅。"

年轻时的帅气是不会保留在户籍资料里的。好不容易把名单看完，竟然没找到一个脸熟的。子清很纳闷。小民警又开始输入第三个名字，是贺家的老三。小民警利落地敲起键盘，然后乐了："这个好！才三个重名的。"然而，没有一个是子清的三舅。

"应该是你把名字记错了。不过呢，这些年要找个人，没有电话号码就可能找不到，户口不作数，想搬哪儿就哪儿，能买房就买房。再往下看。"

最后一个是贺家的大女儿，名玉环。这名字更普遍，重名的人更多，但看到第十几份的时候，子清叫停了，对着报名照上的那张脸琢磨了很久，印象中、老照片里的大姨还是个爱笑的姑娘，不笑的时候很俊俏，笑起来倒有点卡通人物式的喜感，但这张面孔是真的苍老了。她点了头："这个应该是我表姨。"

"城铁大院的啊！"小民警说，"那一片拆迁搞了好久。"

"还没拆完，不过都搬空了。"老民警说。

"那这地址肯定不对啊！"小民警手脚快，直接转到配偶那页，发现地址有所不同，"她老公的更靠谱。快记下！"子清赶紧记下这两条地址。

事情就算办完了。除了感谢，没有什么要说了。小民警得意洋洋地把子清送出门外，还给她指了路。老民警若有所思地站在门里，只说了一句："祝你顺利！"

那天下午……事情就是从那天下午开始变调的。从子清的清唱变成贺家大合唱，就好比，从感伤的民谣变成喜庆的民族乐，从有秩序的巴赫赋格变成了即兴的舞曲串烧。子清长久以来的清冷世界仿佛突然被劈开了，涌现了另一个世界的热闹非凡。

子清犹犹豫豫地走进一个长方形的院落，爬到三号楼的顶楼六层，还没敲响记录在案的表姨夫家的地址，就已经听到门里面传出大呼小叫，带着哈尔滨口音的清亮高亢的女声，带着不屈不挠意志力的孩童哭叫，从铁门框的缝隙、水泥墙的孔隙里蛮横地冲出来，充斥了堆满旧自行车、破篮子、红砖头和铁皮箱的老楼道，仿佛要占据无形空间的每一个分子，奇特的是，这让她突然有了一种归属感，仿佛那霸道的声响也不由分说地霸占了她，仿佛生活本身不由分说地抹煞幻想或一切猜想。

她想起来了！八岁时的寒冬腊月，外面下着雪，母亲和父亲牵着她的手，就站在这个位置，他们气喘吁吁的——不只是因为爬楼，更因为后面跟着一大帮人，贺家三兄弟拖家带口集体出动，将近二十个人的队伍霸占了整条楼梯，连说带笑，还狠命地跺脚，把雪踢掉。他们指派她去敲响玉环的家门，但她还没敲，门就开了，喜笑颜开的大姨迎出来，说：“早就听见你们这帮吵闹鬼啦！饺子都快包完了！哎呀！这闺女我抱抱……"

现在，拉开门的女人也抱着一个孩子，孩子看到陌生人，哭喊收敛成了抽泣，粉圆的脸蛋挂着泪珠和鼻涕，格外契合认亲时悲喜交加的气氛。"请问是玉环大姨吗？"

话一出口，子清就忍不住要笑，小时候对这个称呼印象深刻，因为听起来像是"玉皇大帝"。

认亲不过半分钟，无需任何验证。玉皇大帝大手一挥，嗓子一亮，好像子清的出现是天经地义无可怀疑的日常事件。刚让她进屋坐下，就即刻拨通座机，掩埋在玩具里的电话线向四面八方传出紧急通知："大姐的小女儿从上海来啦！赶紧过来！"这消息十分钟内就传达到贺家诸位兄弟姐妹的耳朵里。

成年后，子清就不曾有过如此强烈的家庭归属感，一家四口住在上海二十多年间，从来也没有过亲属间的大规模密切来往，就算有红白喜事也是父母单独去做的事，不夸张地说，这是子清长这么大第一次单独会见亲戚。大姨本人并不知道，她的热情天性是颗多么美妙有效的定心丸。呼之即来的亲友团在之后的八小时内到齐，子清被这种效率惊到了。

刚从江畔游泳回来的老舅骑自行车第一个到，因为他离大姨家最近。虔信基督教的小姨第二个到，因为那天她刚好没有教会活动。二舅和二舅妈去幼儿园接外孙女，到得有点儿晚，他们来之前，老舅和小姨轮番问了一些关键问题，得知他们的堂姐过世后，亲切的堂姐夫又得了病，难免唏嘘一番。但没过多久，这兄妹俩——一个偏执狂，一个大老粗——就在蛇吃不吃土的问题上抬起杠来。小姨坚称要为子清的父亲——也就是他们的大姐夫——祈祷，让天父和圣母把病魔驱逐，老舅就问，天父为啥还要造出这种折磨人的病呢，造了还要驱，岂不是自找麻烦？小姨答，因为人类离开了无病无灾、无忧无虑的伊甸园，带着原罪来到世上。老舅再问，伊甸园为啥没有人生病？小姨便拿出教会讲师的姿态，从创世记开始讲，讲到上帝惩罚诱惑亚当和夏娃的蛇永世在地上爬，永世吃土……老舅便急了，不肯再信。"蛇明明吃肉嘛，也能上树，"还转向子清求助，"小清你说！你们全家都是大学生，明白人！蛇吃不吃土？上帝可不可信？病能不能靠祈祷就好了？"

子清没有回答，而是端起小巧的摄像机："你们对我爸说点什么吧，我回去后放给他看，兴许他还会有反应呢。"她看到镜头里的两张脸孔因为争执不下而充满了生动表情，因为他们各有各的虔信。

镜头里的老舅黑黢黢的，大光头，目如铜铃，深深的酒窝，泰然自若，比眉头紧蹙的小姨更像是伊甸园里的人类。小时候没赶上读书的好时光，当了一辈子工人，退休后，浑身不舒服，到处找活干，先给人看车库，每个月六百块钱，二十四小时，做一天休一天，做了两年才认定这是太累了，转而去住家旁边的国营医院里收垃圾——把垃圾袋收拾起来，装进新塑料袋——每天上午、下午各干一小时，一个月一千块钱，他非常满足。劳动得少了，有肚腩了，便去江边晒太阳、钓鱼、游泳，六十岁了还能把松花江游个来回……这些，全是让他自豪的理由，所以他总是笑，不说笑话就没法说话，不管身边是谁，都会像是给他逗哏的搭档。他再三确定自己上镜不至于太丑，便开始了滔滔不绝。"大姐夫，你好呀！你还记得我吗？你闺女代表你来哈尔滨啦！那你啥时候再来呀？上次你来的时候还住我家呢，那时候我家还没小狗呢，贵宾犬！你下次来，我让贵妇小狗给你逗乐！可好玩了……"

"说正经事儿呢，提狗干啥！大姐夫，我是玉兰，小清都跟我们说了，你病了，我很难受，也会为你向上帝祈祷，只有上帝的爱才能解救我们的生老病苦，你的女儿爱你，你的弟弟妹妹们也是爱你的，虽然这么多年没有见，但当年你和大姐和我们这群兄弟姐妹是多么亲啊！我们都很想你，希望你快一点儿康复，我愿意从今天起就为你祈祷……"小姨玉兰，性情中人，说着说着眼眶泛红，又想说几句上帝的好话，老舅在一旁紧着打岔，一仰脸，唾沫星子喷到她眼睛里，她不得不停下布道来擦，他也帮着抹她的脸，兄妹俩笑成一团，子清也就放下了摄像机。

这段时间里，大姨慈祥地怀抱孙儿，笑而不语，应该是怕吵醒了他，看他睡沉了，这才抱到隔壁的房间里，盖上小毯子，虚掩了房门，立刻变回了爱说爱笑的初态，刚刚旁听了半晌，插不上话，现在可算能畅所欲言了。

"我们每年过年都要聚餐，都会想起你们家，总会有人问起，谁给上海的大姐夫打电话了吗？这两年没消息了，都说电话打不通了，找不到人，我们还纳闷呢！你妈妈去世后,你爸爸来过一次,好像是回他老家,顺路来哈尔滨看我们,可惜那会儿我家装修,否则肯定住我们家!"

子清不知道父亲何时回过东北,有点心虚。唠家常这样的事,成年后就不曾经历过了,此刻突然被几个热闹的亲戚围着讲话,更感到心虚。与父母生活的二十年里,她没有多少次串门的经历,父母也不太去同事家走动,要是出门做客,必是无事不登三宝殿。此刻想来,是多么清冷孤绝的家教啊。她是因父而来的,却感到冥冥中是母亲在指点她。

大姨一开口就停不下来,看到子清,就好像扯出了回忆的线头。"我真想你妈呀,记得特别清楚:每到周末,我在大院门口跳皮筋儿,远远就能看到你爸你妈走进来,好像本来牵着手呢,见到我就立马松开了。你妈每次来都给我们带糖果,我们也就能改善伙食,所以特高兴!我们家六个孩子,八口人,住两居室,他们一来,十个人一起吃饭,可热闹啦!你姑姥姥心疼你妈,因为你外婆走得早,你妈十岁就当家,照顾你外公和你舅,又会做饭又会缝衣,真不容易!那时候我和玉兰都小,上头全是哥哥,成天又打又杀的,所以和你妈妈特别亲……后来呢,你妈就把你爸带来了,你爸是从小没了爹,两人谈恋爱的时候就等于把我们家当自己家,每个周末都回来。你说,亲不亲?"

"你爸还给我们做了一台收音机呢!大木盒子,里面好多机关，看起来特别复杂！我们听了好几年，最后被哥儿几个玩坏了！"老舅插了一句，比划了一下收音机的尺寸。这倒提醒了子清："我们家第一台电视机也是我爸我妈自己做的。搞到显像管，自己焊电路板，找木匠打的木盒子。"小学时的工人新村里没有几台电视，他们家的黑白电视一直撑到了她小学毕业。

"收音机电视机算啥？我听说他们本来要去造原子弹的，那教科书，我看着像天书一样，用现在的话说，你爸你妈就是我小时候心目中的偶像！"

"原子弹？！"子清问。这时候，她包里的手机响起来，她想也没想就把手机关了。

"对啊！毕业分配的时候，本来说是去造原子弹的。"老舅一脸无辜的表情，又转向两个妹妹求证。小姨摇摇头，说那时她还小。大姨想了想："是氢弹还是火箭？都有可能。那时我也才十几岁呀，搞不太明白。不过说到毕业分配，我想起一件事，你们记得不？快毕业那会儿，大姐夫不是在革委会嘛，有一天下午，天阴沉沉的，我记得特别清楚，就感觉人心惶惶的，突然有一辆威武的吉普车开进大院，很多人都跑出去看。以为来抓人，那阵子到处抓人啊！抓到就打！结果，你爸下车来，直奔我们家，跟我爸说了什么，说完就走了，吉普车进来时卷起的尘土还没散呢，又一阵尘灰地开走了。你们记得这事儿不？"老舅又无辜的摇摇头，说："那阵子我估计是天天野在外面，跟着二哥去打架了吧。"

"我后来问过咱爸，爸说，姐夫是冒着危险来通知他什么的，否则不会着急开着军用吉普就来了。那时候谁能开吉普车呀？要不是你爸在革委会是个小头目，根本不可能支配军车。那阵子够乱的，你姑老爷的工厂也被革命得差不多停工了，今儿抓这个，明儿批斗那个，能抄的家都抄了几遍。咱爸没跟我说到底是什么事儿，你爸前脚走，咱爸后脚也出门去了，不知道忙了啥事。但从此之后，只要提起你爸，咱爸都要翘大拇指，说他有情有义，对我们有恩。"

"我爸……在革委会？……他会开吉普车？"子清迟疑地问道。在她的印象里，父母从未讲过"文革"时期自己在干什么，即便她问，他们也只是说，没什么好说的，上学，毕业，分配，上班，就这么回事儿。

"你爸那时可风光啦！从学校革委会提升到省政府革委会，好像是秘书还是什么别的官职，搞不清，反正是文书类的，因为你爸的字儿写得漂亮，文章也写得好。我不说了嘛——我的偶像！"

"人模样也好！可帅了。"小姨在一旁幽幽地跟上一句。

"那我妈呢？"子清又问。有一种奇妙的耻辱感隐隐约约冲荡了她的情绪，在哈尔滨的亲人众所周知的事实面前，她的无知似乎是不应该的，是和父母最大的一种隔阂。但她面前的这三位长辈并没有泄露出丝毫的疑惑或不满。

……

"你妈没去革委会。不过那时候都停课了,学校里乱得很,分成两派,不管你是谁,都要选择一派,表立场,站好队,你妈肯定和你爸是一个派系的。"

"他们也会去打砸抢吗?"子清迅速脑补看过的电影和书籍,程蝶衣在火堆边哭花的脸突然鲜明地浮现脑海,莫名让她有了恐慌。她曾问过父母,为什么他们不是知青,他们回答,因为他们过了知青的年纪,她就信了他们是平安无事的。

"应该不会,文书最多就是写写大字报……"老舅摇摇头,好像看到了她对于父母打砸抢的形象的不能接受。"打砸抢是红卫兵干的,你二舅三舅那时候也去抄过家的,但他们有规矩,要像绿林好汉,不欺负好人,专整那些历来龌龊的坏人……当然也不能让天津帮欺负了,人家欺负我们的时候也是要狠狠地还击的!"

"大哥那时候不也在革委会吗?我记得大哥有一天回家提过一句,在省政府遇到过大姐夫。"大姨突然想起来什么,又问老舅:"大哥家的电话为什么老是没人接呢?"

"他每天都在书报亭!从早坐到晚,那个破摊儿也不挣啥钱,但他放不下。"

"那就晚上再打。晚上我们就去对面巷子里那家吃,我要带孙子,没法在家整一桌菜给这么多人吃啦。"

现在,子清的记忆越来越清晰了,叠印在眼前这个空间里的画面未必是确凿的回忆——很多年前的那个冬夜，就是在这间屋里，摆起一张折叠圆桌、一张小方桌，二十几个老老少少挤在一起，饺子一笼一笼地出来，热气腾腾，她吃一个，就有人要她猜是什么馅儿的……现在，在隔壁屋里睡饱了午觉，咿咿呀呀哭起来的孩子就是那时比她还小的表弟的儿子。玉皇大帝急急忙忙赶过去，因为再不去抱起他，天就要被哭塌了。

亲情的牢固，并不取决于血缘，而是共同的记忆。子清想起奥托在庞贝问过的话，不免苦笑，没错，每个长辈都有长达半世纪的回忆，她这一代人的长辈回忆理应涵盖中国历史上最重要的事件，但她一无所知，但又不是她的错，这不只因为缺乏直接经验或间接教材，更是因为她没有父母的教养——对于过去的教养，口耳相传的家族教养。这么多年来，他们对过往的讳莫如深有时像一种自卑，对乡村贫穷记忆的闪避，有时却更像一种自觉的封杀，如此想来，父亲沾染的这种绝症又带上了一股主观的隐喻性。

疑惑和想象纠缠起来。圣尼古拉教堂被摧毁的那一天一夜，父母是不是在场？是不是在草坪上闻到了经书焚烧的气味？是不是也拉过那几条拧成一股的绳索，亲眼见到韧性十足的木头建筑执拗反弹回原位？他们约会的时候，会不会伴着傍晚六点的晚钟声响，或是索性相约在异国情调的洋葱顶下？说来荒唐，这竟是子清有生以来第一次确凿地知道：父母和"文革"是有直接关联。

子清摸出手机，想给他们看看那张困扰她很久的合影，以此为契机打探一下父母和这座已消失的教堂的关联。一开屏却看到未接电话和几条微信，电话是关鹏打来的，微信是 Jack 的留言。她抬头一看，发现老舅和小姨又聊上了，便走到厨房阳台上给关鹏回电话。他说广州的 case 结了，最近不用出差，可以开车送她去看望父亲。她谢过他，说最近在东北寻亲，回上海时再联系。两人匆匆讲了几句就挂了，子清觉得关鹏听起来很疲惫，回想一下，关鹏因为那个案子去广州忙了几个月了，她都快有半年没见过他了。

至于 Jack 的留言，当然要 Zero 来回复：最近出差。

回到大房间不过十几步路，子清却走出了一种奇特的况味，仿佛每一步都在走近世人早已习惯的家族相处方式，一种可以谓之"家"的存在感，仿佛走近了逝去已有十年的母亲。她想起半个多世纪前的母亲也一定有这样的感觉，在贺家人的吵吵闹闹中觉得窝心又踏实，经过的老水缸蓄满晶亮的清水，经过的走道里堆着老老少少的用具，经过的大门随时会被家人推开……就像现在，推门而入的二舅和子清打了个照面，准确地喊出她的名字，笑纹那么深。随他鱼贯而入的是穿着公主裙的小女孩，女孩拉着妈妈的手，二舅妈跟在最后。

"你们怎么这么晚才来！"这是大姨。

"晶晶这么高啦？"这是老舅。

"就是为了她！听说上海来了个阿姨，硬要回家换身漂亮裙子，折腾了个把钟头，索性等贺洋下班一起过来。"这是二舅。

小姑娘鬼灵精怪的，一点儿不认生。子清识相，不吝美词。一时间，屋子里笑声鼎沸，小孩得意，大人好久不见，说不完的话，又连连问子清父亲的情况，她始终没找到机会秀出手机里那张父母在教堂前的照片。

"现在住福利院了？那估计出不来了，也挺好，就当在里面养老了。"这是二舅。

"不能这么悲观！我们要把足够的爱释放出来，信上帝的瘸子都能站起来走路，信上帝的瞎子都能重见光明……"不用说，这是小姨。

"瞎扯什么呀！姐夫现在连女儿都不认得了，还会认上帝？"这是老舅，今天他好像专门负责打断小姨。

"他不认得不要紧，子清能信上帝就有用！还有我，还有我们教会的所有兄弟姊妹，这是见证奇迹的机会！"小姨说着这话，紧紧盯着子清，看出她眼神的闪躲，越发恳切了，索性扭过身子，不理睬胡搅蛮缠的哥哥，只对着子清说："你有信仰吗？你知道有信仰的人是有福的吗？你爸爸没有意识，但不代表他的灵魂也没有知性，只要他的灵魂有痛苦，就需要神带领他的灵魂走向天堂，凡人都有罪过，绝症也是罪过的一种表现。现在还来得及，就算子清你不愿意皈依，小姨也不会勉强你，但你要允许我带着牧师和教友去上海给你父亲祈祷，如果福利院不允许，那就去教堂……"

"教堂是睡觉的地方吗？"晶晶冷不丁冒出来一句，

"因为食堂是吃饭的地方，总要有睡觉的地方呀！"大伙儿笑翻了，连正襟危坐的小姨也忍不住向后仰躺在床上，作投降状。子清一边笑一边想，这是怎样的一家人呀，仿佛血液里流着欢乐的基因。子清突然领会了父亲爱上母亲的原因：她，以及她的家人，会让他感受到前所未有的快乐吧。

"快六点啦，收拾一下去饭店！"大姨发话了，吩咐老舅再给大哥打电话，吩咐贺洋给晶晶爸爸打电话。子清问起大姨夫和表弟，大姨说："早就通知好了！老段等下直接过去，今天小松值中班，来不了，就咱们这堆人，出发！"

子清记忆里一大队人马在六层楼的水泥阶梯上行进的画面再现了，现在的她裹挟在队伍里，走出了这栋老楼，走上了凉爽的傍晚的街道，晶晶走在她边上，很自然地牵起她的手，小龙龙也不哭闹了，东张西望的很有精神。

贺洋比子清小两岁，也有一张标志性的笑脸，眼睛弯弯的，脸蛋红扑扑的，嘴角习惯性上扬，凭着这笑容就能辨认出贺家的基因。她们当然都忘了小时候见面时的情景，也没有详谈子清父亲的病况，而是热络地聊起上海风物，她看过陈丹燕的《上海的风花雪月》，子清便讲起法租界的小洋楼，然后撇清风花雪月和自己的关系："我爸我妈去上海，和那些百年风情完全没有关系。"

一进饭店，子清就看到一个精干的中年男子朝他们迎上来，听二舅叫他老段，就知道这是大姨夫。不是一家人，不进一家门，大姨夫也有不输给这些表舅们的深刻笑纹，所以，当酒过三巡，他第一个落下泪时，子清反倒大吃一惊。

追溯起来，父亲竟是和这位贺家女婿缘分最深。老段服完兵役当上职业司机，和玉皇大帝是小学同学，青梅竹马，一追十多年，结婚后又开了十多年的出租车，再进了某单位当领导的私人司机，子清的父亲每次来哈尔滨，老段都负责接送，就连要去邻镇看望亡妻的娘家人、去哈尔滨郊外看望自家二哥，老段都愿意开车送他去，因而比旁人更知道一些琐事，当日听闻大姐夫已是不治之身，只能荒度余生，六亲不能认，有根不能归，冷热不能知，四面八方十位数字一概不能识，走失了两次不说，还失了两位夫人，一时间感慨万分，热泪滚滚而出。

他说："你爸爸最爱聊国际情势、国内政局，我也爱听。你奶奶病重那次，他和你妈回老家前，挺得意地告诉我说，他托人买了认购券。用一大捆现金买的，怕带出门危险，特意藏在不锈钢饭盒里，揣在书包里！我问那是啥玩意儿，他说以后就是钱，大钱。我这才晓得世界上有股票这东西。后来我就买了！我听他的话，绝对没错。赚到一笔钱，我买了咱家第一辆车。等他再来时，就开着小奥拓去接他，我觉得倍儿有面子。可他那次不太高兴，据说有个老同学邀请他加入什么企业，他不肯，和老同学吵了一架。"

子清问:"在哈尔滨的老同学?是不是姓刘?"

"没错!那个刘大哥也挺厉害,有技术,有胆量,开了一家航空配件工厂,自行研制开发,借用的是美国技术……具体的,你爸倒是说了点儿,航空航天科技之类的,但我榆木脑袋记不住。我估摸着,刘大哥当年肯定帮了你爸什么事儿,现在办厂了,想让你爸牵线搭桥,把产品推到上海去,结果你爸不乐意。刘大哥又使出第二招,劝你爸回东北,跟着他做生意,赚大钱,别在公家单位憋屈了,你爸还是不乐意。你爸说,无论怎样还是上海好。刘大哥不知道说了什么,你爸就火了,从刘大哥家出来时,脸孔涨得通红,可吓人呢!我第一次见他有那种表情——他一直都是笑呵呵的,衣服穿得笔挺,干干净净,斯斯文文——可那天,感觉像是变了一个人,那刘大哥也追出来,喊他,说过去的事就过去了呗!咱们以后还有好日子呢!世全你回来!"

"大姐夫会发火?"老舅插了一句。这时候吃得七七八八了,光在喝酒,龙龙又困了,在大姨怀里睡起来。晶晶开始玩儿妈妈的 iPad,一声不吭。没有女眷私聊。大家都在听老段讲。

"人嘛!谁都有不开心的时候。我倒觉得大姐夫发火很好,以前我总觉得他是高级知识分子,知书达理,好在不嫌弃我们这些粗人,但那天过后,我相信他也是性情中人,反倒觉得更可亲了。又过了几年,你奶奶走了,他办完丧事，还是从哈尔滨回的上海，那次喝多了，就我们哥俩儿，在半夜的厨房里，你爸说，老妈这一辈子竟然熬到八十多岁，真不容易，四十岁就守寡，七十岁还敢自己坐两天火车去上海看你们，回来时竟然背着三座555大钟，要送给三个愿意帮她端屎端尿的儿女。你爸说，没办法，儿女再多，老了死了还是自个儿的事，靠这个靠那个，靠出一堆恩怨来。我问他，老太太当年是不是特别疼你呀，最有出息的儿子。他摇摇头，叹口气说，没用，我也没用，上海是那么好混的吗？在哪儿都不好混，机械部也要整改，部门自负盈亏，每天规规矩矩上班，也没多少钱，买套房子就掏空了储蓄，一把年纪了还得继续攒钱，两个女儿都靠不住……唠啊唠啊，反正喝多了，随便说，我不知道那时候他经历了什么事，反正，感觉不顺心，第一次觉得他有点儿老了。"

子清默默心算，奶奶去世时她读中学，叛逆期开始；也不知道子莱当时有没有决定远嫁海外；但她记得，那时候是母亲的自动化部门进入风生水起的阶段，父亲所在的机械实验部门渐渐成了冷门地，因为饭桌上会开玩笑，说要买什么大物件就得指望母亲的奖金了。

"刚才你们说，大姐夫以后不太可能回东北了，我心里难受啊……那样一个人，去过那么多地方，知道那么多事，到头来却是像傻子一样困在一堆傻老头里，哪儿也不能去，连街口跳僵尸舞的大妈都不如，这事儿越想越觉得……老天爷你够狠啊！你三舅在营口工厂里上班，来不了，要是他在，肯定会告诉你，他跑销售那几年，出差去上海，听你爸你妈说出差去兵马俑、雨花台、长江三峡、西双版纳、东京、新加坡……把他给羡慕的呀！老跟我们说，这是多么幸福的生活啊！可是为什么不能让他们幸福地终老呢？"

"啊呀！想起来了——咱们忘了给大哥打电话了！"圆桌另一边的二舅鲁莽地跳起来，掏出裤兜里的手机。

"人这一辈子，有多少选择呀？每一次选择都是煎熬，但真的没法选，老天爷给你的福，享用完了就是完了，老天爷不给你的，你选也白选。你爸现在什么都不用选了，也好，解脱！"

"我这手机咋回事儿呢？怎么找不到大哥的电话呢？我也要痴呆了……"二舅喃喃自语，二舅妈二话不说朝他的脑袋拍了一下。

"就是说，这个病不痛不痒，和别的病不太一样，是不？"老舅问。

"难说。也可能是痛了痒了但说不出，不过眨眼间就忘了。"子清答。

"我心里难受啊……谁知道上次见面就是最后一次见面呢，人生啊，见一次少一次。"

"现在还能自个儿大小便不？"老舅又问。

"哎！你们谁有大哥电话？我这只手机里没存……"二舅又愣头愣脑地喊起来，二舅妈又拍了一下他的大腿，忍不住低吼一句，"谁都有！就你没有！"

"……你知道你爸爸最后一次来哈尔滨，我没去送他，这么多年唯一的一次，是为啥？"

场面有点乱。子清听到每个人都在说话，她在回答老舅的问题："有时候会出问题，好像不知道厕所在哪里，或是进了厕所也不知道应该尿在马桶里……对，要随时换裤子，或是用尿片……"直到胳膊被老段拽住了，才发现漏听了大姨夫的提问。

"我不知道那是最后一次送他呀……我不知道呀，否则我从床上爬起来都要去啊！那天我没法开车，因为我当时害怕自己眼睛瞎了，怕得跟孙子似的！"他开始越来越狠地骂自己，眼泪就是这时涌出来的。

大姨赶忙和子清解释："几年前你大姨夫被诊断出青光眼，动了一次手术，效果不理想，偏巧你爸来，那时候你妈已经去世好几年了，你爸说来就来，说走就走，就在我家待了一下午，晚上就坐飞机走了！"

"其实有什么好怕的。该看的都看过了。看不到的都是不该看的。动过第二次手术，这不就好了，小事儿，但我没种，怕得很……"老段说到这儿，大姨抢下他面前的酒杯，说："你大姨夫平日开车不喝酒，所以一沾酒就醉，醉了就多话。"

子清却垂下眼帘琢磨起来，几年前？她怎么不知道父亲闪回过哈尔滨？莫非那已是一次莫名其妙的病中出走？

"得了！得了！我来打！"那边厢，老舅本打算把号码报给二舅，怎么报都少一个数字，这才想起来，完全可以自己拨打大哥的电话，电话一通，声调骤升一个 key（度），分贝膨胀到两个系数，瞬间打败满席喧嚣，只听他用喊的连问三遍："我大哥在吗？那谁……你爸在吗？"电话那头显然放下了，去叫人，趁着这档口，老舅故意压低声音跟大伙儿说，"我把侄女的名儿给忘了，咋一下子就想不起来呢！……啊，大哥，我是德林。庆芸大姐的闺女从上海来了……不是，那个是老大，老二没出国……出过吗？我不知道啊……不是回国探亲，是大姐夫病了……是，挺严重……不，不用我们过去……是想叫你来吃饭，打你家电话一天都没人接……嗯……好……明白了。"挂了电话，大伙儿都很安静，老舅又自然地放低音量，放松声调："大哥都快睡了，这才几点呀！他说他每天都要去看书摊儿，跑不开，子清可以明儿上午去他家，吃完中饭再走。"

老段点起烟，眼睛还是红红的。"明儿上午我送子清去。"

这时已近夜里十点，两个孩子都困得东倒西歪了，大伙儿便要散，但也不是立刻散，他们得知子清住的是连锁酒店，当即驳回：家人必须住家里，看来看去，贺洋小两口刚买的房子最合适，有空房，最干净。再决定明天下午去江沿儿、太阳岛，要确保子清像哈尔滨人一样玩个够。

第三天，一大早。

老段一觉酒醒，买了早点，开车到酒店，抢先结了账，这才去自助餐厅找到正在喝咖啡的子清，一瞥桌上的黄油面包，很有底气地把热腾腾的煎饼包子油条搁在她面前，吃得子清都打嗝了。

老段和子清有说有笑出了酒店，惊讶地发现二舅已经等在车边。他说："我不放心。"

"怕我招待不周啊？"老段捶了他一下，两人咯咯的笑，简直像初中男生。

子清以为他们还会讲些父亲的点滴往事，但没有。出乎意料的是，昨天几乎没怎么讲话的二舅讲了整整一路，讲的都是大舅的奇闻逸事，好像酝酿了一晚上，不得不一吐为快。因为子清马上要见到这个怪人了。他怕她见怪，怕她误解，因为他不用问就知道，子清的父母无论如何都不会告诉她这些的，正是这种不足为外人道的琐事决定了家族内外之分。高峰时段拥堵的红旗大道上，子清从前一天的亢奋情绪里冷静下来，领悟了两点：第一，她是跑到别人家里打探自家历史了，她搅起的不只是失忆的父亲的回忆，还有别人家老一辈的心结；第二，大表舅和父母之间肯定有着一言难尽的关系。

二舅是个口无遮拦的人，讲到精彩之处，还忍不住在老段急刹车的时候把头伸出车窗去痛骂闯红灯的摩托车手。子清只知道他是从教育系统退休的，但不清楚他是后勤主任，每天在学校的时间不如在外交际的时间多，中午就开喝，常常带着酒气回学校，很少授课，难得代课也只是坐镇全员自习。干得好好的，非要辞职，因为某天难得出席运动会，看到一个臭小子欺负女同学，二话不说，一巴掌呼了上去。很多年前他也打过一次淘气作乱的男生，那时候的家长感谢他，但这一次，打的是机关领导的宝贝儿子，校方压力大，迫他上门道歉，他认定自己没做错，"现在的龟孙子越来越不服管教了"，当即宣布"老子不干了"。

原来，贺家的几个兄弟姐妹从小就和大哥贺德利不太亲近，出去撒野、在家撒娇时都以二哥为头领。随着第二代当家、第三代出生，第一代人的兄弟情就更淡了。当然，不喜欢也是有理由的，譬如，他会在除夕夜的团圆饭桌上呵斥几个弟弟喝起酒来没完没了没节制，酒品难看，言语粗鄙，甚而搬出纣王断骨验髓的典故，为了加强长兄犹父的语气，强调自己是父母精血最旺的时候生下的，必定是兄弟几个中基因最好、"骨髓皆盈"的成功案例；再从基因学讲到养生学，把一桌满嘴流油的老老少少讲得胃口全无，美食都被剖析成了垃圾；最后还不忘调侃明星，说刘德华看起来保养得好，五十岁才生子，精子质量肯定不高，他才不稀罕夸他。诸如此类的小事不胜枚举，他没有夸过谁，偶有玩笑，但多是批评，虽说出于好心，被指点的弟妹不至于当面顶嘴、吵架，但毕竟都年过半百，大家就少了往来。寻常日子能多一点欢乐就好，何必自讨没趣？这是欢乐基因超多的兄弟姐妹们的合理避让，符合他们的生活准则：扫兴的人和事，尽量不要碰。

"你大舅是读书的好材料，比你爹妈还厉害，本省第一名的高中毕业生，本该去做大官的，可惜时运不济，但他不像别人那样随遇而安，他太正气，太清高，太聪明，总觉得自己是对的，别人是错的，看谁都不顺眼，搁在哪个朝代都不会有鸿运，也容易招小人嫉恨，那，惹不起还躲不起吗，所以他就变得很孤僻……唉，时代变啦，他看不起的人也能活得挺好，比他更滋润，他心里就更不平衡。其实我也不平衡，我也看不惯很多事很多人，但在家就要说说笑笑嘛，否则活着还有啥意思？可他一开口，大家伙儿就会觉得很沉重，什么笑话都不好意思说了，说了也不好笑了，他就有那种能耐。"

子清默默聆听，心想，如此说来，父亲显然不是扫兴的人喽？这些年来，父母给贺家弟妹带去了很多欢乐，那是她或子莱无论怎样追索都得不到的。六十年代，贺家的小兄弟们还小，和大哥几乎没什么交集。二舅十五岁就跟着第一批红卫兵闹串联，去了兰州；十七岁长征，走了一个月，花了三十块钱，走到了北京，在天安门广场上见到了遥远又遥远的、比毛主席胸章还小的毛主席本人，回到哈尔滨经历了武斗的高潮，之后就下乡去了。"文革"后在教育系统一待三十多年，改革开放的商机也算领略到了，校办三产红火过一阵子，送礼的人络绎不绝，也确实赚到了钱，日子挺好过。独生女儿贺洋没有读大学，考出了会计证书，找到了稳定的工作，再找到了稳定的老公，生下晶晶后，阖家欢乐，无忧无愁。二舅退休后，在海南买了度假房，每年冬天去住几个月，晒太阳，钓鱼，游泳，完全不觉得自己是六十多岁的老头儿，去年还在多礁石的海边猛追螃蟹，结果崴了脚！子清觉得好笑，三个红灯前还在说大舅的事，现在倒把他自己的事归拢齐了，这无轨电车开得又快又好，最后还能绕回主题："我这辈子没少折腾，老了倒也精神。除了德利，我们哥儿几个每年都去松花江游泳呢！我觉得吧，你爸在上海过上了好日子，安逸归安逸，但身边没有热闹的伴儿，才得了个富贵病。"

老段手握方向盘，熟练地倒车，熄火，拔出钥匙前幽幽地说了一句："课前预习做完了吗？"这次是二舅去捶老段。

有了这样充分的心理准备，子清收敛了昨天那种没心没肺的笑容，换上了严肃的表情，但也即刻想到，自己空着手拜见德利大人实在太失礼。虽然两个大男人死命拦着她，她还是拿出在上海地铁挤出人群的功夫，冲向一个水果店，指着最贵的几枚进口水果，掏出了钱包。虽说在上海没有一家亲戚要她串门，但父母从小就告诫她，空手作客最讨人厌。

大舅家的家具全是深色红木，体面但也沉郁，绿色植物恰到好处，生机是有的，但她总觉得有塑料仿制品的感觉。和黑黢黢的二舅和大姨夫相比，大舅是百分百的白面书生，有一张天生忧郁的面孔，也许是主动边缘化的人生产物。

大红袍入壶，大舅洗完一道茶后，不慌不忙地给每个人斟满一杯茶。大舅和子清一问一答，旁人寥寥寒暄，主客有分。子清便晓得，这位长辈和另几个贺家兄妹截然不同——哪怕三十年间仅仅见过三两次也能一见如故。当他终于问及父亲的病况时，她就从包里拿出了iPad，里面已备份了父亲和亲朋好友们的影像资料。她需要掌握对话的走向，加快对话的速度。

她先给他看上个月在福利院里拍摄的一段画面。穿着天蓝色珊瑚绒休闲开衫的父亲对着镜头恬淡地抿嘴微笑，背景中，和他同屋的哑巴远远地观望着他，身穿淡蓝色制服的女护工们倚在窗边聊着天，时不时去扶一个颤巍巍的老人，或是制止连续用手掌拍桌面的老人，但父亲没有动，上眼皮的褶子厚厚的堆积着，遮住了大半视线，含糊的瞳孔几乎一动不动，但他的嘴角带笑，且这笑纹也一动不动。这是一段让人伤感的影像，父亲把自己坐成了一幅肖像，任凭身后他人频频闪动。他是动感世间中的凝固者。

短短一分钟影像，大舅一言不发，面色沉沉。

子清开始播放第二段画面。穿着姜黄色运动套衫的父亲迈着稳定但虚弱的步伐，在走廊里漫无目的地走着，拐角处，盲人正摸索着沿墙护栏往这边走来。他们本可以错开的，但父亲没有让开，盲者更不会让。父亲的右肩蹭着盲者的左肩，两人都愣了几秒，当盲者用另一只手来摸索父亲的左臂、左肩、左耳时，父亲干脆利落地把他的手推开了。盲人呼喝起来，他的一贯招数就是在感觉受阻时提高音量，他似乎还有一点儿耳聋，也不会说话，但他在抗议的时候你决不会误解或忽视他。此时的父亲呢，心也是盲的，神智也是聋哑的了，于是，旗鼓相当的两人很快推搡起来，谁也不让谁。外人会觉得很好笑，那么宽的走廊，两人非要抢对方脚下的路。胖阿姨一路小跑出现在镜头里，大嗓门说起话来，不对盲人说，只对子清的父亲说，因为她知道子清在录影。"老王听话！来！往这里走！跟阿姨走，这里很宽敞，很好走的——"拉开了父亲，又转头对执镜的子清说，"还好我来得及时，打起来就糟糕了。你爸爸上次给了他一拳呢，打在脸上，那天小黄值班，隔一米就没来得及止住他，小黄说，老王出拳又快又狠，是不是练过呀？"她把父亲送进了房间，又跑到子清面前，把袖口拉到肩膀，露出上臂："你看，三个月前被他咬的那口，淤青还没消呢。"镜头推进，变成特写，淤青依然保持着一张嘴巴的形状，牙齿用力的地方，青黑的痕迹更重些，别的地方只剩了些黄紫色的血筋，镜头再推进，在放大到极点的黄紫色中结束。

这段看完，二舅喷了一声，大姨夫唉了一声，大舅问："这是什么时候的事？"

"去年。刚进福利院不久，有点儿不习惯。他咬人是因为护工要给他洗澡，要脱衣服，他不肯，护工按照规章办事，就拉住他的双手，他就咬了。后来护工们也知道了，他是要哄的，不能来硬的。"

"他没有意识。"陈述句，而非疑问句。

"完全没有咬人或打人的意识，像是本能的条件反射。"

大舅没有再说什么。迟疑了一会儿，嘴角露出一丝苦涩的扭曲的线条，被子清看在眼里。他再问："还有吗？"

"有。还拍了些他房间里的设施、楼下的花园和花房、每天晚饭的伙食……"

"那就不看了。看了不舒服。"大舅说完，揉了揉眼眉。"人都是要老的。但老了没有意识，就难保尊严，这是最惨痛的老法。"

三位来客都陷入了沉默。但子清不甘心。她把 iPad 转向自己，仿佛不打算给他看了，手指却仍在滑动、点击，兀自说起来："我这次来哈尔滨是很冒昧的。老实说，我已经没有老家亲戚的联络方式了，没有通讯录，没有旧信件，要么被他丢掉了，撕掉了，要么他根本没有记下来，重要的事情都是用脑子去记的。我只知道，他很难出行了，离不开上海了，所以就当是替他来向大家道别，趁现在还来得及。"说到这里，她点开了那张最神秘的合影，把父母背后的教堂放大，让所有人不用侧目或靠近就看得到。"好多事，他们以前不说，我们也不知道要问。像这样的画面，我就完全无法理解，也不知道现在还可以问谁。"

二舅好奇地凑过来。"这是喇嘛台呀！你别动，我瞅瞅……这照得挺有意思。"

"我特别想知道，这是谁拍的，是什么时候拍的。"子清让画面停留了几秒钟，又仿佛不经意地往后翻，便是一群衣着、发型都相仿的年轻学生在天安门前的大合影。"小时候不懂事，只当一切是天经地义。现在才发觉，他们如何结婚，如何到了上海……这些事对我和姐姐来说仍然是个谜。"

"现在的年轻人不会去追问这些，只知道赚钱，吃喝玩乐。"大舅漠然应声，又添了一圈茶。

"只是我追问得太晚罢了。"子清也淡淡地跟上一句，去拿茶碗，顺手把 iPad 递给二舅。

"问得太早也问不出什么。过去的事就好比一场戏，时代大戏。我们都是跑龙套的。"大舅一边说，一边往茶壶里倒热水。

二舅的眼光没离开过老照片，再翻几页，赫然见到一张照相馆里拍的合影，七八个年轻人眉目清秀，排列整齐，大舅和子清的父亲出现在后排，前排右二的女生便是子清的母亲。"咦，有大哥呀！老照片真好啊，年份都写在边角上——你看：一九六七年，造反有理！"

"这是大舅吗？我之前都没注意到……大舅，您和我爸妈也是同学吗？"子清有点惊讶。

"不是。我比你妈小四岁。我没有上大学。"

"大哥，你不是也收了好多老照片吗？拿出来看看呗，子清大老远来的。"

"没什么好看的。"

"看看呗！照片收着又不是为了攒灰，也不会天天有人想看，难得的好机会，我们也跟你一起叙叙旧嘛，我也没见过呢！"老段放下茶杯，兴致勃勃的样子。子清用眼角瞥到大舅的眼光扫向那张照片，又坚决地移回视线。老段果然了解这家人，知道打铁要趁热："我听玉环说过，大哥的老东西都攒的齐齐整整，收在一只箱子里，搬家的时候只肯自己搬，不许别人动！我就一直很好奇……"

"因为那些东西有历史意义，有教育价值，要好好保存。"大舅很不客气地打断老段的话，盖上茶壶盖儿，转而凝视子清。"回头去想，那真像一场戏，但和你爸相比，我入戏太深，出戏太慢。他可好！说入戏就入戏，叫他干啥就干啥，哪怕心里一百个不乐意，说出戏就能出戏，眨眼忘个精光！现在他什么都不明白了，我相信这就是他希望的结果。你懂不懂？有些人，有些事，你根本不想去记住，结果假戏真做，真的忘光了！"

在大舅想来，父亲的失忆简直是必然的。这让三个来客陷入沉默，但这沉默的质地和先前已有不同，已经看得到沉默里燃起了火，有了让人呼吸急促的热度。子清想，不如就此打破，问到底。

"老实说，大舅的话，我听不懂。他们到上海之前的事情，真的没怎么说过，我一无所知，昨天在大姨家才头一回知道，我爸当年是在革委会里当秘书的。"

"刚刚那张照片，是我们知青队返乡前的留影，是你妈提议，你爸付的钱，我记得很清楚。本来说好是我们三人去照相馆，但那天知青队刚好临时开会，一大帮人都来了，你爸你妈就说，那就一起照，第二天就要戴上大红花坐卡车下农村了，再不照没机会了。"大舅叹了一口气，巴掌拍在膝头，好像下了很大的决心："好吧，就让你们看看吧，那张照片，我也有一张，我不知道你父母还留着它，不过他们看到了也不会多想，但我留着它是有深意的。"

他起身进了屋，不出五分钟，就捧着两本黑色硬面抄回到了客厅，正襟危坐，翻开褪色的封面，露出"保管账"的字样，原来是本自带蓝线表格的账本，照片都端正地贴在空白页上。每翻一页，子清都能瞥到照片的上方、下方和页边都有字迹，有的是密密麻麻的蝇头小字，有的是题眉式的楷体大字。他很快找到了那张照片，把那一页摊放在子清面前。左页的照片上有"哈十一中欢送初高中毕业生首批下乡务农同学留影纪念（一九六五年九月三日）"的字样，照片上的年轻人胸戴大红花，但没有子清的父母。右页照片才是子清iPad上的那张，照片上的印刷体写的却是"立志耕耘"，但在纸页上,像横批一样写在两张照片上的是遒劲的蓝色钢笔字:"步入歧途!悔!悔!悔!"

"说起一九六五年我下乡,还得从你妈妈的一句话开始。高中毕业保送,全校就我一个人,我是班长,成绩全班第一,我爸是军级干部,月工资一百四——那时候毛主席才四百块,我觉得保送我去人民大学是理所当然的,就拿回表格来写。父亲:党员,军用品制造厂厂长。刚好你妈妈周末来我家吃饭,瞅着我填表格,就说,这样写恐怕不好吧。原来,六一年到六四年四清运动,我爸已被开除党籍了!连降三级,下放车间劳动,就因为他在自然灾害期间点头应允手下人用钢材去换了大白菜和肉,数量并不大,解了燃眉之急,工人和家属们都是交口称赞的,但当时来说,那确实是违法的,虽然经手的都是群众,但罪名就得厂长担着。可我怎么会知道?听你妈这么说,才想到我爸上班时开始带饭盒了,以前从来不带的,可见爸妈都瞒着我。时局的事,小孩子不会敏感。那张表格搁在桌上,我愣了半天,到最后,一咬牙,什么都没写!我年轻气盛,跑去问我爸,确证大表姐说的是实情。这下好了,心如死水。问题严重得照实写,那写了也白写,人大的政审不可能通过,那些军事院校、省重点大学……也都没戏。我一个也没填。高中毕业就下乡了。"

子清往后翻一页,一九六六年北京天安门留影,大舅稚气未脱的面容十分拘谨,右手低低地托捧红宝书。

"一九六六年我从知青点回到哈尔滨，一看，好嘛，全乱套了。'文革'刚开始，满城大字报，学校也不上课了。学校之前答应我，下乡一年就把我调回来当校团委书记，可我回去一看，老师都在挨斗呢！我去问，我都离校了，还能当红卫兵吗？校方说，你想当就给你袖标，没问题。我们十个知青就领了十个袖标，我又领着四五人去北京串联。临走前，我爸给了十块钱，但串联根本不花钱，坐车、住店、吃饭都不花，连去公园玩儿都不用买门票，待了一个多月还剩七八块钱，就买了些柿子、香蕉之类的零嘴。就这么着，我待了五六十天。"

一九六六年十一月二十六日，毛主席第八次接见，大舅记忆犹新。当时他们都聚在农垦部南三楼，全国的下乡知青的遭遇都被集中起来，他领导吉林、辽宁和黑龙江的插队知青，被推选为东北大区的领导。"我们的知青点挺正经的，不像南方知青受到很多迫害。我是想进步，否则，不会头一批下乡，也不会组织知青们给周总理写信，我们一共写了八封，我独自写了三封，第一封信没回音，写第二封，还没回音，写第三封！写的是我们的观察、体会和质疑，总结了很多现实存在的问题，想和领导人讨论：知青到底应不应该接受没知识的农夫的教育？三封信过后，周总理的秘书接见了我们，说的是：返回老家去，就地闹革命！但那……也就是半年多的时间，风风火火，不了了之。"大冬天的，田林封冻，回知青点也没啥意思，他们就暂时留在哈尔滨，成立了黑龙江省下乡知识青年红色造反团,继而占领了哈尔滨各个区的知青办,拿到了省知青办的钥匙,也有了档案柜的钥匙,成了当时的负责人,主要宣传的内容还是听毛主席的话。身边还有两个卫兵寸步不离,按现在的话说就是保镖。找省长要钱也很方便,一去就能拿到两千块。"那时候的二千块钱不得了哇,但我们没贪污,全买了油印机、纸张等耗材,自己没捞到一分钱。"

"也要我签文件。别的还好,但有一件事,我独独是后悔过的。那是一九六七年一月,哈尔滨市一部分知青在年初一、初二到了兵团,都后悔了,联系知青办要返城,这一百二十多人的返城文件让我签字,我能签吗?不能。但后来我后悔了,后悔没让他们回来。开批斗会也有我们的份儿,但批斗的时候打断了谁的腿,我们也会给他个板凳坐着,不会不讲人性。我也不赞同批斗的时候用恶劣的招数,看到被打伤的人入狱,我是会去照顾的。后来的人把这时候的事概括为一月风暴,二月逆流,说我们夺了权,一共二十四人,我排名第八。你知道毛远新吗?毛主席的亲侄子,当年在哈军工念书,快毕业了。开会时,我俩挨着坐。每天都开会,讨论人民日报社论原稿,根据个人领域的专长谈心得,谈修改意见,经过一致同意,就能发表了。唉,时过境迁啊……回想毛远新,我也觉得可叹,那是毛主席的亲侄子啊,'文革'结束后被关押了十多年。我们走得早,走对了。"

一九六七年开春,贺德林决定终止三四个月的造反团,再次返乡。和反复不定的局势相比,农村显得前所未有的单纯。"长期在城市待着就是吃闲饭,也没收入,所以我提议:根基还是在农村。造反团解散时,就照了张相,写上'立志耕耘'——对,就是你刚刚给我们看的那张相片。这是我自己决定的。知道我们要解散返乡,市委想挽留,我不肯,他们也没办法,只能派人来查查账,收走钥匙,就这样结束了。后来,毛远新当上了革委会副主任,再后来,沈阳军区政委。"

再往后翻一页,推进两年,子清看到父母和大舅的三人留影,蓝色笔迹工整地写着"一九六八年送姐姐姐夫去上海"。

"其实,从六五年到六八年我和你父母就基本没有交往了。我印象最深刻的是六五年你妈妈的那句话,还有你爸爸六七年的那句话——他是学生代表,是夺权后的临时革委会秘书,我在政府大楼里的走廊里和他打了个招呼,他停下来对我说:别下乡了,留下来吧,前途总是在城市里的。"

"大姐夫是去革委会开会的吧?"老段问。

"还轮不到他开会,顶多就是去拿材料。"

"夺权……是说他当时算进步分子吗?"子清没管住嘴巴,流露出调侃的语气。

大舅的表情突然僵硬了,子清意识自己的不妥当。一秒迟疑,他端起茶杯喝了一口。"到后来,两派相争,谁也不能凭一己之力去改变什么了。我当时还觉得自己退出斗争，回归乡野，才算是进步呢。我走的时候，心情复杂到极点，很痛苦，怎么选都不是我想要的。相比之下，你父亲……他根本没什么造反的激情，但他还是可以得到他想要的结果。"

两派之争，发端于浪漫理想主义的死忠者。死忠者充满无产阶级的伟大梦想，也忠于领导人，那种虔信是对美好未来的部分折射，并没有愚忠的嫌疑。反对死忠者的人，和死忠者并无本质上的不同，也有激情壮志，也期待美好未来，但因为死忠派挺先站出，致使权力暂时掌握在他们手中，夺取权力和利益就成了反对派的最强大动因。凡事不缺理由，理由决定主题先行，而意识形态理论总能催化出爱憎分明的绝对取舍，人人都要表决心，有人模拟的是激进，有人只擅长顺从。年少时的信念和荷尔蒙一样旺盛。这便注定假戏真做，敲锣打鼓、拉开戏幕就能集体入戏，且必然斗得如火如荼，因为道具只是一具肉身，拼的是唯一的一辈子。时代大戏里，撒谎者在谎言中催眠了自己，假作真时真亦假；扮演疯子的人太入戏，最后真的疯了。

聆听的时候，子清没有凝视他的眼，怕他的眼神，不如闪避，去凝望光斑催眠般的游移，让他自言自语一般尽情地讲。夏天的阳光照进了阳台，几株绿植的叶片微微颤动，光斑也晃动。一种迷离的气氛荡漾在这个房间里，四个人的视线各有落点，没有交集，但也没有各怀心事的距离感，反倒像在雾里渡河，并不知道有同伴前往同一个时空位置。

子清的头脑里自动出现另一个画面：阳光经过棱镜，出现七种颜色，但一旦进入赌局或沙场，你只能选定一种颜色作自己的旗帜，所谓立场不过是这么回事儿。这画面，配上大舅苍凉的陈词，应该不会有错。

"激进的前提是先有知识，再有认识。那些冲在最前面的人，有谁好好读过马克思、恩格斯的书？有人好好想过苏修为何是错的？只知道表决心，胡闹！漠然而盲从才是反动。"

表过决心，权力拉锯，斗争进入白热化时，双方却都已忘却初衷。牢记初衷的人反倒会先败下阵来。牢记耻辱的人也是。中庸者会说他们拿得起，放不下，然后呵呵一笑，模仿那些个神仙道人，摆出一副笑看云卷云舒的豁达姿态，然后就真的忘了个精光。这种忘性，烙定在五味杂陈的人心里，又将在斗争告终后赫然显现，表现为双方都好像忘却了曾经不共戴天。这种忘性，出现在人类历史中的每一个阶段，每一个国家，每一代人，每一对父母，每一个孩子中间。所以他说："如果有人忘了一切，搞不好，就是因为这种忘性太深刻了吧。"

"我的人生是在个人理想和时代悲剧的夹缝里完成的。'文革'之后，我的信条就没有变过：独善其身，安家乐业。"这些话，仿佛已经在心胸里酝酿了许多年，随时都可以字正腔圆的讲出来。

终于，子清从交织的线索中厘清了这位老人的故事。高才生愤而投身组建第一批下乡知青队，又在"文革"进入白热化的当口急流勇退，率先意识到这条路是走偏了。"文革"结束后，他没有学历，也不想再挤破头去高考，年纪轻轻，心却已经累了，眼也浊了，看到的世界是不可靠的。索性结婚，安家在东北的小县城里。八十年代，他在农场供销社工作，经常去苏联进货，苏联人嘲笑中国人做的羽绒服是用稻梗骗人的，他觉得憋屈。后来索性不做供销了，因为怕被人说有问题——受贿也不是，不受也不是。九十年代，他回哈尔滨开书店，求清净，在书堆里自学电脑，每天开店先开电脑，看国家大事，一大摞参考书被小兔崽子偷了都不知道。进入二十一世纪，书店开不下去了，就盘下一个医院门口的小书摊，卖得出去大都是《读者文摘》，每天还是先开电脑看国际新闻，但有了新爱好：追韩剧。外人都说贺家大哥很不幸，他用清高正直的姿态主动断绝了一次又一次光明前途，时代和家世将他推上浪尖，他却每一次先行撤退，主动躲开是非。昔日的高姿态总被人嗤笑为"不识时务"，错过了每一个发家致富的机会，当年的高考状元混得还不如每天打架的弟弟。

失意者的话到此为止，再无余地谈论失忆者。

大舅只是轻描淡写的提到，自己目睹过王世全参加批斗会的情形。既是秘书，当然要在现场，还要把所有残暴的事情看在眼里，必要时也要动动手。也见过王世全开吉普车，辅座坐的是他的好朋友刘春，后座是革委会的小头目。

"至于你父母是怎么去上海的,我多少也猜得到。你妈妈和我一样,会被我父亲那事儿牵连。也许是因为你妈妈在资料里填上了我们家的信息;也可能是故意没写,但被人举报了;你爸爸也免不了惹到谁。总之,他俩想同时分到最好的单位,那是不可能的。当时风头最健的是哈工大,毕业生大都分配到西北、西南的原子弹、雷达等等军工单位,你父母成绩很优秀,你爸又在保守派的领导层,进入第一批分配是没有问题的。"

"也就是说,我父母是那场运动的既得利益者?"子清问。

"在当时,他们肯定不这样想,而是觉得自己是受害者。"大舅又嫌茶过五巡没了味道,索性倒掉老茶叶,拿出了一包新茶。"我估计,上海,已经是第三、甚至第四批分配的方向了。"

"那时候,去上海不是优等生才有的机会吗?"

"上海是好,但肯定没国防军工单位好啊。毛远新本来也是要去制造导弹的国防研究所的。毕业分配讲求的是事业发展机会,个人前途,不只是贪图分到山清水秀或是纸醉金迷的地方。上海再好,机械工业发展的前途也不见得好。"

"而且远。"

"对。从黑龙江到上海,中间这段路没有一个亲人,简直就像是分配到了外国,言语也不通,风俗又不懂。"

大舅喝了一口茶，嫌凉，倒掉。"要我说，如果他们当时分手，你父亲一定能去西北造导弹，发挥自己真正的才能。我听说，他觉得机械专业不过瘾，还想去考理论物理专业的研究生呢……"

二舅在一旁抢过话头："怎么能分手呢？感情那么好，就算大表姐肯牺牲，姐夫也不舍得啊。再说，到上海结婚安家，也很好嘛！他们安顿下来后给我们写信，说凭着结婚证就能从集体宿舍里搬出来，住进了工房，有马桶，有煤气灶，我们都很羡慕呢。子清，有时间带你去老房子看看。要拆迁了，但房子还没扒。你爸你妈在哈尔滨的最后一夜，就是在那个老房子里度过的。两居室啊！住了八口人，我和媳妇结婚了没房子，只能在过道里吊了床铺，一直住到贺洋生下来。那可真是苦，相比之下，你爸你妈简直身在天堂啊。生了你姐姐之后，他们回老家探亲，先到哈尔滨，再去窟窿台，也是住在我们家。"

老段也兴冲冲地对子清说："我也住过！和你大姨没结婚就住进去啦，等房等得受不了，你姑老爷就同意我搬进去住。好家伙！整个儿一集体宿舍，挤了四对夫妻，还有玉兰妹妹。"

"说到房子，是挺有意思的，"大舅露出笑容，沏上新茶，有滋有味地接住这话题，"离开知青队我就去农场了，遇到你舅妈，就打算结婚。没房子。从单身宿舍搬到师父家，过渡了一阵子，不方便，又和你舅妈的同学合住，更不方便……哎呀，种种不合适，结果又回到集体宿舍，在过道里搭建了一个家，只能放进两个行李铺，就那样凑合了几个月。领导看不下去了，主动帮我们租房，花了五元钱，租了村里寡妇家的空房。消息就这样传了出去，村里人看我们这对年轻夫妇又憨直、又有工资，每天都有人来当中介，到底说服我们买下了一间半拉子入土的老屋，花了三百七十元。"说到这里，二舅咯咯地笑起来，好像又看到了那间惨不忍睹的破屋子。

"老屋得翻修才能住人，我不会。叫上你外公——也就是我大舅——过去看，看了都摇头，说不行，再拉来你亲舅、二舅、三舅、老舅，用两个月时间搭起了木梁子，起了三间土坯房，连着园地接近三百平方米。用的辘轳井，土灶台……"

二舅抢着说出重点："你老舅打了一麻袋工字钉背到农场去，所有家具都是我亲手打的！我们几个壮汉手工夯实地基，你外公指导我们用蒿草和泥，糊墙。我这辈子就盖过那么一间屋，特好玩！"

大舅也乐了，那两个月全家壮丁出动盖屋，不牵涉政治，精力都用在正事上，谁也没惹事打架，想必是兄弟几个难得的美好回忆。"后来才知道，我们盖得太起劲儿了！村民闹意见，说我们低价买地，非法盖大屋。村干部特地去看过。土地局的人还想来抄罚咱家，罪名是擅自起楼。结果一大帮人过来一看：一块砖都没有，连屋子正脸儿都不是清水墙！全都傻眼了，哑巴了，回去了。罚也没法罚，因为怎么看都不算正经的楼……哈哈，也确实不是正经的楼，太不好住了，冬冷夏热，土炕越烧越凉，实在扛不住了才卖掉。才卖了三百二十块。"

赔本买卖的故事显然是兄弟们的最爱，数字一出，齐声大笑。子清觉得好像在灰暗的迷雾里逛了一圈，终于又回到了笑声灿烂的贺家。她跟着笑，心里却是在叹气。时代裹挟着个体，每个人都以自己的方式度过，只有第一人称的叙述是确凿的，鲜活的；只有衣食住行是具体的，可供反复回忆的；但所有第三人称的故事都是碎片拼接，所有相关斗争和迫害的故事都像是断章取义。人的一生就像万花筒里的碎片，转一转，看到一眼灿烂百花，再转一转，或许就是狰狞面孔。

回程的时候，二舅扭过头，对后座的子清说："我怀疑他没有说实话！他肯定还知道些什么，不肯说。那时候他们结束下乡回城时都是灰溜溜的，但他只挑好的说——周总理给他们回信了！还有，三百七十块钱买来的那个破屋，他竟然口口声声说窗户是他亲手打的，才不是呢！都是我打的，连着家具和窗户都是我打的，我学过木工啊！"

雷声轰然响起，天色阴沉下来。过了几个路口，一道闪电劈开灰色天空。老段说："今儿怕是去不成江沿儿了。要下大雨。"说着就给家里打了电话，子清听得明白，大姨和老舅随时都能出发，下午的安排就由这队人马说了算，反正晚上一起吃饭。

"我们去先锋路吧，"老段扭头对后座的子清说，"你不是想找你爸妈的老同学吗？我送你爸去过他家，记得路，就在先锋路那一块儿。"

车到先锋路，人都傻眼了。老段在先锋路立交桥下绕来绕去好几圈，终于沮丧地说："完了！老房子都拆了！盖桥了……就在桥墩这个位置，我肯定没记错。"

"那我们去派出所吧，"子清毫不犹疑地说，"我知道他的名字，年纪，如果走运，他的户籍还在这里，就能找得到他。"

"嘿！子清你挺有方法嘛！"老段笑了，实际上，贺家人都不知道，她就是这样找到他们的。她没有说，也不打算说。她觉得说出来是一种罪过。但这套寻人的办法，她已是驾轻就熟了。民警在电脑上查了所有叫刘春的人，一九二七年的太老，一九五六年的太少，看到一九三八年的刘春，点开图片一看，子清就知道是他。民警说这是拆迁户，有迁移地址。老段拿了地址直奔河滨小区，摸到了门牌号，开门的是他儿子，一听是上海王世全的女儿，立刻笑脸相迎。子清、老段和二舅也被这意外的惊喜逗得眉开眼笑的，谁也没想到会这样顺利。

刘大爷身材高大，行动笨拙，耳背很严重，带着助听器。小刘说，老夫妻半年在三亚，半年在哈尔滨，日子很逍遥，只是身体都不好了。他们家的厂前几年卖了，做生意时连带着不少官府关系，受贿的事没少干，反正钱赚够了，全家人已是养老无忧，不如一走了之。

看到老人家已是这样，子清就不想去提不开心的事，故意卖萌地说："刘大爷，我知道你是我爸我妈的恋爱介绍人。"

"世全和庆芸第一次说话……是在田野里。"刘大爷坐在单人沙发里，身影巍峨，言语发颤，语速很慢，但说出的话是谁也料不到的。"那麦浪啊，真漂亮。我们一大群同学去郊游。他和她越走越远，越走越近。我就没跟上去。我懂。"

刘大爷讲几句话就要大喘气。肺不好，高血压好多年了，近年来脑子迟钝了，腿脚不灵便。他们说着话，刘大爷听不到，兀自在沙发里呆呆地呼气、吸气，很艰难的样子。子清一时伤感，心想，父亲虽是痴呆，但毕竟对身体上的痛痒没有知觉，也就没有太难受的表情。再看刘大爷，比父亲大两岁的大学同学，分明是在忍耐每一个器官的老朽。但他似乎并不停滞于身体的痛苦，头脑在迅速地活动。

"本来轮不到我说话。那年，世全放暑假回来，说你奶奶在老家给他说了一门亲事，女方非常漂亮，在林业局当会计，愿意供他读完大学再结婚。"

"比我妈还漂亮吗？"

"漂亮多啦！那是多好的条件啊……你奶奶一个人拉扯八个孩子，一家人供你爸爸一个人读大学，奢侈啊。他就答应了，还和那姑娘保持了通信往来。信都寄到咱们宿舍，都知道。一来一去一年多，我看那信渐渐的少下来了，就问他，是不是甜言蜜语用光了？他就笑，说哪有什么甜言蜜语，那些都没用！他写信，等于我们现在公司面试，他根据回信能够判断出来，会计小姐对家事并不熟稔，不会做饭也不会裁衣，家境好嘛，又是职业女性。世全就有点不乐意，觉得以后少不了伺候人家。相比之下，庆芸和他身世相当，一个少时没了爹，一个少时没了娘，庆芸一边照顾家事，一边考上了大学，怎么看都比会计小姐更能干！他这么一说，我就明白了，我就让我媳妇儿给庆芸传了点儿悄悄话……"

"我爸真狡猾，一门心思要找会照顾他的女人。"子清开玩笑，一房间的人都笑了。

"没错没错。要照顾他，要帮他。所有人都要帮他。所以你妈走了，他就惨了。我劝他回来，再找个伴儿，兄弟们也近些，能彼此照应。他也来了，见了我一个中年的女性朋友，聊了几天……"

"刘大爷，我妈去世后，你又给我爸找过对象？"

"没错。我惦记他。可他不要。他说，那位女士有一个孩子，还在上初中，要供到读大学，他都快七十了，不想再让自己有负担了。就回上海了。"

"我不知道这事儿。"

"你爸现在好吗？后来不是找了个退休老师吗？听说把他照顾得挺好。"

"他们……挺好。就是我爸老糊涂了，脑子不好使了。"子清轻描淡写地回了一句,不想再翻出福利院里那些影像给他看。

"咳,老了都这样。没事儿。"刘大爷乐呵呵地看着她,但喘息的声音很大。

子清低下头,想了想,说:"我爸身体不太好,再来东北也挺难的,我想给刘大爷、刘大妈拍张照,带回去给他看看,行吗?"

"好!太好了!拍!咱们先在家里拍,再让你小哥儿开车出去拍!"刘大爷起劲地想站起来,双手却撑不住庞大的身躯,小刘赶紧扶了一把,帮他坐到双人沙发上,紧挨着一声不吭、只会含笑点头的刘大妈,让子清快速地拍了几张合影。

"儿啊,把车开过来。我带闺女去看看她爸爸妈妈结婚的地方。"

十五分钟后,子清坐上了刘家的奔驰360,老段和二舅在后面跟着,慢慢游进车河。这时已是下班的高峰时段,路过校区时,刘大爷摇下车窗,指着一栋奶黄色的三层小楼,让子清拍照。"那就是我们当年上学的地方,也是世全和庆芸结婚时借用的三楼大厅,吃过那顿饭,他们就去上海了。"话音刚落,后面的汽车焦急地鸣笛了,小刘只得加快车速,把街对面那栋不起眼的小楼抛到了后头。

内爆·1967

1963年在遥远的罗布泊进行了中国历史上第一次核弹试验。报纸上的蘑菇云在粗颗粒的黑白灰中显形，被王世全剪了下来，贴在宿舍床头。过了四年，报纸都黄了，脆了。

1967年春天，燥热且狂热。那时太乱，但她姑父反而空了下来，时常带孩子们去游泳，从道里走到江畔，游到太阳岛，游回来，再走回家。虽然很累，但很愉快，他对她说，我们家里的人都不会玩，不像你家的人。周末的愉快无法掩盖回到学校时的烦乱。心烦意乱。这些已经完成学业的学生不知自己何去何从，不知这场运动要闹到什么时候。

他刚进大学，就听说哈工大核物理专业有九人分配到核实验基地研究所，那是堪称全中国，乃至全世界最高科技的前沿阵地，技术专家可以直接穿上戎装，拥有军衔。传说中的蘑菇云在他的内心不断膨胀，永不消散，带来的兴奋和恐怖几近骇人。他想象中的场景里还有布满指针摇晃的测试仪器，每一台仪器都能专攻出一项指标，细小的红色箭头像中邪一样摇来摆去，只有懂得技术的人才能读取它要说的话。一九六四年，第一颗原子弹在新疆试验成功，他也变得雄心勃勃，攻读一切可以获得的资料，和繁闹的世间相比，指针和读数更逼近真相的核心，更像他的内心世界。

相比于人类，他更爱精密仪器，冰冷但可控，呆板却忠诚，精确又敏感。在刚刚成型的人生观里，他把自我的理想状态等同于仪器，愿意忠诚于经历复杂公式验算的单一标准，愿意接受来自包括核爆在内的挑战。回想自己在窟窿台度过的童年，风沙飘飞的大漠试验场根本算不上艰苦，更何况，还能穿着军装，坐拥最精良的设备。

同宿舍的刘春知道他的原子弹之梦，但刘春很想说服他一起去航天部，去造宇宙飞船，他说，外太空才称得上更大的梦想，那里宁谧而神秘，是远离所有丑陋人类的唯一办法。但是，他们首先要从这所学校毕业，再考入更高等的学府，获得更高级别的学位。四年的大学生活里，他们常常在这类海阔天空的谈话中睡去，桌上还摊放着熄灯前没忙完的电路板、没画完的图、没解出的方程式……数不清的电容电阻在星光下发出绿莹莹的暗光,有一次他甚至梦到,只要他们进入梦乡,它们就会自动排列起来,簇拥在一起,组成机器人或外星人或闻所未闻的形象——如果他突然醒来,可能会看到一幅出乎想象的画面,任何设计图纸都无法企及的自动化系统。

但是,唯有世界的疯狂,无法以数字化的方式预测或描述或定论。疯狂自动化了,理性和理想退而成为被动的弱者。当他听说原子弹试验的功臣马祖光院士在"文革"刚开始时就被打成"反动学术权威",被迫抛下研究,去蹲牛棚、挑沙子的时候,他觉得难以置信,无法理解。但不敢声张。他独自闷在床上,扭头凝视那张蘑菇云的照片。任何一次高呼革命口号的会议上,他都兢兢业业,一边从众高呼,一边在内心默念咒语:多说多错,少说多做。他恨不得现在就躲到罗布泊的沙漠里去,恨不得儿时早点开窍,早点念书,就能早点抵达原子弹的近旁。和人类的荒唐相比,一枚炸弹竟反而单纯。

幸好他一贯不张扬,此时看起来竟是最卖力的人,利落地摆弄油印机,利落地处理文书,因为他是贫穷家庭出身,又因为和刘春是最好的朋友,他就莫名其妙地被委任为文秘了。是的,主要是因为刘春,这小子眼光毒,胆子大,就算没有斗争、运动,他也必定是夺权的那号人物。他劝他:夺取权力,争取权益,是为了让你的梦想早日实现,不管是走出农村那么小的梦,还是抢先欧美开发高端武器那样庞大的梦,你终究要给自己的梦铺条路,且不用管路叫什么名。他也罩着他,知道他不爱干脏活儿,不爱与人争斗。但躲在他们身后的他,依然看得到暴力,感觉得到犹如爆轰驱动的冲击波,向心的爆轰,推动压缩,撞击粒子……暴力的链式核裂变。

不能说是莫名其妙,也不是老天眷顾。颠覆原有的校党委后,刘春就是新的党委书记。但是,就连刘春也不知道他们什么时候能离开这荒唐的校园。他会在走进革委会办公室前迟疑一下,像是要完成某个更换机芯的仪式,否则他就无法理直气壮、甚至面带笑容地走进去。他会站在那栋苏俄风格的教学大楼前,默默凝望被覆盖的建筑物。

"向在反革命事件中被打伤的解放军战士表示最亲切的慰问!"

"坚决支持军管会一切革命行动!"

"坚决支持公安部!"

……大字报的下面是大字报,下面还是大字报,没完没了的层叠,没完没了的覆盖……

有时,她也在,站在他的身边,隔着一臂距离。但他连手指也不用动,手臂也不用抬,她就能知道他在看、在想、但不会讲出来的话。她都知道。他们宿舍里的被单床单枕套都用光了,他们遭到了造反派的强力反击,反击就从剥夺他们的表态工具开始——大字报需要大量的纸张和笔墨,几乎是无穷尽的消耗,一旦被占领了革委会办公室,生产工具就被尽数没收,易主,虽然造反派还是把它们用于大字报,并无任何二致,但权力的更替已完成。他们用完了教科书和簿子,用完了旧报纸和杂志,扯光了枕头套布,撕开了微薄的床单,夏天到了,冬被就被牺牲了。她帮他搜集过宿舍里的旧抹布、旧衬衣、旧毛巾,发挥她从小练就的女红手艺,迅速的裁剪,缝合成几米宽、十几米宽的条幅,就为了让他用浸满自制墨汁的小拖把在上面写下一句威风的口号,然后在一夜之间被其他条幅、反对派的白晃晃的白纸黑字彻底覆盖,看不到了。所以他们默默不语地站在灰色大楼前,在贴过她亲手缝制、他亲手书写的大字报的位置前,看斗争的证据如海波一样袭来。

就是这栋楼,就在他们那天特意停下脚步观赏看不到的大字报的位置上,就在他们愉快地从姑父家回来的时候,一位老师的尸体从天而降,溅满了肝脑血肉。那是个年轻气盛的老师,教过他们一年半的电磁学。夏天的血迹很快就干涸,仿佛血性眨眼间就会泯灭。

从六月到八月,他可怜的优越感被骤燃的战火攻灭了。武斗在六月九日那天达到最高潮。哈尔滨的每一所高校都随风而动。"捍联总"召集几千人涌进哈工大的校园攻打"炮轰派",二十多人死亡,三百多人受伤,砸毁了实验室里他心仪的仪器,碎玻璃的利齿划破他的脚踝和手臂,几百名师生变成接受政治审查的囚犯,甚至包括他仰慕已久的著名教授、兄弟院校的校花……他拼命地记录，忙不迭地周转在革委会头目、武斗小组头目和前来助战的红卫兵小队头目之间，他负责传话，负责交接资料和款项，负责招待"文攻武卫"精英分子吃饱三顿饭，负责接待来串联的红卫兵们……一边是高升的炊火，一边是焚书的火焰，那些他平日吃不到的大鱼大肉、看不到的精神食粮都被疯狂地消灭，熏得他的眼都睁不开。所以，当她在没人的角落递给他一只热腾腾的馒头时，看他用袖子抹去眼泪，却不能肯定是不是泪水。他没有吃那只馒头，他说，这样打来打去真是毫无意义，可我们到底要怎么办呢？

刘春趁热打铁，挤进了市革委会，立刻提拔他做学生代表去市革委会当秘书。时势所迫，他不想去也得去，否则被打成反革命分子。不积极，但也不能消极，便成就了顺从的表情。

八月最热的那一天，坦克开到了他面前，他看到一位学弟站在坦克车上，端着机关枪，一位学妹举起手榴弹，这才知道传言是真的：他们把极乐寺的军械库扫荡一空了！迫击炮，冲锋枪，刺刀，子弹……他的衣兜里有革委会密室的钥匙，没有人知道，他捏着钥匙的手指在用力，关节骨都发白了，他心里没谱儿，是不是从此之后就要每天和一堆军械物品在一起，要不要他负责清点？是不是从此之后谁都可以举起枪，用仿佛无穷尽的子弹向任何人射击？

多么荒诞啊，可以制造出摧毁半个地球的武器的人，却会被一颗小小的子弹所终结。坦克面前的他，没有梦想，六神无主。他放松手指，强迫自己镇定下来，首先想到了她，便坐进吉普车的驾驶位，直奔女生宿舍。学业早结束了，校院被颠覆了，没有人主持分配工作，师长们每天挂着大牌子上批斗台，被抹黑了脸、剃成鬼头，教室成为战场，一切教具都成为武器。没了校长和导师，宿舍里却异常热闹，不知道从哪里涌来那么多莫名其妙的人，总是横冲直撞，吆五喝六。女生宿舍的第三层，从右边数第三个窗子，就是她的房间。他下了车，呼喊她的名字。不知从何而来的枪声淹没了他的喊声。他扯着嗓子，更用力地喊起来，这辈子都没这么凶猛地呼喊过。他的眼神紧紧盯着那个窗口，却没有注意到，她已经轻快地走出来了，停在他面前，和平常一样，保持一臂的距离。

不等她问，他抢先说：乱了，坦克上街了，打起来了，动真格儿了，要像重庆那样了！她的脸色也渐渐变白，她说：坏了，姑父会不会有事？她抓紧他的胳膊，远处的枪声催出她眼里的忧虑，他第一次看清她的瞳孔，沙色的虹膜在颤动中变大又缩小，神经质的微小动作，他竟然可以看得那么清楚。

他又坐上吉普车，她也想跟着去，但他不肯，说危险，说要避人耳目，说要保护自己，再说下去的话她就听不清了，引擎声映衬着隐约的炮火声，令他突然有了悲壮的错觉，仿佛这就是和她的生死之别，踩油门的脚有点僵硬,车子就像在战场上那样飞奔出去。

其实没有太多可以交待的。其实他不该开着吉普车去姑父家。他在革委会的位置被好几个人觊觎着,只要犯一个错误,罪名就是不可饶恕的。但他无法不飞奔。如果不由着性子、不为了所爱,内心积压的困惑、恐惧、憎恶就会冲破表相。人的内爆。

在路上,他想记起来自己有多久没去姑父家了,但这日子太混乱,他怎么想也算不清,越是算不清,车就开得越快,好像要躲开想象中的流弹以及那些面目清晰的假想敌。疯跑的车让他想起疯跑的马,那是多久以前的记忆啊,自己一个人在疯马拖的木板车里,土路颠得板车狠命摇晃,刚被一个坑颠荡起来,就被一根粗硬的树枝迎面扇来,疯马太可怕了,速度太可怕了,就像眼下的风驰电掣,仿佛眨眼间就到了姑父家的大院,他看到两个小妹妹无忧无虑地跳皮筋儿,一看到吉普车,脸色都变了,天真的笑容就像被一层灰抹去了。他看到姑父迎了出来,还是那样血气方刚的样子,仿佛天塌了都顶得住。他跳下车,在卷起的尘土中奔向那个已被众叛亲离的亲人,他紧紧拉住她姑父的胳膊,凑到他耳边,说,武斗升级了,你们能躲就躲。姑父点了点头,飞快地把他推回车里。

枪决·1968

九月的时候，头目们都去北京开会了。死磕的两派代表被周总理召去开会了。那几天他的心神格外不定。谁接下去掌权，谁就能决定他和她未来的去向。但他显然是多虑了，周总理的调停也无法让这群炮仗性格的东北人轻易收手。十月里，武斗中又死了几个人。十一月，大家开始担忧这个冬天的煤会不够用了。十二月，各派的头目又去北京开会了，见的还是周总理，调停还是没用。武斗此起彼伏，枪声已不让人惊讶，人死的方式也不外乎那样几种，人们竟然也开始习惯了，他反而没有夏天那么担忧了，哈尔滨的寒冬似乎冻结了部分哀愁、部分狂躁。

他们已无处可去。梁叔生死未卜。姑父消失了一阵子。

一九六八年的春天还出了一件事。电子仪器厂的两名年轻的工程师被枪决了，罪名是现行反革命，罪行是印制了一份有"恶毒攻击伟大领袖"之嫌的小报，他们昔日的同学和同事们都去了枪决现场，但谁也没有说是死者的朋友。死者比他和她大不了两三岁。他在枪决现场，听到了枪声，但没有去看尸体。她没有去，因为她更想在江边陪陪某位死者的女朋友。他说，你胆子太大了。她说，她有可能跳江的，我不能不去，反正，我也不是根正苗红的人。

他想说，我没有怪你。但没有说出口。

没有说出口的还有另外一件事，当他们问他要不要独自去新疆的时候，他说，我一个人？这不行。而他们说，两个人才不行。她不行。

第一批分配的名额有两个人。两个成绩都不如他们、也没有尖端梦想的同学，五年后，他们就想方设法离开了新疆，转到了家乡城市的机械部，再过十年，他们就会远渡重洋，成为第一批技术移民的高级工程师。

第二批分配后，他和她又被留下来了。留在迫害不断、打斗不绝的闹哄哄的哈尔滨。他们说，分配的事会抓紧进行，只有把毕业生分配出去，哈尔滨的武斗才能消停。很快，刘春也走了，志得意满，去了沈阳的一家军工单位，走之前特意吩咐手下的人，下一批分配无论如何要给他俩开绿灯。

据说，离开哈尔滨的同学们到了新单位都变得很乖，不挑头，不肇事，顺从得令人惊讶。当地的格局也大抵定型了，新成员只需随大流儿，就能过得安稳。更重要的是，人生地不熟，也没有私仇要报，也没有自己的帮派，闹的劲道全都留在哈尔滨了，谁也没有随身带走。真到了那个分儿上，也都明白了。

刘春离任之后，他也辞去了文秘职务，虽然有人暗示他，这是他往上爬的最好时机，与其哀叹失去最好的专业分配机会，不如改换战场，谋求在政界青云直上。他们说，他的态度不偏不倚，他的为人不卑不亢，他的头脑机智但冷静。他只是一笑而过，没用，这些都没用，我不是当领导的料儿。

岂止是领导。如果名为政治的竞技场覆盖一切领域，他当什么都不是料儿。有一天夜里，他梦到了百堂。依稀的身影，却抽出响亮的一鞭，一列乌黑的铁皮火车穿越敌我占区，穿越阴间阳间，最后停泊在一眼微小的泉水前……醒来后，他把床头的蘑菇云照片揭下来，对折撕裂，再对折撕裂，再对折撕裂。

梦想，只有在远离现实时，才有梦想的美好。他对自己说，忘了吧。

于是继续等。在大把的空余时间里做一台七管三波段的收音机，调试完毕，配上手工打磨的木板箱，拿去送给她姑姑。姑姑爱听样板戏，家里的几个男孩更爱听说书，一家人热热闹闹的，一点儿不像隔三岔五被批斗的家庭。姑父毕竟还是有恩于群众的,大伙儿没让他吃太多的苦。

继续等。那就再做一台,这次做得更漂亮,电路板更简洁,焊接无可挑剔,送给自家二哥。二哥背着所有人,在家里偷听短波敌台。世全自己都不知道,那台收音机收短波的讯息不比中波的音质差。二哥就是听着美国之音里说:黑龙江××山里新造了三个军工厂,便去打听,想找活干,还真找到一个熟人,没几天就去山里上工了,工资确实高,一个月能拿六十九块钱了,但依然要省吃俭用,冬天忙着上山砍枯枝当柴火,后来把山头都砍秃了;春天忙着播种,在宿舍前后的地里种改善伙食的高粱和苞米,苞米要磨,高粱吃起来就方便多了。二哥没有感谢过他,就如同他这辈子也没有正儿八经地感谢过二哥供养他读完大学。

越等,他越厌恶时局。越等,他越惊讶地发现,她显示出超乎常人的耐心。越等,她越温柔地对待他,越有超然世外的冷静。这种超然,恰恰是最让他心动的部分。

那一年,是他们相依为命的起始。也是一场旷日持久的遗忘的起始。

所追他乡·2013

第四天,大中午。

子清依稀听到人声,一扭头,不同于上海的干燥夏阳照得她眼皮内一片血红。她闭着眼睛,想父亲这一辈子可能都没有见过这样浓正的红色,想自己这辈子可能都没有这样巨细无靡地思念过父母,想知道他们在千篇一律的蓝布罩衫下的年轻皮肤是怎样的质地,想知道他们在千篇一律的饥馑简朴餐食后有什么样的甜味,想知道他们床头放了什么,书包里又藏了什么。她在逐渐达到鼎盛的红色中评判自己对上一代亲人的虚构能力,又在逐渐褪去的红影中慨叹整体和细节的双重的一无所知。

一个人因病而忘。千万人因忘而病。

共有一段记忆能让彼此亲密,也能让彼此远离。

闭着眼睛，在无色的温暖中舒展身体，关节一道一道打开，肌肉和脂肪一团一团抖动，用力地伸一个懒腰，再放松，她觉得每一个细胞都嵌入了中点。人生的中点。

根据父母生命的轨迹，她已经走到了中点。独自一人，在和平盛世，如果不把目光支配到父母的起点，她就可以了无烦忧。母亲六十岁因心脑血管爆裂而猝死。父亲七十岁不到就失去了神智。过完这个夏天，她就将三十六岁，到了母亲生完两个孩子的年纪。

这是前所未有的定位法。她躺在陌生的表妹的新居客房里，置身于只在虚构中熟悉的陌生城市里，却无比真切地意识到，这就是人之一生中难能可贵的转折点，关于父母，从此往后，数不清的想象都可成立。

枕边的手机震动了一下。子清没动。又震，一连三下。

"什么时候回来？"

"你去哪里出差？"

"我想你了……"屏幕上自动撒花。

子清睡眼惺忪地看到Jack前所未有的呼唤方式。此时，Zero还没来得及苏醒并存在。在此之前，他俩的约会暗号简洁明了，像电子游戏中的呼唤兽，被呼叫的一方就会瞬间现形，目标明确，时间地点，绝无废话，接下来就要上演动作片，十八般武艺加独门绝技。绝对没有"我想你"这类肉麻的用词。子清揉揉眼睛，再三确认那个发话者的头像——三天两头更改的头像，没有特色的名字，或许是她搞错了也未可知——但头像中的Jack依然有那个倔强又娇气的下巴，没有错。

"特别特别特别想你……现在就想和你做，做到大汗淋漓。"

在子清的犹疑、Zero的缺场中，屏幕上的黑色字迹像滚动的字幕一行一行跳出来。

"你要回复我。"

"不要玩消失好吗？"

"我和女朋友已经分手一个月了。我想了很久……想知道，你愿不愿意，做我女朋友。"

"你有男朋友也不要紧。但我觉得你没有。"

"回复我。快点儿！不许逃。"

子清等了一分钟，没有见到新的字幕。屏幕自动暗下来。就像两个机器人隔空交谈后进入同步休眠。

她一边想，小男生就是不靠谱，爱折腾。一边却不自觉地浮现他的样貌，那是和自己冲撞过的肉体，可以在脑海中巨细靡遗的浮现出来，可以清楚地想起他汗津津的味道，味道之下的体温，不同部位之间的温差，温差之下的湿度，以及不同时间点的喉音和呻吟和吼叫……那样熟稔，犹如微距画面超级清晰，纤毫毕现。但也好陌生。

心痒痒的。有点想回复，哪怕只是一个无厘头的表情也好。Zero小姐欲语还休，仿佛是从上海老窝里把信息散射到哈尔滨，距离太远，所以信号微弱。

再一想，却是悲从中来。一夜之间，这种欢爱变得格外轻薄，不问来处与归处，无需牺牲前程或信仰，真正是最透明最纯粹的虚无，折断亦该清脆。

子清决定不予理睬。

人在中点，要争取弹无虚发，回头看不能忘了来处，往前看要看准方向。精力和时间已经容不得太多暧昧和放浪了。比如，眼下的当务之急就是快点儿起床吃饭，她已经听到楼下玉皇大帝的清脆笑声，显然是刚进门，和二舅妈和老舅谈笑风生。为了她，兄妹几个又凑齐了。

还没等她洗漱完毕，热腾腾的西红柿面就端上桌了。三姑六婆围绕身边，老人家叮咛多吃点儿，这样的画面从来没有出现在子清的生活中，此刻她却甘之如饴，内心充满不可言喻的矛盾：表情动作有戏仿之嫌，但内心确实温暖，纵是逢迎，终究是感动了自己。

那是超级灿烂的好天气，蓝天白云，但日光凶猛，一众女眷都有点儿畏惧。只有老舅乐此不疲地建议大家去松花江畔，干什么呢？看他游泳！把贵妇小狗扔进车斗，骑车到江边桥下，他就会像惯常那样脱去衣裤，只留一条裤衩，哗哗哗哗游到太阳岛，小狗翘首以盼，他再哗哗哗哗游回来。女眷们一致表示，江水已污染，这样游泳有弊无利，观赏性不高，不看也罢。

闲话说到两点多，终于决定出去转转，五个人叫了两辆车，直奔中央大街。快到火车站了，二舅提醒子清去看下一个环路口，昔日的圣尼古拉教堂所在地，如今矗立着一尊乏善可陈的几何体雕塑。哈尔滨的老建筑怀旧风情都是一律的鹅黄色，马迭尔冷饮厅里的复古火车座椅有新补漆的绛红色金边，奶白色的酸奶很好吃，大姨幽幽地说了一句："这酸奶的味道没怎么变，你爸爸妈妈当年一定也吃过，说不定还是两个人分着吃一根冰棍呢！"

这诱使大姨进入说书模式："我第一次听到'旅行结婚'这个词儿，就是你爸爸你妈妈说的。"柔媚的东北腔音调起伏到位，每一个字儿都有珠圆玉润的感觉。"结婚不就是敲锣打鼓、新娘子盖红头巾、三拜天地高堂吗？不！'文革'那时节谁来这套？也不像现在，男方女方照个相，民政局盖个戳儿，就是结婚，之前之后，爱干吗就干吗，奉子成婚的也不稀罕。那时候，你们得向组织汇报，组织批准，你们才能领结婚证。所以你爸你妈说要去上海了，我爸我妈肯定得问——你们啥时办呀？——他们是长辈，而且是唯一能管到这事儿的长辈！你妈九岁没了妈，是抽鸦片死的，村里的头号大冤案！我听你亲舅说，本来你外婆胃疼发烧，只想吃根黄瓜。但是，话说有个邻居，早年就看上了你外婆，没娶到她，对你外公怀恨在心，偏巧，那个男人那天在你外婆家门口溜达，听她哼哼唧唧在炕上喊疼，说要黄瓜，嫩黄瓜，清清火，他也不知道咋想的，就把家里存着的鸦片拿了去，你外婆眼睛也睁不开，稀里糊涂咽下去，就死了。你妈也提起过这事儿，但和你亲舅说的不是一码事！特好玩！我小时候可爱听说书了，就缠着你妈讲故事。你妈说，是有个光棍住在隔壁，你外婆是吃鸦片吃死的，但那男人不是坏心眼儿，而是一心想救你外婆！鸦片止疼呀！他看到心爱的女人痛不欲生，怎么可能见死不救呢，要说有仇，也是和你外公有仇，犯不着害死你外婆！你外婆那时才几岁？两个孩子都不到十岁，肯定也就三十左右，最美的年纪！你妈这一说，我脑子里就开始放电影喽——她疼得满床打滚，烧得满脸通红，虽是冬天但浑身湿透，又是热汗又是冷汗，恨不得把贴身小裤也脱了去，暗恋她的男邻居也是风华正茂的岁数，干着急，又生恨——心想，你嫁给我多好，偏偏嫁给这个姓尚的满清遗族，你白瞎了眼，还以为能享尽荣华富贵呢，是！瘦死的骆驼比马大，比起我家，他家是多一匹骡子、一方石磨，但他只知道往外跑，不顾你死活呀。想着想着，这男人又生气又心疼，也可能晕了头。你知道不？那时候东北沦陷，日本人说了算，就知道卖鸦片给中国人，好多人抽，好多人家田地里都种鸦片，日本人得了钱，又坏了中国人的血，一举两得。所以你外婆的男邻居可能是抽大烟抽坏了脑子，噔噔噔跑回家，揣了一块舍不得用光的烟土，毫不犹豫地跑回来，跳上炕沿儿，把你外婆搂在怀里……你妈说，当时她不在家，就是跑出去找嫩黄瓜了，可寒冬腊月的去哪儿找嫩黄瓜呀！她把村子跑了一圈，黄瓜和爹都没找见，这才跑回家去，一进屋就看到咽了气的娘。可怜你妈才九岁，不知道咋回事，还坐在炕沿儿给你外婆盖被子，觉得奇怪啊，刚才还是火辣辣的，现在冰冰凉。"

玉皇大帝稍作歇息。她挽着子清的手臂，四下张望，想知道另外三人去了哪里，子清一抬手，她才望见宽阔马路对面的三个人，安下心来等红灯。

"清儿，你别以为大姨扯远了。我昨晚一宿没睡踏实，想你妈，想你爸，把这几十年的故事捋了一遍，所以我才要告诉你，他们和我们亲，是有道理的。你外公是大户人家的庶出儿子，心气高，手脚笨，不会干活，你外婆死后，家务事都落到你妈的手里，东北局势也变了，打得很乱，时不时有当兵的跑进村子，要抢要偷。有一天晚上，突然有人敲门，敲得又急又凶，你外公战战兢兢去开门。刚拉开一条缝，一杆枪就伸了进来，当兵的二话不说，让他出门带路。带什么路？不知道！这是会说中国话的日本人、还是从南方打上来的国民党、还是传说中的共产党解放军？根本不知道。枪口戳着他的腰眼，让他带出一条出村子的路，还不许是大路，只能往田里、树林子里、山坡道上走。乌黑的夜里，伸手不见五指，也不知走了多久，突然一声炮响迎面而来，炸亮半边天，押着你外公的这伙兵也乱了阵脚，枪声四起，这就打起来了。谁知道谁打谁呦，备不住是自己人打自己人呢！反正你外公吓得腿软，蒙头倒下去，炮弹或是地雷在很近的地方炸了，他耳朵也聋了，眼睛也哭蒙了，前后左右都是死人，只能抱头蹲坐在坑里，浑身哆嗦。直到天光放亮，乡里人发现他的时候，他还在哆嗦。乡里人认得他，要送他回去，他就发了疯，走几步就要跑，跑几步就要叫，着火啦！炸了！跑啊快跑啊！谁拦着他，谁就被他打。只能把他捆起来，五花大绑送回家。你妈一看就傻眼了。从那天起，整整一百天，你外公人事不知，生生的被吓疯了，被乡里人用铁链绑在顶梁柱上，动不动就吆喝：你们傻了还是瞎了！着火了！快跑啊！饥了渴了还要人喂，养了几个月，魂儿才回来。"

"大姨，这段故事，很小的时候听我妈讲过。我还当是电影小说里的呢。"

"那年代的事，比现如今的电影小说还曲折呢！你妈童年太艰难了。从那时候起，她还能把书念好，只可能有一种动力——要离开那里。要远走高飞。她那么聪明，一定很早就想明白了：女人要么靠婚姻，要么靠念书或是别的才华——比如像李香兰那样又漂亮又会唱歌——才能改变爹娘给的命。"

"你俩说什么呢！我们船票都买好啦，赶紧上船！再不过江就赶不上趟儿了！"老舅心急火燎地在渡轮码头招呼她们。二舅和二舅妈已经坐在船上了。子清和大姨加紧了脚步。

"清儿啊，你爸爸家的事，我知道得就没这么清楚了。不过和你妈家很相近。他也是十岁头上死了爹，也是一门心思读书离开了乡村，家里也有很多变故，因为兄弟多嘛。他俩到了哈尔滨的时候，都是半个人离开故乡了，只有逢年过节放大假才会回去看看，和家里人的关系呢，不能说很亲近，虽说心里还是惦记的。家里人呢，也习惯了自个儿过自个儿的，没有大事就不招呼他们。"

"所以，我和子莱从小就没什么家庭观念，好像继承了他们的远走高飞的本领。以前我以为他们是冷淡的人，其实冷淡的是我自己。至少，他们在哈尔滨的时候，是和你们最亲的。"

"没错！我们家傻乐傻乐的，一群小屁孩儿特别崇拜他们俩，我爸我妈也把他们当自家孩子看。"

"也想给他们操办婚礼吗？"

"那当然！虽说时局不好，家里困难，热闹一下总要的吧！但你爸你妈只是在学校里和同学们摆了三桌酒菜，没有让我们家出面办。我爸我妈还不高兴呢，觉得他们太见外，但你妈心思周到，找了个机会悄悄跟我妈说，那几桌酒，对外来说只是道别、送行，他们是想先旅行、再成婚。因为组织里的人变来变去的，都知道她有地主富农的根儿，亲戚里也有反革命，万一又换了几个头目，为难他们，不许他们结婚，岂不是添乱？到了上海再结，肯定容易些。反正他们认准了，两个人是要在一起了。"

"怪不得他们结婚证上的日期是到上海后的大半年。我还笑过子莱是非婚生子，还以为他们是奉子成婚呢。"

"怎的？你以为只有你们这代人才玩儿开放？"大姨

这句话说的有赵本山的腔调，逗得子清笑着走上了船板。

老舅问："说什么呢？什么开放不开放的？"

"大姨说，你们这代人很开放。'文革'那些年，也可以很开放。"

"那还用说！"老舅不明就里地应了一声，二舅妈忍不住哈哈大笑，二舅则笑骂。

"你老舅那些年大概换了两打女朋友。"大姨接茬爆料。

"不止！绝对不止！还没算上追我的！"老舅一本正经地应答，"光是串联的那一路，就接连七八个女孩儿和我头靠头睡觉呢！你们不要笑，我现在也很帅，去年从江边骑车回家的时候还有一场外遇呢。"大伙儿边笑边怂恿他讲细节，光头老舅就美滋滋地说起来："我最喜欢在大雨里脱光了外衣骑车，那叫一个爽！那天一场大雨，淋得浑身湿透，骑到一半，大街上都没了骑车的，但突然拐弯，看到前面有个女人也在雨里骑车，也脱了外衣，小背心湿透透儿贴身上，我猛踩了一路，追上她，咱俩互相看了一眼，她冲我笑，我也冲她乐，她也猛踩一阵，好像要和我比赛，我们就一路你追我赶，最后肩并肩骑了一段路。"

"然后呢？"子清问。

"然后到了岔口，就各走各的了。"

"清儿，你老舅没文化，不知道啥叫外遇！在外面遇到个女的，他就以为是了！"二舅妈忍不住点破。大家笑得前仰后合。

渡船启程，江风凉爽，老少五人上了太阳岛，无论是沥青路还是娱乐设施，都是簇新而无趣的，说是别的城市、任何一个景点都可以。他们边走边聊，溜达一圈，天就快黑了，又得去赶返航的末班船。

大姨听了儿子的话，建议大家去江边的一家宾馆里吃自助餐，开吃了，大家才惊讶地发现老舅是第一次吃自助餐，餐盘里全是大鱼大肉，不舍得腾出肚子去吃蔬果，很快就打起饱嗝，但依然勤奋地去取食。看到他活得这样开心，每一秒的兴奋都像大鱼大肉一样真实，子清蓦地不知道该酸楚还是该庆幸、该替他高兴，这分明是个活在老日子、小日子里的老人，从来没有离开过出生的城市，从来没有用过电脑，从来没有理解手机或伊甸园的运作原理。但他快乐，而且，身体强健犹如三十年前，精力旺盛犹如少年未长成，好像铆足了劲道要验证他大哥的基因论是错误的。

生的意志。在娘家表亲身上，子清感受到最强烈的生的意志，映照于他们的好胃口、老土但俏皮的插科打诨、缺乏事业感的中庸的生活态度，以及儿孙满堂带来的世俗忙碌之中。确切地说，这恰恰是子清的前半生极力避免的生活，躲都来不及，有多远逃多远。但现在，她和他们融洽相处，毫无违和感，她不禁琢磨起来，是自己被改变了吗？被父亲的病，及其连带的血缘事实改变了吗？

这几日的体力和脑力的消耗量很大，子清的胃口是不错，但带一点儿俄式风味的东北菜并不合她的口味。她要么吃清淡的粤菜、杭帮菜或是奶酪优质、蔬果新鲜的西式沙拉，要么就是海鲜，爱吃蛋，不爱吃肉，所以每次在国外生活几个月都没有"中国胃"的困扰，面包火腿生菜，意式烤虾，现烤披萨，奶酪意面，鱼子酱，生鱼片，西班牙海鲜饭，德国香肠配土豆泥，英式鱼排薯条……她都吃得惯，这一点，曾让子莱羡慕不已——子莱不仅有个顽固的中国胃，还从小偏执地不吃蒜，大概因为在新村里长大，听隔壁上海人嘲笑过东北人、山东人吃大蒜，嘴巴臭，放屁也臭，她刚进入青春期就郑重宣布永不吃蒜，家里的饭桌上就几乎不再加蒜，或是分两碗，或是包两种馅儿的饺子，母亲就这样无微不至地宠爱两个女儿。从小到大，子清和子莱就像互补对立的一对冤家，没有一样共同爱吃的菜肴，没有一块同样喜欢的布料，甚至讲话也不愿意用同一种语言，子莱只讲上海话，子清只讲普通话，即便两人对话也是如此，外人听来都觉得滑稽。直到现在，子莱在多伦多讲的一口国语依然不标准，英语也夹带着上海腔，吃到加了蒜蓉的青酱依然觉得恶心。怎么看，这对姐妹里应该去西方生活的人都该是子清，而不是子莱。

但命运就是这样的，如果不是事与愿违，老天爷好像就无法证明自己法力强大，好像遂人心愿就会有人定胜天的嫌疑，对老天爷来说，那就是政治错误。

二舅妈的心愿就没顺遂。如果子清没来,她这两天晚上都会去大院前的空地跳舞,而且,这两天与众不同,她和老伙伴们排练了一个多月,为了和隔壁大院里的舞团较量一下。二舅妈是紧挨着领舞者的标兵选手,还是舞团的执行领导人,比如说,统一服装的颜色和材质就是由几位大妈献策献计,最后由她定夺。此刻坐在自助餐厅里大快朵颐的她还是有点怨恼的,翻来覆去叨唠了几句,结果被二舅抢白了两句,对掐了大半辈子的两人互翻白眼,倒也热闹。

吃饱了就撤,除了老舅,没有人恋战。子清也是懂得人情世故的,便挽着二舅妈的胳膊,让她带自己去看她们舞团的广场舞。上海也有广场舞,和叶阿姨陪父亲散步时也曾停下观赏,主要是为了让叶阿姨过过瘾,她每天和一个老头寸步不离,却找不到人聊天,更没人陪她逗乐,子清知道她的委屈。广场舞被昵称为"僵尸舞",一是因为动作简单划一,由挺直的前臂带动,很像清朝僵尸的动作——像美国僵尸就属于动作不规范;二是因为大家统一佩戴雪白手套,在渐沉的夜色中,白手套格外醒目,加上富有节奏感的僵直动作,让人望而生畏。

终究是没赶上两个舞团的较量。留下来继续跳的大妈大叔们都是意犹未尽的主动练习者,他们走成贪食蛇的直拐长曲线,一步一步用力踩着节奏点。二舅妈和几个熟人热络地打过招呼,又问她:"你爸爸平时是不是缺乏运动？老年人必须出来参加集体活动，动动身子骨。像他那样的知识分子肯定拉不下脸，觉得当街跳舞的都是粗人，一群大妈浑身的肥肉抖啊抖，怪丢人现眼的。其实那是他想多了，人都到了晚年，面子算个啥呀，反正又不是一个人出丑！我觉得吧，与其憋出病来，不如把丑都丢光。"

她转移了话题，说，父亲是在母亲去世后才落落寡欢，越来越自闭了。

"这说到点子上了。他俩从哈尔滨去上海，相依为命，白手起家，那感情得有多深？！老来多健忘，唯不忘相思。"

子清和二舅、二舅妈一起回到家。这几天，贺洋一家子就挪到娘家去住。连大姨都把孙子送到亲家婆家去了，生怕带孩子不方便和子清碰面。一切都为子清的方便着想，但也促使她决定不在此地久留，不想给人家添太多麻烦。她的心中也有一个酸楚的念头：这次在哈尔滨得到的恩情，不知日后该如何回报。双亲从小就教会她一点：滴水之恩，涌泉相报，以礼待人，但最重要的是自力更生。

第五天，一大早。

子清好说歹说，婉拒二舅要一路陪同的好意，独自打车去父母临走前举办三桌酒席的奶黄色小楼，在门卫好奇的逼视下，铲了一小把土。

晚餐是用来道别的。大舅依然没有参加集体活动。小姨依然要求子清替父祈祷乃至皈依。晶晶依然穿了新裙子，坚持要表演唱歌跳舞。二舅和二舅妈依然能把斗嘴演绎成打情骂俏的老年模式。大姨依然惦记着饺子宴，俗话说，上车饺子下车面，送行必须吃饺子。

他们都说，子清应该多待几天，待个把月才好，冬天再来更好，要是嫁到哈尔滨定居下来就最好了，那就好比她代替了父母叶落归根。

他们以为她要回上海，但子清说不。

"我要去我爸的老家看看。"

第六天，一大早。

老段开车，送子清去火车站，买到了十点多的那班车。来送行的是二舅夫妇和大姨，有人陪她在候车室，有人去给她买糕点和饮料。他们千叮咛万嘱咐，这趟车到沟帮子要八小时，包要看好，别饿着。他们像在对孩子讲话，子清听着这些唠叨，眼睛突然涨热，涌出了眼泪。

辽宁省北镇市大屯乡窟窿台村……

从"窟窿"二字的记忆，经过网络搜寻，只能引申到这个程度的地址，余下详情仍需子清望闻问切。临走前她在网上查阅谷歌卫星地图，只能显示出地形图，但无法显示卫星图像。这个村子靠近S210省道大拐弯的地方，除了省道，只有一条乡道，以及纵横的几条无名小路，能够显示出来的建筑物仅仅是村委会、卫生院、邮局、小学、蔬菜服务公司、信用社、农业银行、中国移动和中国联通。大概，和半个世纪前的公共设施的差别只在于后面四种。她考虑要不要租车自驾，但决定放弃。

沟帮子就不一样了，不仅是铁路沿线的一个大站，谷歌地图还能告诉你镇上有几家KTV，几家超市，多少风格的饭馆，以及辽宁省第一个中共党支部旧址。从地图上就能看出来，父亲的小学是在村里读的，中学进县城，路途不近，只能住宿。

理论上，她需要从沟帮子转车去北镇，从北镇去窟窿台更方便。但到达沟帮子站已将近晚上六点半，一出站就感觉小镇寂寥得很，她问了问，如果要转车，到北镇已近半夜，很不方便。这才决定走出车站，去找住宿。

小镇上到处都是熏鸡广告。子清也记得，儿时唯一一次跟着父母回老家的火车上就有这种驰名熏鸡的香味，鸡肉很烂，鸡皮很油，稍微一扯就能把骨头扯断，浓重的香气几乎和肉鸡本身没有必然关联。母亲曾开玩笑说，父亲家乡唯一的土特产就是吃不出鸡味的熏鸡。

在熏鸡广告的空当里有宾馆的霓虹招牌。子清挑了一家，入住后，放好洗漱衣物等不重要的东西，立刻背上包出去觅食。晚餐很方便地在一个馆子里解决了：米饭，熏鸡，地三鲜。

"二十块。"老板娘来结账。坐在门口的一个男人听了这话，猛的抬头看了看，又笑了笑。子清不明白，也不介意，但本想跟老板娘打听一下租车的事，现在突然不想问了。

从上火车到现在，这一整天，她几乎没有讲过三四句话。这是她的常态，并没有因为哈尔滨的丰富言语而改变。一个人在路上的感觉还是那么好，无需对任何人交待、请示或解释，无需担心辜负他人，无需照料他人，无需受困于语言。

她慢慢走回宾馆。这感觉，有点儿像那年独自去柬埔寨，暗夜无光的暹粒城郊，距离闹猛的夜市还远，她一个人去找皮影戏院。走到LP书上写的那个地址，却见一栋民宅，铁门闭合，她去按门铃，内里一只黑狗狂吠起来，走出一个娇俏女子。言语无法沟通，子清笑着给她看书上的图片，女子茫然地摇摇头，摸了摸黑狗的头。这时，路边停下一个骑摩托车的黑瘦男人——柬埔寨到处都是黑黑瘦瘦的人——会讲一点儿英语，就当翻译，告诉子清，书上的地址有误，附近本来是有个戏院，但早已搬走，又说，柬埔寨的门牌号码变动太大，从内战结束后到现在，人口流动也太频繁，所有的旅行书都不可靠。最后，子清坐上黑瘦男人的车，车速飞快，没有头盔，风吹得头发拽得头皮发麻，把她送到了另一个书上没有提及的老戏院，要了一笔钱，子清知道比市价贵好多，但也不介意。

此刻的她无端端地轻松起来，相信自己走过的每一寸土地都是父亲走过的，土地无需名字，无需号码，无需所属者。多亏了在异国他乡的那些兜兜寻寻，她已善于按图索骥，也已习惯地址失效、查无此人。她已信服，只要在行走，就会有感知。老实说，她真的不介意结果。仿佛打破了某种魔咒，迈过了一道代沟，她用区区几天时间就涵盖了父母一生的轨迹，就算真相无法确认，这次旅行终归有其价值。

至少，留下的回忆是她独有的。

第七天，一大早。

退房时，前台的服务员推荐她使用出租车，直奔窟窿台，耗资两百元。省道很好走，但有一段乡道坑坑洼洼，名副其实，那是预示即将到窟窿台的窟窿路。

"没有公车或客运吗？"她问。

"有是有，但恐怕你找不到招呼停车的地点，而且，你下了车还要走很多路。"

这是乡间的实情。子清不再犹豫，麻烦服务生叫来一位相熟的出租车司机。不出半小时，她就坐上了一辆风尘仆仆、空调失灵的老式夏利。师傅不多话，只问她要到窟窿台的哪里，她答不上来，只能说，您先开，要多久？答说，很快。

说着话就穿过了小镇的主干道，风尘很大，好像一下子从东方巴黎到了撒哈拉。她不想吃灰，也不想闷在车里，到底还是摇起了玻璃窗。

"师傅，为什么一路上有那么多废弃的汽修厂、加油站？"

"全都是新的，但没人用，全废了。"

"为什么？"

"前几年据说有国道要从这边走，据说也盖了一段，风风火火的，不少人涌到这里来盖房子，盖加油站，盖汽修厂，都以为会发财。结果高速公路不盖了，绕到别地儿去了。"沿途这些烂尾的加油站，没有一滴存油，未来也没有一滴油水可捞。"有一阵子，新开发区兴起，也有不少人去买新房子，现在都亏本了。"师傅不是话痨，不过是轻飘飘地说一句闲话、解解困乏。又开了一会儿，眼见着离开了城镇区，店铺荒疏起来，车辆也少了，开到一个貌似超市的地方，师傅减慢了车速，立刻有几个农妇凑了过来。都是想拼车的。一个挽着高发髻、脸色粗黑的中年妇女高喊着，去不去赵家窝？师傅也没有征询子清的意见，就让她坐上了副驾座。

这妇人怀抱着一盒巨大的奶油蛋糕，乐呵呵地对师傅说："回娘家去！给老娘过生日。"说完了一回头，瞅见眉清目秀、穿着条纹短T和牛仔短裤的子清，好像惊了一下："哟！您还带着贵客呀！不碍事？"

师傅扭头对子清说："你是单程，我再顺一个客人，回程的油钱就有了。不碍事？"

子清笑笑，只是问："赵家窝和窟窿台挺近的吧？"

"顺路。赵家窝再下去就是窟窿台。这位大姐先下车。"师傅答。

前座的两人很快就热络起来，聊今年夏天的气候，聊去年某地的案件，聊婆家屯子里的八卦……子清听着，咂摸他们土话里的韵味，揣摩那种吐字方式和父亲之间的藕断丝连，猜测那些无法诉诸文字的语气助词可以如何混入哈尔滨口音、再夹带了沪语方言，演变成父母后半生所用的普通话。她无声地模拟着，摆弄着舌头的位置，唇齿相依的分寸。

他们一起颠动在土路上，不远处能看到玉米地里挺拔的绿叶，但一闪而过的复杂的绿色层次里面，子清能够辨认出的植物少得可怜。

突然，妇人犀利地喊了一句："西瓜炸了！"

司机师傅乐了一声，向窗外啐了一口。

子清怀疑自己听错了，又完全猜不透意思。

颠了一阵子坑洼路，车子在妇人的指点下停在一条岔路口。她塞了几张钞票给师傅，但自始至终两人没谈过车资多少，大概已是约定俗成。

越世俗就越神秘。这是乡间给子清的感觉，从小到大都这么想。城市和乡村的巨大差异，用再多想象力、宽容心和知识储备都无法消弭。她知道，对很多人来说，这差异只意味着城市人比乡村人更高级、更舒适、更洋气，最典型的例子就是子莱，她从小就不喜欢别人问她家在上海哪个区；十几岁就开始坚信北美是全世界最高级的地方，但如今当她对多伦多的苦闷生活表达不满时就会说："可怜我住到了加拿大乡下，加拿大本身就是大乡下，美国也好不到哪里去！"

但对子清而言，乡村和城市的差异在于她不了解的事物有所不同。她是从城市外围往中心地带冲杀的移民第二代，她痛恨城市的虚张声势，厌烦城市生活的拥挤，但也对城市里风生水起的文化事件、时髦去处感到好奇。另一方面，她也痛恨乡村的陌生，植物的名字，果实的成熟，劳作的步骤，节气的意义……她是好奇的，但不管看多少书多少电影，她还是记不住。无论如何，爱尔兰土豆，中国东北土豆，中国台湾土豆，对她来说又有什么不同呢，又有何高低贵贱之分呢？在未知的层面，一切物事都该平等。风景是平等的。疾病也是平等的。人和人，物和物，乃至人和物之间，都理应是平等的关系，若有偏见，就无慈悲的可能。

车子重新启动，继续疯跑，师傅没再多问，直接把她放在了窟窿台村委会的办公室门口。她付了钱，谢过师傅。等车子卷起的尘土落定，她看到村委会的门口挂着锁，再一转身，发现面前的西瓜地里一片血红狼藉！

原来，西瓜是真的炸了。加了膨大剂的西瓜扛不住暴热天气的压力，像炮弹一样发威，而且是连珠炮，日日夜夜都会炸响，有的是噗噗闷响，有的是嘎啦脆响，有的四分五裂炸得像夺命花，有的悄然心碎，一条深痕贯彻始终，红的红，白的白，衬得绿也阴森，八亩地里处处可见诡异的笑脸咧在硕大的瓜脸上。

她下意识地掏出背包里的相机，换上长焦镜头，随心所欲地拍下了西瓜像武器一样炸裂的群像，然后是特写。然后，她扭头走进了父亲的乡村。

乡村里的宁谧怀有古意，也似有阴谋。没有车辆或飞机，没有发廊或超市门口叫卖的喇叭，没有猝响的手机彩铃和聒噪的对谈，甚至没有连接路灯的电线嗡嗡低鸣……世界静止在工业社会之前，这错觉，当然是狂妄而无知的城市人的第一印象。

又像是进了图书馆，她突然有这种联想。车辆的颠簸一结束，便反衬出静止时的绝对宁谧。她仿佛突然落到了一个盆地、一口井里。大自然尽量压静声响，其实就算植物放肆，动物游走，也很容易被真空般的空间吸收。所以她拘谨，而又觉得它们无所拘谨。她想在自己的五感中领悟什么，因为视觉听觉嗅觉都已渐次被激活。

所到之处，西瓜的红瓤都是那么撕心裂肺，好像在有人踩中地雷的瞬间时空停顿了。

走过的第一个池塘是活分的，池塘边有黑鸭、白鹅一家一窝的热闹着。但是，走过的第二个池塘好像是死的，很奇怪，池塘边连一只鸭子也没有，池塘周围仿佛被土色印染了，看不出水生植物或任何生物的颜色。她想，也许这只是一个废水池，不配有活物，只有她正儿八经地在十米开外细细端详。

全部是土路，细碎稀疏的小石子在脚底摩擦，若有风，便注定败给泛泛的土，细密垄实的褐土会分散集结成风中的尘，无孔不入，借着风声叫嚣，最像小人的逆袭。但她一路走来，竟是一丝风都没有的。好像走在结界，她是如此格格不入的存在体。

她无比清晰地感觉到：只要从这里走出去，就注定是一个短忆者。自己是短忆者的后代。遗传的能力被写在了基因里，地域和时代齐力而为，迫使所有从这里走出去的人不再关心过往，也没理由去怀恋。城市能完成对乡村的遗忘，开放是对固守的遗忘，放浪是对规矩的遗忘。

第一代移民走出乡村，强韧坚持，把自己嫁接到万里之遥的城市，变成一株长期水土不服的细木弱株，困成盆栽，面对一座不断开放、扩张、张狂的城，只能徒劳的以守为攻。第二代因而安定出生，放浪青春，无忧无虑，因为无需背负乡村的历史，因为父母已将它们抖落在人生沿途，城的历史丝丝渗入她们的表皮，乡的历史被漠视在基因的底层，国的历史就在代代移民的断层里抖落成教科书的习题页，化石般的一页。

没有阻碍，连风都没有，她就这样走在乡间小路上，每一步都踏入父亲的存在——不是他的记忆，决不是。记忆的传承会被疾病、争吵、青春期和死亡打断。

她不想加快脚步，反而越走越慢，想让脚底碎石的摩擦去等待历史车轮的加速。这里，像是时空中的一个疑点，躲得过战乱，躲得过繁华。

她走得很慢，并不是因为不确定方向。毫无疑问，她是在走向源头，而非终点。哪怕父亲躲到了那么遥远的城市，躲到了那么猖狂的病里，这里，依然是源头。哪怕病魔的追击巧妙且狠毒，已经快要歼灭父亲头脑中残余的怀思，她，依然是怀抱执念的中间人，记忆的中间人，病魔的中间人，所以她匹配了逆流而上所必然的艰涩姿态，用一种刻意的速度，在无人观赏的乡间土路上，拖出一条逆行的记忆脐带。

一切不都是她要牢记的吗？

老家·1996

　　已经没有人叫她寡妇了。八个孩子都生了孩子，人人都叫她王家奶奶，都羡慕她能收到儿女们从各地寄来的生活费、食品、土特产和生活用品。钱都揣在她腰包里，从不给老幺和媳妇用，也不给孙子孙女买东西。

　　这时候，落户上海的老四世全才显出了优势。的确良走红的时候，他从上海寄来了一块的确良布料，老太太赶上了时髦，乐滋滋的，当天下午把料子铺在炕上，立马裁出一件斜襟上装，配的是盘扣，内襟上有揣钱的暗兜，针脚细洁轻柔，料子纹丝不乱。

　　王家奶奶过了六十大寿就开始给自己缝寿衣。贴身的白绸褂子，绣花鞋，从鞋底到鞋面绣花，全是自己一针一线完成。年年阴雨时节过后都要拿出来晒，一整套寿衣寿裤，挂满了整条晾衣绳，老太太从这头走到那头，用赞许的眼光扫视自己未来阴间的风采，再从那头走回这头，不慌不忙等待阳寿终了。她确实找算命的来过，问自己能活多久，瞎子翻了翻白眼，说："攒攒攒，散散散……死时都散光，啥也没留下。"

腰包里的零花钱攒够了，王家奶奶就要出门了。她擅长突袭，从不提前预告，出门当天挎个小包袱皮儿，逢人就说去"溜达一圈"。这家那家都要去，这一圈又一圈就是整七年，搞得七个孩子几乎家家人仰马翻。她摆足了媳妇熬成婆的姿态，原则清晰：只心疼儿女，不把媳妇和姑爷当自己人，从不给好脸色。即便是在新中国七十年代，她这个强悍的顽固的老封建始终认为媳妇要对婆婆磕头行礼，媳妇不能和自己和儿子同桌饮食，必须低她一等。七个孩子都看得出来，她这溜达等同于领导视察，在揣度哪个孩子能成为她最终的归宿。但出于某种谁也解释不了的原因，她就像掰玉米的笨熊，从不知道珍惜自己已得到的孝顺。

她最希望留在闺女家。当年，闺女跟着三哥去了油田，如今已是科长，姑爷的薪水也十分滋润，为此，她甘愿帮带两个外孙，多少要为将来自己的归宿攒点儿功绩。但她太不心疼姑爷了，明知姑爷爱好汽车和摄影，就专挑他喜欢的物事骂，骂他玩物丧志，骂他攒不下钱，骂他没有全心全意对老婆。如此半年，姑爷造反了，卷着铺盖到单位去睡。面对由自己引起的夫妻不和，王家奶奶非但没有劝和，还嚷嚷着："姑娘还怕找不到小子？"竟是表明了自己宁可闺女离婚，也不愿讨好姑爷。为了留住姑爷，姑娘把亲娘送去了三哥家。

她也知道，老三在油田当书记，条件是最好的，她溜达过去，是想要掌握财权。老三媳妇是天真烂漫的城里姑娘，当初穿着花裙嫁到大庆，看到几个油罐就傻了，还哭了几次，心想，我好歹也是城市户口，怎么就被甜言蜜语骗到了这等荒凉的地方。干活时，啥也不会，刨地都要人教，索性不干了，去幼儿园带孩子，这活儿倒适合她。好在身子骨够好，冬天出门上厕所都不披大衣，仗着年轻气血盛，生了三个孩子，但她都不敢让孩子外婆过来看，怕亲娘失望。亲娘没来，婆婆来了，婆婆要她交账本，她就漂漂亮亮地交上去，每天陪着老太太去采买，故意去那几个不老实的摊贩前问价，老太太就傻眼了，那么个农妇，怎么知道如何砍价？夫妻俩每个月才几十块钱工资，不砍价、不算计就没法活。三媳妇把各种各样的难题都扔给老太太，看她如何招架。果不其然，老太太打了个招呼就走了，账本搁在了桌上。

比大庆的条件稍微差一点儿的就是老四家。老太太不知道上海是啥模样，总觉得远，怪，轻易是不去溜达的。而且，世全和庆芸只生了一个闺女，所有的儿女里面，只有世全没有儿子。一九七六年头上，老太太听说世全媳妇又怀上了，终于决定去上海溜达溜达，用九个月攒足了盘缠。

可惜，世全的第二个又是女娃。老太太心不甘情不愿，还是踏上了火车月台。但她万万没想到，世全一家三口，再加刚生下来的娃，只能住在十四平方米的小屋里——朝北的房间，一年到头也见不到太阳。新村里的邻居讲上海话、苏北话，她一句也听不懂，听起来都像在吵架。

第二个女娃生下来八斤半，胖得不像话。庆芸坐完月子就回去上班了，白天里，只有老太太和胖丫头在家。老太太没事儿的时候就看窗外骑着自行车来来往往的男人女人，看他们的穿着打扮，看他们停下来寒暄聊天的姿态，就知道上海有上海的好处。她既羡慕又委屈，因为明白自己不会久留，上海再好，终究不是故乡，冬天冷，夏天热，公用厨房四家人分着用，还没老家的灶房大，公用厕所十分局促，黑漆漆的，不如老家的露天粪坑来得爽快。老太太在上海，在邻居们面前，没法施展老婆婆的姿态，总觉得有种不自然的卑怯。庆芸也曾听几个妯娌说过老太太的刁难，心里早有准备，下班回来看到老太沉着脸，就嘘寒问暖，几句话就把老太太的郁结说开，就算不长久，也至少让她不得发作。

老太太这些年习惯了作天作地，要把百堂英年早逝后吃的苦都挣回来，她的资本就是寡母的霸道。也不止是霸道，她是真的敢干。离开上海时，她背上三个三五挂钟，那时候这可是新鲜货，只有大上海有。一台挂在老家，一台送给满意的准亲家（结果那家的漂亮女儿还是没有嫁给老幺），一台送给一直很照应寡妇的姑奶奶家。显然，在东北的小屯子里不讲究，没有"送钟"就是"送终"的忌讳。留在老家的那台钟在后来的半个世纪里保持光泽，虽然发条松了，拧紧发条也没法走足半个月了，但依然挺拔体面的挂在砖墙上。

大庆没戏了。上海没戏了。奶奶检讨自己舍近求远。休息了一阵子，决定去沈阳。和老大打官司也是多年前的事了，他在一九八五年卖掉了前院的房子，赚了四千元。搬去沈阳和女儿住了。老二换了工厂，也去了沈阳。

二媳妇风流迷人，是所有媳妇里最美艳的，老太太却从一开始就瞧不上，溜达过去，除了视察，也有挑战的况味。若不是这么美，年轻气盛的世魁也不会要定了她，最终吃了她的苦头。世魁心善，听说老娘跑遍大江南北，辗转几个孩子家，便有心接管养老的事。但老太太来了他家，和媳妇从第一天吵到最后一天，美艳的妻子当真以死相逼，喝下了敌敌畏，送进医院去洗胃。世魁气不打一处来，两个女人都是烈性子。媳妇从医院回来后，世魁便失去了话语权，只是忍气吞声。

老太太在老二家逼得媳妇要死要活，脸上有得意，心里却酸楚，知道老二碍着媳妇的面子，不能收容自己了。她要强到了极点，索性顺路去了老大家。

世元听说老太太要来，并没拒绝。但谁也没想到，他还记着多年前的恩仇，这次铁了心要刁蛮的老娘好看，便使出阳奉阴违的招数来。没到饭点儿，他和媳妇就念叨"年纪大了，不能多吃"，一只碗里只有五粒米，一勺汤。饿了一个月，她吊着瓶子勉强支撑。为了省心，为了不听偪老太的呻吟，再加一餐：每天一粒安眠药。人人都说老太太的脾气比石头都硬，硬是要去，又硬是不走。世元掐准日子，叫来老弟，说，轮一圈了，该还给你了，老娘活不了几天啦。老幺心想，这不是坑我吗，送回来就死，让七个兄弟怪罪我？但老幺从小在老太太身边，心一软，就把她接回了家，一口一口喂米粥，粥里有煮烂的白菜，老太太喝了两天，没有拉屎；喝了一周，能坐起来了，就不肯撂筷子，老幺问，还要吗？她说，你能再给点吗？老幺鼻头一酸，说，别再溜达了。就这样过了二十一天，老太太拉出了两个带血的羊粪蛋，老幺的大儿子拽来铁锹砸了几下，扯着嗓子对他妈喊：屎球砸不烂！

老太太溜达了七年，终于又回到了故乡。她本可以一声令下，要去哪家就哪家，但她就是不说。她说不出来。她想听到哪个孩子站出来，义无反顾地把她领回家。溜达了七年，老太太显出了老态，有时兴起，拎上了包袱皮，走到村口又回来了，嘴里骂骂咧咧。

故乡老家，就这样成了议事厅，要议论的只有一件事：老太太何去何从。

七兄弟召开了五次全体会议，每一次聚齐都不容易。因为世全最远，每一次都要提前约定他的行程日期，别人才能作安排。会议召集者通常是世祺，当了几十年领导，说话掷地有声，兄弟们一般都会服气。

世全接到世祺的电话时，偶有推脱，就会被批评。世全说，农村像个无底洞啊。世祺就骂他学会了城里人那一套，太冷漠。真正开会时，世全见到大哥世元就假装没看到，兄弟俩的心结还是没有解开，一个邀功，一个记仇。老幺看到大哥世元也假装没看到，五十多年过去了，他依然记得小时候的皮肉辛苦，知道大哥这辈子没干过重活，没挑过水，也只有他知道大哥怎样对待溜达过去的亲娘。老五老六不明就里，喜欢巴结有钱有势的兄弟。于是，每次开会都是无疾而终，一半人看热闹，个别人挺身而出，还有个别人挑拨离间。

最后一次开会，特邀老太太本人列席。她躺在炕头，一声不吭，听七个兄弟吵吵了一晚上。那天，兄弟们终于得出了一致的结论：由老幺在老家帮老娘养老送终，各兄弟每人每年送五百块钱。好不容易有了定论，眼看着要散会了，世元一撇嘴，说，爱捡臭鱼赚钱多。老幺就冲上去揍他。老五老六忙拉架。老四摇着头、跺着脚急匆匆离开，说是着急赶火车回上海。老三吼了一嗓子，掀翻了炕桌，桌子滚到了老太太的脑袋边，她也一动不动。

就这样，王家奶奶最后的岁月留在了老家，没有再折腾谁，给吃就吃，从不挑剔，吃完到门口溜达一圈，骂骂咧咧走回来。"一个不要，三个不要；三个不要，都不要。"老太太心里的酸楚、伤心、痛恨、梦想轮番涌上，从未平和下来，但最终接受了这个现实：自己只能在最穷困的儿子家终老此生，再抱怨老幺的穷酸、笨拙也没用，再向往优渥的大庆、上海和沈阳也没用。

世全和别的兄弟第一次接到老娘病危的电报时，正要出差去重庆开一个大型会议，赶紧交接了工作，回了老家，但老太太撑下来了，一个星期后，非但没有咽气，又能起身坐稳，把这群儿女一个一个怨毒地瞅。

第二次接到病危电报的时候，世元家的三个孩子各给了两百块，说是给奶奶买好吃的。那一次，世全有点犹豫，但老太太真的咽气了，他又后悔没赶紧买票。到了老家，兄弟们都已经到齐了，但气氛很怪异，他只听到世元说：既然人死了，六百块营养费就退给我吧。眼见有谁把几张钱撒出来，纸钞依直线散开，年过六旬的世元立刻奔上去，一张一张捡了起来。

老幺在灶间压低了喉咙吼：伺候老太太这些年，统共只收到过一万三千块钱，只有老二、老三、老四和姐姐汇过钱，汇票都保存着，别人都是一毛不拔。

世全不知道他们刚刚在说哪件事，但又很明白他们在说什么。年复一年，兄弟们见面不为情义，不如不见。见了也没用。幸好，老娘死后，不用再见了。

他真的再也不想回到这样的老家了。

秋

哑巴·2013

桂花最盛的时候,哑巴恋爱的事曝光了。

子清提着一个蓝色的大塑料袋,里面是给父亲买的成人纸尿片。他就像本杰明·巴顿,一点点退回到婴儿状态。大药片吞不下去,他就吐出来,护工们见怪不怪,开始把所有药片碾磨成粉,搅到他的饭食里去。再过一阵子,他连干饭都不能吃了,那就需要把菜和饭和肉和蛋和药全部打成糊状的粥。他的名字被写在了黑板上,向每一个护工标明,务必保证他把碗里的内容吃光,以免遗漏药性。

子清已经习惯了这一程,走过野猫和花草,走进这个俨如大家庭的封闭大楼,也习惯了哑巴吵吵、盲人看报、老人用尿片这样的场景,甚至有一次撞见集体洗澡,好几个赤裸的身体坐的坐、站的站，等待护工来擦洗，也有的不知所以然，护工去忙别的人，他就木木地往走道里走，皮肤垂挂着随步履颤动。这一切，都不再会轻易触及子清的感伤。

这天却很安静。拿出两大包纸尿片时，塑料袋稀里哗啦的响，在大房间里几乎有回音。上一次拿纸尿片过来时，哑巴咿咿呀呀地比划，最终拉着她的胳膊走进房间，指示她，可以把这些物品放进橱柜里去。但这次没有看到他的身影。子清随口问签收尿片的护工："哑巴呢？"

护工是个来自南汇的大姐，到这里工作才半年多。"你不知道啊？他失恋了！离家出走了。"看子清目瞪口呆，南汇大姐兴冲冲地讲起来，说哑巴算是半个护工，人手不够时会帮忙一些小事，子清点点头，这个她早就知道了。

"二楼三楼住的都是老太太，因为得这个病的女性比男性多嘛。哑巴每星期大概有一两次下去帮忙，推轮椅，分饭，谁摔倒了就去抬，就是这些小事情。但是谁也没发现，哑巴喜欢上了三楼的老太太！他喜欢推她的轮椅下楼，到花园里转一圈，晒晒太阳。结果上个礼拜，老太太走了，死的时候安安静静，没什么预兆。这个哑巴哦，哭了三天三夜，楼下的护工说，他是第一个趴在她身边哭的人，等老太太的儿女家人都来了，他还在哭，人家就问，这是谁呀，哑巴就咿咿呀呀地讲，人家又听不懂，觉得他是疯子。他大概也是快疯了，因为老太太的家人不许他碰遗体。其实，他还帮老太太洗脚洗脸呢，家里人都不知道。你知道哑巴的性格，别人越是不明白，他越是要弄明白，就拉着人家，动手动脚地比划，护工拉也拉不住，差一点打起来呢！家里人火大，把领导找来问，领导当然不会帮哑巴讲话，因为领导也不了解情况——情况就是：哑巴欢喜老太太，每天都下去看她，给她梳头，帮她挑好看的衣服，和她一起晒太阳，逗逗猫，很开心。"护工说得很快，好像已经讲过很多遍，现在把签收的本子和圆珠笔收进了抽屉。

"后来呢？"

护工摇摇头，叹口气。"哑巴哭了几天，不吃不喝，不睡觉，整夜哭。我们劝他想开点，他还是哭。前天晚上，他偷了护工的门卡——他对这里环境最熟悉了，他不是痴呆，白天出去跑一圈都没人管——半夜三更，到花房搬了个梯子，爬出了围墙，没有走正门。人就不见了。"

"他有家人吗？"

"有是有，但也只是远房亲戚之类的。我们院里派人去问，说是没有回过家。一个大活人，就这样不知下落了呢。"护工讲到这里，啧啧啧地摇摇头。

"老太太好幸福啊。"子清说着，走到父亲身边，习惯性地把手搁在他肩膀上按了几下。

"就算幸福，她也不知道啊。"护工也走过来，大声呼喊老王的名字，向他汇报女儿来看他了。他依然垂着头，没有反应。室友的恋爱或失踪，他都错过了。

走出福利院时，子清的心情前所未有的温柔，她在心里感谢哑巴，让她发现了老人世界里最后一种幸福的可能。

三个小时后，子清坐在美容院里，把留了三年的头发剪短了。前额附近有些白发，所以又做了挑染。染发的同时做了美甲，但想不出要上什么颜色、贴什么花样，终究只是涂了一遍裸色保护油。又过了三个小时，子清看着镜中人干净利落的短发，很满意。这漫长的一天是以一碗豚骨拉面结束的，符合子清的原则：讲究时间成本，出门一次，办最多的事，腾出时间，宁可多睡美容觉，多宅在家里看几本书。

第二天，子清神清气爽地出现在晓静面前时，童颜巨乳的女公关发出了由衷的赞许。一连三天，子清要为晓静公司主办的大型展览担任翻译，酬金可观，到底是国际一流时尚品牌的活动。可怜晓静还帮她借了几套衣服和高跟鞋，知道这位宅神没有这方面的储备。

活动开始前，长枪短炮早已支好，影视明星们穿着这家品牌的时装走上红地毯，宾客们进入酒会现场。此时，子清只需在美国总监身边候命，如有需要，她就帮忙寒暄介绍，但今天她最主要的任务是翻译开幕致辞和记者会上的同声翻译。子清曾开玩笑地要求晓静把现场摄影的工作分配给她，毕竟那更适合她，晓静的回复很简单——翻了翻白眼。

很快,宾客走进了主会场,那里被装饰成一个巨大的影像厅,黑色的幕墙上循环播放着巴黎、米兰和纽约的时装秀,音乐变成动感的电子乐。随着聚光灯打亮舞台,音乐在一个有力的节拍后戛然而止,子清跟着主持人上台,宣告活动正式开始。

灯光制造出强烈的盲目感,除了眼底的光,余下的世界只是虚黑的影子。子清冷静地读出每一个单词,并不紧张,因为强光制造了独处的幻觉。她听得到掌声,听得到宾客席上的手机铃声和窃窃私语,也听得到自己的声音被放大,环绕地响在每一个角落。高大的品牌总监也走上了台,开了几个逗趣的玩笑,子清一段一段地等待他讲完,然后换一种语言复述。余下的事就更简单了,照着预备好的发言稿——也是子清前几天翻译好的——读清楚就好了。这么简单的工作,酬劳竟抵得上她在书房里翻译几个月小说的稿酬。

发言结束后,宾客开始参观展览,大约一小时后才是记者会。晓静戴着耳麦走来走去,确认各部门细节是否有差错。总监遇到了熟人,热络地聊起来,子清也拿了一杯香槟酒,跟着人流在附近走动,暂时,她是不被需要了。

这样的场合有一种特别的引力,每个人都在观看和被观看的关系中。哪怕自己有局外人的觉悟和立场,也始终有种被人观看的直觉。子清看到两个展厅中间有露天的中庭花园，栽着一棵修剪得很漂亮的松树，便慢悠悠踱出去，站到树下的阴影里，望着玻璃门内兢兢业业展示美丽、财富和名誉的人们，虽然只隔了一层玻璃，她的局外感多多少少是确凿了。这时的灯光调整为柔和的明亮，音乐是轻快且轻声的电子乐，子清想，自己太久没有关注这些音乐了，只是听来好耳熟。

记者会是在展厅最上层的咖啡吧里举行的。没有音乐。子清的双语翻译非常流畅，多亏活动前晓静的团队已经确认了问题列表和相应的正确回答。晓静说，这就是一场秀，包括记者在内，包括你在内，没有什么临场发挥的必要，所有看似智慧的、幽默的、深沉的问答都是预先排演过的。集体参演，就要保证万无一失。晓静甚至吩咐子清，如果有记者提出问题列表外的刁钻问题，或无聊八卦，她尽可以翻成另一个司空见惯的问题，让美国人漂亮的应答。答非所问，并不会引起公愤。重点是要有漂亮的场面。

大约一小时后，子清当天的工作就完成了，后两天要为代言的国外明星的媒体活动担任翻译，本来她还有些疑虑，现在则是完全放松下来，明白了晓静所说的意思。展厅里的大明星都走了，留下来的是时尚界、媒体界、公关界的一拨人，聊天的音量、笑容的尺度都比先前有了提高。子清也在晓静的撺掇下去拿鸡尾酒和小小的tapas（一种西班牙小吃），在吧台边聊起来，晓静兴致勃勃地说，她以前的同事在上海郊区做了一个养老楼盘的项目:"学院派的!特别适合你!据说每一套公寓里都可以定制你要的书架、画架什么的,要不要我们一起去买?买在一个楼层,老了还能当同桌多棒呀!"

"我买也就算了,你何必?你那么多男用人,还需要养老房?"

"我可以买了当投资啊!也可以让我爸爸妈妈住。你要是买不起,还可以租给你;还有那么多男用人,老了都被老婆甩了的话,还可以租给他们,哈哈……赚翻了……"话还没说完,她又接起了电话,一边听,一边拉着子清往音控台走。子清这才注意到,音乐声停止了。

音控台在会场的角落里,黑漆漆的,就在她们走到跟前时,戴着棒球帽的脑袋突然从台面下钻出来,吓了她们一跳,他也愣了一下。晓静问是怎么回事,棒球帽答说,插线又松了,下午调试时就发现插头线路有问题,用胶带固定了一下,刚才又松脱了。晓静气呼呼地说,这么大的会场看起来漂漂亮亮,怎么到处都是豆腐渣工程,楼下的玻璃窗也差点儿……后面的话,子清没有留意去听。

因为她看到了他。戴着棒球帽、脖子上挂着耳机的音响师。确定问题解决后欣欣然戴上耳机、跟着音乐下意识轻轻摇摆身体的大男孩。他不看她,并不理睬她。

远处有人要告辞,喊了晓静,她就踩着十二厘米的细高跟小跑过去送客。子清看着她跑远,感到手机的震动,看到一条来自Jack的信息,四个字:好久不见。

她才确定。

"你讲第一句话，我就认出你的声音了，"他抬起了头，又摘下了耳机，"从我这里是看不到舞台的。但我觉得一定是你，我不会听错的，也不会忘记。但你头发剪短了，第一眼，没有认出来。"

子清不知道该说什么。看着他明亮的眼睛，觉得很可爱。

有工作人员走过来，叫 Jack 的名字，说了些收工后的电梯的什么事，急匆匆就走了。子清想，原来他真的叫 Jack。他开始收东西，把沉重的道具箱拖过来。子清说："你先忙。"两人在灯光不足的角落里对视了一眼，眼神都没有闪躲，超过三秒，更有了些笑意。她相信他已经看到了真实的她，今夜的她没有丝毫犹疑，带着确定的存在感，和所有曝光在聚光灯下的人类一样仿佛没有过去，只有当下的价值，有名有姓，有可见的未来。

没有坚持，就无所谓背叛。没有承诺，就无所谓食言。然而，这千百个日夜里，在父亲的遗忘中，在替代父亲遗忘和记取的过程里，子清已洞彻了这些平庸的恶，平庸的善，平庸的努力，平庸的欲或欲求不得。她想把心里的这种触动命名为慈悲。

子清告别了晓静，独自走出大楼，沿路有很多空车，她都没有去拦。此时此刻，她很感激脚下的这双鞋，晓静穿小半码，就送了她，漂亮的明黄色，像一种特殊的转折符号，跟有十厘米高，但走起来不累。她前所未有的挺拔身体，深深呼吸带着晚秋桂花的空气。这个几乎是异常的子清走出了清脆的步音，每一步都仿佛在走近什么，而不是离开。

新婚·2013

子清给奥托的 e-mail：

"新婚快乐，我的爱人。

现在我太明白了，一生中的永远，是很难保全的。这三年来，我对爱的理解扩充到了更宽泛的领域，包括以投机、虚伪、放弃、背叛、妥协、坚忍、无知……各种表现所抵达的爱的定义。对无用且无益的感情有所认知，人性才可完备。

在我跟着父亲出生入死的时候，你找到了幸福的可能，我们都没有荒废时光，这是多么好。但我相信，没有哪种幸福是简单的（不要以为我出于嫉妒而诅咒你们，否则我会真的开始扎小人），你不要再一次半途而废。

顺便问一句，最近你有去等待戈多吗？"

奥托回复子清的 e-mail：

"别让我觉得幸福是有愧疚的。

我爱她，也会永远爱你。

如果那年你没有回上海，我就不会去巴黎，也就遇不到她。所以，就连她也是爱你的。

最近我和戈多没有约，因为我还在等你。戈多是我们两个人的。

顺便问一句，你还在拍摄父亲的照片吗？去看看 Alex Ten Napel（荷兰摄影师）的网站。"

子清回复奥托的 e-mail：

"不。我不想成为专拍阿尔茨海默症患者的摄影师，不知道为什么，那样会有模仿专拍畸形人的阿勃斯的嫌疑。包括 Napel，我也看过了，拍摄的时候就会下意识地模仿他。这让我意识到，自己真的不是天才。

现在我已无法信任影像，太瞬时了。只能靠书写。他那么平凡，你和我都会下意识地用影像去夸饰。但我只想记下他的平凡。以及和他一样的，那么多凡人的记忆。事实上，历史那么跌宕，起伏得有够荒唐，但在中国能够安然终老的这一代人并不少，记忆是在有意和无意、病和老、个体和群体之间消散的，平凡，就是他们抵御大历史的唯一武器。

没错，是很可疑。明明是和时代这么有关联的出生，却一点痕迹也没有留下。疤痕。腐烂。纪录。一概全无。还是说，是我太多情？人与时代、国家本来就不应也不必有百分百的牵连？还是说，这个病，让他还原成了真正的自由人？这个病，是他经历的这一生的最好的隐喻？

是的，我在写一些关于父亲的片段，但都是中文的。很可惜，我的头脑还是用中文思考的，那里的幻象仍然使用汉语的逻辑。或者也是梦的逻辑，好多次在关于他的梦里醒来，试图编造后面的情节：哈尔滨的冰棍，母亲的笑颜，麦浪里的约会，开吉普车去通风报信，革委会办公室的走廊里满目狼藉，毕业分配前的审批，原子弹梦想的破灭，档案里的污点，饭盒里的钱，永不停歇的振动台，镜子里的人……

记忆可以编造吗？记忆可能遗传吗？"

交涉·2011

美金刚、多奈哌齐、奥氮平、复方丹参滴丸、双益平、氨氯地平……她念念有词，恍如念一套咒语。一层楼一个词，电梯往上走。

总共，今天在医院里待了六个小时。先去挂号，再去顾阿姨的办公室把礼盒（拜托子莱寄来的加拿大螺旋藻、亚麻籽油等保健品）放下，等到体检报告和处方，再下楼交款取药。子清检查了塑料袋里的药品，终于长舒一口气，能赶在下班前向顾阿姨道别了。

叫是叫阿姨，其实是班长介绍的甲级医院神经内科主任医师。因是班长家的老邻居，从小看他长大，又见证了班长外公的阿尔茨海默症全过程，她自己也从一个小医生晋级到了主任，坐专家门诊，但坚持要子清跟着班长叫她"顾阿姨"。

顾阿姨面如满月,笑起来有酒窝,年过五旬但保养很好,肤仍如凝脂。顾阿姨家是苏州人,话音软糯,颇有疗愈力。班长介绍时是直接带子清去顾阿姨家的,特意嘱咐:"子清一个人在上海照顾她爸爸,只有一个住家阿姨,没有医护培训的那种。"顾阿姨当即皱紧眉心,又像是心疼又像是头痛的表情,语调起伏竟有评弹韵味:"丫头,快把你爸爸的病历转到我们医院,我帮你照应!"

照应的意思是:她可以定期去拿药,但不用每次都带着父亲本人去复诊。有些药必须在精神科开,每次有限量,有医生打招呼,也能一次多配一点。对于每次都要和叶阿姨连哄带骗、连拉带拽地带父亲去医院的子清,这已是天大的福利。更何况,还有免费专家可以商量病情。

子清一推门,顾阿姨就迎上来,检查袋里的药品。"这几样是精神分裂症的用药,他的幻觉很严重,脾气太大,你这几天改用这种,药劲大,但不可以长期服用,所以配药的量也不大。如果睡不好,情绪有抑郁,那就吃这个。俗话说,久病成医,你也已经知道药怎么用了吧。"两人的手指在药盒上指指点点,每种药物的服用方法都在处方中写得清清楚楚,包括精神科药物可以替补使用,子清也都明白。

"上次你爸爸来做CT,看得出脑萎缩速度很快,照片上就看得出有几毫米的萎缩。你要有心理准备,这种病,每个人的体能状况不一样,生存年限也不一样,大部分患者七年内就会没有自理能力,大都死于并发症,最多就是肺部疾病和吞咽困难。他现在走路吃饭都没问题,这很好,可以排除脑梗、中风的可能性,但他有高血压,所以这个药要继续吃。"

顾阿姨招呼她先坐下,又起身给她去倒了一杯绿茶,一边又嗔怪她带的礼太多了,劝她带回去一点,给老爸吃。

"我姐姐也要表表谢意,顾阿姨你都收下吧,否则她要怪我不懂事的。我爸天天吃完药就吃补品,也没停过。"

"对了,你姐姐生了没?"

"生了!男孩,六斤多。她恢复得蛮好的。"

"高龄产妇不容易呀!那你有没有和姐姐商量一下?她这大半年应该也不方便回国哦?"

"四十多岁生孩子,在北美不算高龄,医院里每天都有人追踪问候她的情况,照顾得很好。我问过她了。她说,如果我爸生活已经无法自理,情况这么糟糕,她举双手双脚同意送福利院,她是西方人思维,相信事情要靠专业机构。但现在的问题不是我们家的人。"子清已经跟班长去过了位于上海东北部的阿尔茨海默症患者福利院,第一次是班长带她去的,负责接待的员工很客气,应该很清楚班长的身份,了解病情后就帮子清做了登记,说等有床位空出来就会通知她。第二次是她自己去的,院里院外看了个遍,拍了些照片发给子莱看,子莱和加拿大养老院的设施比对了一下,还算满意。第三次是子清和叶阿姨带着父亲来的,做了一次入院前的体检,护工只问了十个简单的问题,但父亲的数学、季节、常识等知识全军覆没。子清在一旁听着,只觉得麻木,二加四等于几?他根本不明白二、四和加的意思。

她冷冷地看着热情的护工殷殷切切继续提问,知道心中的那头兽又将冷漠覆盖了她的善心,兽无情,所以无望,兽会说服她不要再浪费期待,不要再浪费表情,所做的一切努力不过是拖延生命,无意义的肉体苟延残喘,再多表态都只是自我的虚伪——嘤嘤流泪表示你对父亲有情,愤愤埋怨养老机制不完备表示你有社会责任心,搀扶一把表示你对老人有心,给阿姨涨工资表示你对父亲的事不吝啬金钱——都是为了自己在做这些事情吧!让自己的良心好过些!看起来多么孝顺,其实是给自己创造豁免权呢!假装孝敬一个痴呆,换来自己问心无愧!讲到底,什么都做不了,还要摆出操心费力的模样!所以,眼看着父亲无法回答任何问题,你才竟会偷偷舒了一口气吧!子清听着心兽喋喋不休在她内心冷笑,看护工写下确凿的批注,确实觉得:好像又多了一枚官方认证,认定她对父亲已是无计可施,她可以就此把责任推到这所机构,她就可以自由了,从此往后,他腿软的时候会有人扶起,他洗澡的时候有男护工负责,他的失忆将隐没在那么多人的失忆中间。这个国度里,几千万份的记忆都被淀粉样蛋白吞噬了。

护工说:"近期我们来了一些新护工,院方考虑可以多进几个老人。你也看到了,其实床位什么的都有,硬件设施不缺,但缺人工,护工都要经过培训。护工和老人的比例是有规定的,没有足够的专业护工,我们宁可不接收老人,宁可让床位空着。这也是对病人负责。"

子清问:"就是说,我爸爸现在就可以入院了吗?"

"可以。长假放完了,护工也到位了。看你们方便,这几天搬进来都没问题。"

"需要我准备什么吗?"

"无非是衣服鞋子这些,软底鞋,轻便、好穿脱的衣服。别的用品,这里都有……"

突然,大堂里响起了零零碎碎的几下琴声。子清一惊,望见大厅尽头的沙发茶座里有一台钢琴,一对老姐妹刚刚坐下来,不知是忘了怎么弹,还是从来都没学过,敲下的每一个音都局促而胆怯,伴随着她们的笑声。

"按照你父亲的情况,算是这里的青壮年啦!大多数老人都比他年纪大,身体状况也比他虚弱。总之,你们家里人考虑一下,决定现在就入住的话,再签一张协议书就好了。你是他的监护人吗?"

子清愣住了。"女儿不可以吗?"

"需要法定监护人。"

不用说,洪老师拒绝出面,还是那句老话,我要离婚。"除了离婚判决书,我不签任何和你爸有关的文件。"

所以，子清看了看顾阿姨，叹了一口长气："现在的问题是，监护人不肯签字，我要么想办法变成第二监护人，要么帮他们办完离婚，成为法定监护人。否则连福利院都进不去，说得再难听些，我连我爸的身份证原件都没有，搞得我像是在拐骗人口。"

"她要离婚，不是很简单吗？"

"她是监护人，她不主动提出离婚，我爸也没有意识和能力去协议离婚，连自己名字都没办法写的，意愿也讲不清楚。律师的意见是，如果我和姐姐能变更为第一监护人，就能提起离婚诉讼，但这件事又需要第一监护人的签字……绕来绕去，二十二条军规。"

慈眉善目的顾阿姨听得目瞪口呆。两人也想不出更多热闹的话题，便各自提着袋子，下楼后分手道别。

回到三宅之家。

父亲、叶阿姨是被迫宅在家里，子清是因为工作需要宅在家里，连子莱都是宅在电脑屏幕里的。晓静逗她说，你们全家都宅，三宅一生。

这种病，专门塑造年迈的宅人，轻而易举就抹煞整个世界，抹煞前后时间。子清想，父亲本来就像个小镇游子，在"单位"和"家"的两点一线中过了大半辈子，所谓老上海就是城隍庙，浦东新区就等于东方明珠，在他脑体里的上海这座城十分狭隘，不比他在东北某座小镇的活动领域更大。费了千辛万苦从村到城，究竟有多少差别？在她的印象中，父亲几乎没有坐过地铁，至少没有和她坐过。他退休后的世界，用自行车和双脚就能覆盖。

子清也曾费尽苦心想带他出去走走，便和叶阿姨商量，心想，她也应该喜欢到处逛逛，来上海打工那么久，游山玩水的机会并不多。她问，动物园、植物园、外滩、古漪园哪个比较好？你最想去哪个逛逛？

"去哪里？不都一样吗？他什么也不知道。"

"也许看到大象会高兴呢！也许看到游乐场里的哈哈镜也会好奇呢？闻到清新花香草香也会舒服点吧……"

"你傻呀！还想让他把人家东西打破？你上次赔了多少？"

子清语噎。叶阿姨说的是那次她心血来潮带他们下馆子，出门前的情绪明明是非常稳定的，笑眯眯的，让他换鞋就换鞋，让他上车就上车，但到了饭店他就变了脸色，菜上桌了，他就不肯吃，坐不住，再一拉扯桌布，面前的碗碟都落下来，碎了一地，经理跑过来还说怪话："脑子有问题就不要出来吃饭，触霉头嘛！"钱是没赔多少，子清只是觉得内疚，好不容易想给这两位宅人换换口味，又是扫兴地收场，没吃几口就赶紧逃了。当时她就想，要找机会堂堂正正请叶阿姨吃一顿好的。

她想逞能地说，赔也赔得起，叶阿姨却先打退堂鼓了。"你是我老板，你叫我陪着去，我肯定去。但你要是问我的真心想法，我肯定不带他出去，太累了，每件事情都要提心吊胆。他要是肯坐轮椅也好啊，我推到浦东去也不会嫌累，但他哪里肯坐，你又不能绑住他。就我们两个人，搞不定的。"

事情到此为止，子清不想勉强任何人。但家就越来越像牢笼，关了三个表面闲宅、心不在焉的人类。

晚饭也越来越简单了。进入秋天，父亲的裤腰全都扣不上了，子清洋洋自得地跟子莱汇报，一副要邀功的模样，却被子莱劈头盖脸骂了一通，说她没常识，AD患者没有食量自知，不能随他吃，而是要控制。子莱从不肯说父亲是痴呆，也难得说阿尔茨海默——沪语腔太浓的普通话读出来很拗口，就像国外专科人士那样用AD简称。子清这才吩咐叶阿姨把定量的菜饭盛在小碗里，放在托盘上给他吃。可怜叶阿姨刚刚对菜谱有了兴趣，看老头吃得不肯撂筷子，正在创作和操练厨艺的兴头上……

子清到家的时候，他们已经吃完了。菌菇鸡汤（昨天吃了半锅），红烧鲭鱼（刺少），蒜蓉西兰花，西红柿炒鸡蛋，五谷杂粮饭，各留了一些放在桌面上，红红绿绿黄黄的倒也好看。叶阿姨跟在父亲后面进了盥洗室，督促他刷牙，多半是她在用牙刷帮他刷，然后是洗脸，她不用帮忙。子清听着声响就好像看到了画面，独自吃着。十分钟就把饭菜一扫而空，子清就往自己的房间里走，想了想，又折回来，特意在客厅沙发上坐下来，想和叶阿姨谈谈，因为她好像太安静了，这几天都不太讲话。子清打开电视，调了好几个频道都很无聊，就停在《东方110》，看警察讲述追踪盗窃犯的过程，也没什么难度，盗窃的全过程都被摄像头拍下来了，门把上还有指纹，当犯罪人打过马赛克的脸出现在一条一条的监狱栅栏门后接受访问时，叶阿姨忙完了，走过来问她，还有什么事吗？并没有流露出想逗留的迹象。

"坐下歇歇，看看电视。挺好玩的。"子清拦下她，她就坐下了。

特写的警车红蓝灯光从屏幕里扫射出来，好像要把两人照得千疮百孔似的。叶阿姨一言不发，客厅里只留了一盏壁灯，光影恍惚旋动，一时间，子清觉得身边坐着的是父亲。

广告出来的时候，子清把音量调低一点。"叶阿姨，最近家里还好吗？"

"都很好。"叶阿姨顺手把围裙摘下来，用很慢的动作把它铺在玻璃茶几上抚平，对折，再对折。

"你身体还好吧？总觉得你黄金周回来之后有点闷，没精神。"

"之前一年多在这里，也没啥感觉，但这次回家，每天和家里人、村里人热热闹闹地吃啊、笑啊、打麻将啊……再回来这里，就觉得好悲伤。"

子清完全没想到，她会用到悲伤这样厉害的字眼。但这个字眼跳出来后，就好像拔掉了一个塞子，更厉害的话就能一泻而出了。

"我老公和婆婆都说让我回家去,说这个活儿不好,累心,也没多少钱,不如换一家带小孩儿的,就算回家种种芝麻地,也挺好的,可以陪陪老人家。我公公还怨我说,早知道是这样的差事,不如伺候自家老头子。还有,我儿子今年里头打算结婚,家里盖的新房要收拾一下,现在就是个毛坯子荒在那儿,但是儿子的工资还没我多,弄新家,还是要靠我和老公打工赚的钱,我就说,再挣一点再回去……大概下半年吧。"

"这样啊……要不我给你涨点工资?"

"我说句实话好吧?村里姐妹也有给我介绍新的人家,工资是开得比你家高,但我一没时间去面试,二呢,我也是讲良心的人,你一个人,老爷子又是这模样,我要是拍拍屁股走了,会觉得很对不起你。去年我刚来没多久,回家过年不过十几天,回来就看到你眼睛上有伤疤,盆啦碗啦也都换新了,冰箱里剩菜一大堆,我就知道你也不好过。还好今年过年你没出事,当然……你爸爸也不如去年利索了。我是有良心的人,但说实话,照顾你爸爸真的不开心,连个说话的人都没有,他不哭也不笑,真要笑起来,我反倒是头皮发麻,不骗你……"

子清见过这位农妇伫立北窗的背影,以前她总是在那个位置和老公讲电话,那是距离客厅最远的地方,尽可能保有她的隐私和快乐,其实,安徽方言就是最好的屏障。做泥瓦匠的老公不会每天给她电话,她却渐渐地喜欢一个人待在那里,距离东家最远的角落,像是在等电话，又像是不理你们。背影是奇妙的观赏对象，十米开外的背影只是个背光的剪影，印着窗外朦胧的万家灯火，可以容纳各种假设。

当夜，子清又是难眠，索性抱着电脑开始研究民法。她想来想去，三宅之家只是过渡阶段，不管现在要不要送福利院，变更监护人的事情都是第一位的。居委会只能证明她这两年在户籍所在地照顾父亲，但无权证明法定妻子放弃监护权。洪老师口口声声说，她的强硬态度是为了保护父亲的权益，尤其是，不能把父亲的身份证、工资卡和房产证交给子清。但事实上，她连一个问候的电话都没有打来过，更不用说登门拜访。法定妻子只想享受权益，不想承担义务。到了这个地步，只能起诉法院判决。

转而又想，多一事不如少一事，哪怕叶阿姨要走，再换一个阿姨来，三宅之家也可以再维系下去。在家里养病养老，只要承担得起，就是天经地义，谁愿意为了家事对簿公堂呢？想到头晕脑涨，子清索性把电脑扔到床脚，蒙头就睡，好像睡了没多久，电话就响了。

早鸟关鹏的中气很足，听起来意气风发的。"还没起来啊？从小到大都是迟到大王，真是服了你。"

"我们有约吗？我迟到了吗？"

"正要约你，说，今天什么时候有空接见，说完了你可以继续睡。"原来，关鹏的事务所接下一个跨国企业的并购案，明天启程去香港，一时半会儿回不来。

"随时。"

"那我下午来接你,一起晚饭。睡吧。"说完就挂了。

下午四点,他到了,没有上楼,在车里等。子清劝他上来坐一会儿,心里想的是,如果能让家里的气氛活跃一下也是好的。但他不肯,他想的是,那样会引起老人不必要的紧张,子清便不再勉强,心里明白:三宅之家已成结界。

上了车,子清也不客气,劈头盖脑地就问:"我查过了。更改监护权再诉讼离婚很麻烦。但是如果我爸的监护人还是她,我就不能代替我爸去申请离婚。还是说,说服她先把福利院的文件签了?毕竟,离不离婚也不重要。"

"你怎么还在搞这个事情?我不是老早就把曹新华的电话给你了?"

"我……我又不是那么热心要拆散一对老夫妻。我只想把眼门前的事情解决掉。"

"糊涂!没什么事情是眼门前的,都要有长久之计!"关鹏的车出了小区,车速加快,语速也加快了,"你太缺乏世俗经验了。什么叫拆散?她自己就想散,不用你拆。你早一点办好离婚,快刀斩乱麻,一了百了,有什么不好?讲得难听点,以后要处理的事多了——生前要住院,百年之后有遗产、有墓地,房产要过户,要公证,拖到那时候,对你有什么好处?你一个人在这里,要把你老爸所有直系亲属的公证书都弄到手,房产才能过户,根本没人帮你，懂不懂？"

"搞不好她比我爸先百年呢？"

"那就更麻烦！这摊事就留给你们两家子女去拉扯，事情多一倍。你真是生活白痴啊！"

"我生活在一个很单纯的四口之家……"

"现在也不复杂啊。你家的事算得上很单纯了，就一套房产加一点现金，财产分割不会有太多争议。她要多少，你问过吗？"

"没。他们结婚时好像说过：婚后经济各归各的，房子是我们家的，死后和原配合葬。"

"口说无凭。有婚前协议吗？像这种老人家肯定没有的。"

车子开到一个路口，关鹏突然变道调头。有人冲他摁喇叭，隔着车窗瞪他。

"现在还来得及。我索性陪你去找老曹，把这事儿办了。他是最擅长打民事官司的那类律师，有十足的……street smart（街头智慧）。"

"比你还 smart（智慧）？"

"嘲我有意思吗？术业有专攻，我是专攻商业并购，他……做不了。"

"怎么这么小看人家？"

"他的样子就不适合……你看到就知道了。其实，他算我师兄，但十年前家里出了什么事情，活生生把个大男人弄垮了，颓废到要自杀，后来歇了一阵子重新出来上班，只能去小律师行接小案子，好多都是狗屁倒灶的家常事，倒也忙。忙就好，民事案市井气息浓厚，虽然很烦人，但也热闹，什么样儿的人类都能看到，反而把他这个废人救活了。"

远远望去，法院在一堆家装店、足浴店和餐馆的包围之中，有一对巍峨的石狮子。两人都以为到了石狮子应该就是法院，结果狮子守的是粤菜馆，旁边铁门走到里面才是法院接待处。老曹所在的律师行就在接待处对面的小巷里。

被关鹏从律师行休息室里叫出来的是个胖胖的秃头男子，烟不离手，浑身都散发烟臭，疲疲沓沓的一件棕黄色横条T恤黏在啤酒肚上，感觉整个人都脏脏的，四目相视说话时，子清看到的是浊黄色的眼白、刺出粗大毛孔的胡茬，她就假装自然地放低视线，又看到他的玻璃台板下面塞着无数名片，台面上只有一个焦黄色烟头横竖堆满的巨大烟灰缸，以及一本边角已烂透的《民事法典》。

关鹏和老曹不冷不热地寒暄几句之后，切入正题，子清把事情讲了一遍，老曹听她讲话的时候手里夹着烟，但不吸，青烟袅袅升起，烟灰稳稳燃积，等她差不多讲完了，一根烟刚好燃尽，老曹食指一掸，一整截烟灰沉着地落下。

"老先生现在身体状况怎样？坐着要人扶吗？能讲话吗？"老曹掐灭烟头，问话的腔调果然有十足的市井气。

听完子清的回复，又问了问老太太的情况、对财产分配的态度，然后给出了他的建议："绕过监护权的问题，也避而不谈真实的病情，就以你父亲的名义直接起诉离婚，到时候让你父亲也出庭，出现就好，什么都不用做、不用说，我作为律师会应对法官。这样做，算是打擦边球，反正目标很单一：判决离婚。女方也没法反对。"

无视病症，无视法规，反而能把事情拨乱反正。生老病死才不管法律写到了哪一章，漏洞叠加，叠成灰色的迷网，网域纠缠，互相矛盾，逼得人往空子里钻。这对子清来讲，无疑是逻辑上的大逆反。关鹏朝她耸耸肩，好像在说：就这么简单，你焦灼大半年岂不是有病？

子清当场签署了委托书，交了一部分律师费，交待了父亲和洪老师的名姓生日等细节，老曹许诺这星期内就把诉状写好，呈交法庭，也就是他每天例行的公事：走到几十米外的街对面，递交一堆民事诉状，然后，就只是等待开庭了。

这期间，律师行里只来了两个客户咨询，一男一女，一开始慢声细语，很快就拔高音量，用愤世的语气在控诉，讲自己的委屈，讲婚姻的不堪，讲安居乐业的不可能性，讲官僚的不明不白，讲子女的血缘归属，讲财产的今生前世……子清隐约听明白了，虽是始终在应答老曹的问话，却在脑海的另一个分域里幻见了另一栋庞大的屋宇，或曰庞大的机构，制度迫使人们建立扭曲的关联，一堆奇形怪状的中年人被困在政策法规的牢栏里，只能朝同类嘶吼，礼义廉耻都不去计较，活生生地把婚姻、家庭、人生的具象撕成碎片，却仍在假装披挂威武，据理力争。能够互相撕咬竟成了合体的价值所在。子清心想，人根本不该群居。不该指望爱情或婚姻给予自己美满的未来。

到最后，暮色杀进来，屋子里只剩了他们三人。偌大一间屋子里冷冷清清，但每个角落、每套桌椅都充满拥挤的、世俗的暗示，整个儿溶解在昏黄浑浊的氛围里。黏滞得让人沉重。不允许疏离者疏离的氛围。子清想，这竟是自己第一次和法律打交道。自己已是三十六岁的中年人（或说"中点人"更合适？），这样早又这样晚。这也是大学毕业后第一次（或说"人生第一次"更合适？）确凿地感觉到自己和庞大的体制产生瓜葛，只是因为父亲，只是因为他的事是她不可推脱的责任，不管是责任还是义务，终究是把她拖入了凡众所在的宇宙。坐在那个屋子里的子清，身边虽有关鹏，却感到前所未有的孤独。

她还记得父母健在、青春刚刚开始时的那种安全感：永远有回头路，永远有未来。但眼下的她不是很明白：中年人的多愁善感该怎么操作才不恶心人，才不怪异，才不显得孤僻？

她想念母亲了，留下遗憾，但没有给任何人留下困扰。她甚至开始期盼自己也有一个猝死的结局。关鹏的车再上路时，就已进入下班高峰。堵得让人泄气，仿佛律师行的氛围也不容分说地被他们拽出来，笼罩了高架桥上下。关鹏悻悻地说："本来订好了一个景观座位，现在过去，说不定要再等位了，你还想去吗？"

"到底要去吃什么？"

"俯瞰外滩的意大利菜。想给你改善伙食嘛，等我出差了，就没人请你吃大餐了。本想早点儿出发，还能在滨江大道上散散步……"

"那就算了。又贵，又堵车。随便吃点好了。我不是给你省钱，是怕吃了意大利菜，突然想回佛罗伦萨泡美术馆了，看完波提切利、卡拉瓦乔再去吃 gelato（意式冰淇淋），要坐在广场上的旋转木马边吃，每一座木马上都有一个美丽的长睫毛的小孩子，同样是夕阳，那里的和这里的却是那么不一样，每一种成分都不一样。"

"你也不要太崇洋媚外了。"堵车堵到这个分上，关鹏索性打开天窗，点了一根烟。"不过也快了，等离婚的事办完，人一入院，你想去哪里就能去哪里。"

"我哪里也不想去，"子清想了想，发现这竟是实话，"这一两年待在上海，每天都在过很平常的日子，好像也没有冲动想飞去哪里了。看到飞机失事的新闻，还会后怕，因为以前总是贪便宜坐红眼航班和国外的廉价航空。看到别人贴出来的外国风光照片，反倒只是怀念，因为大致都去过了，并没有羡慕嫉妒恨。"只是，她没有对关鹏提过奥托和移民的计划，现在，每每看到奥托和法国女友在脸书上的亲密照，她更是连加拿大都不想去了。

"这次去香港,如果顺利,可以挣到一笔钱,"冷场时就要换话题,关鹏当然知道,"如果你愿意,我们可以出国玩一次,或是不出国——那对你来讲也没什么新鲜的——我们就在国内自驾游,从上海开到西藏。你没有去过西藏吧?"

"没有,"子清意兴阑珊,"难道你也想拜一个上师,虔心修佛?"

"你这种态度很不对。愤世嫉俗,文艺青年都去朝圣,戴佛珠,念佛经,你就觉得人家随大流儿,赶时髦,全面否定人家收获的善德。你应该有个开放的姿态,有信仰,你可能会更快乐一点儿。"

"我信仰怀疑。对任何事,任何自称的真理都心存怀疑。有了怀疑,才能去认证,才能辨清真伪,这样总比盲从一种信仰要好。也许看起来是绕道的,但那些轻易就宣称自己有了信仰,但不过是花拳绣腿地模仿一些信仰者的程式,讲信徒该讲的话,以此抬高自己的身价,博得更多人的赏识,那些人难道真以为信仰是那么容易的事吗?所以我不信,不是不愿意信,而是要先怀疑,想想透,宁可绕点儿路,也不着急下结论。"

"一辈子都在绕远路,偏偏不走捷径,不是也很没意义吗?"

"人生……也许就是没意义的。"

"好了,不说了。找饭吃,饿死了。"关鹏强行挤入右侧车道,提早下了高架,似乎是彻底放弃去外滩吃意大利菜了。确切的说，是放弃和她讨论人生意义了。子清知道自己听起来很无趣，死样怪气，没有生的斗志。中年人啊，一旦有消极情绪就很危险，很讨人厌，毕竟不再是少年维特的年纪。

好不容易躲开堵车最严重的路段，关鹏拐入小街，顺畅了许多，又开了一阵子，他把车停在一条弄堂里，带她进了一家很不起眼的小店，墙上挂着金山农民画，音响里放出苏州评弹，上的菜却是一水红艳艳的川菜。这期间，两人都没说话。饭吃得有点儿闷，好在菜很惊艳，猪肝炒得香嫩，水煮黑鱼更香嫩，就连那几只红油抄手也是嫩滑又香辣。

吃得心满意足，子清的神经终于放松下来。她说："真的要谢谢你。"

谁料想，关鹏想也没想就答说："我又不是要你谢我。你说谢谢，我才心灰意冷。"

这句话呛得子清无言以对。她想说，有些事不能勉强，又怕太唐突；又想说，你的心意我是知道的，又怕太敷衍。一赌气，说出口的却是："我知道我很没用！"

关鹏反倒笑了，但是苦笑，一边慢慢地摇着头，好像面对一个耍无赖的小孩。"说你是傻，你还不信。男人喜欢一个女人，不是因为她有用，所以她没用也没关系，反而更好，男人才能派上用场。你自己大概不觉得，老爸的事对你影响很大，你简直像变了一个人。如果放在以前，我绝对没机会帮到你，你志在四海，天马行空，但你老爸这一场病，终于让你发现自己是需要别人帮助的。你不可能一个人完成所有的事。你的生活被迫改变，价值观也被迫妥协了，你对自己的存在价值、过去和未来都产生了怀疑，你没有以前那么张扬了，我觉得很可惜，真的，人，到头来都被现实打败，各种各样的张扬、自信、梦想都会被削减，比如我，我十几岁的时候就梦想到德国去踢球，甚至还偷偷学了一点德语，但梦想很快就破灭了，破得相当彻底，那之后所有的事情都不过是计划、完成计划这样简单。我喜欢你，是喜欢你目中无人，和我很像，与众不同，是带点儿羡慕的喜欢。再后来看到你，却是这样没了主心骨，憔悴，慌乱，我就心疼了。因为我知道，人变得现实是多么可怕的事情。可悲。我不喜欢你也变得现实，所以我愿意竭尽一己之力帮到你，想让你早点儿回到真正的你。哼！你知道这有多么矛盾吗？因为一旦你又回到自己的轨道，你就不需要我了，心疼羡慕崇拜喜欢一概不需要了。"

"但是我需要别人的时候，我就不是你喜欢的那个我了。"子清帮他把这种逻辑补完，顿觉无情。"以前的那个我，暂时中止了。"讲完这句，更觉残酷。"我也很矛盾，现在每天都好像在忍受的情绪中度过，忍受是因为很确定：这不是自己的常态。但也很容易地忍下来，接受度也越来越高，以前自己避之不及的事情，现在都能安之若素了。"

"我知道。"他淡淡地回了一句，像个输球的少年那样埋下头,这让子清觉得新奇,仿佛第一次见到了对方的真相。这给了她一种动力,仿佛出现了颠覆当下的动机。

"还有很多事你是不知道的。"她冲动地开了头,却无论如何讲不出口,讲她和小男生乱搞,讲她的男朋友和法国妞儿结婚了,讲她现在根本不相信婚姻是有意义的,一婚二婚都没意义,人总归是孤独终老,她也不相信全身心投入事业会有好结果,大部分工作都是逢场作戏,更不相信自己是有天赋的,她现在一无所有,也不相信任何人事物是有价值的。她可以一整天呆呆地望着窗外,心里面空荡荡的,但不觉得空虚或烦躁。她可以无所事事地消磨时光,并享受分分秒秒单纯逝去时的从容。她简直无欲无求——包括对面前这个刚刚表白的男人倾诉这些的渴求。所以她什么也没讲。

第二天关鹏南下。一直到法庭判决书下来,他们才联系了一次。

等待只用了三个星期。法官是一个长发及腰的修长美女,施着淡妆,下午四点开庭的这桩离婚案显然没有让她很紧张。洪老师由律师和女儿陪同。坐在走廊里等待的时候,他们已自动区分为原告和被告两方,短促地打了声招呼,洪老师没有上前慰问此时还是丈夫的老男人,早已六亲不认的老男人自在地坐在长凳上,此时还是妻子的老妇人在他眼里是真正的路人。法官照例先查证双方身份,问坐在原告席上的是否王世全本人时,老曹不动声色地用胳膊肘撞了撞老先生，老人就像听话的布偶，登时点了点头，毫无破绽。让法官生疑的是这场诉讼的目的，因为被告方面完全没有异议，再三确认，从没上过法庭的洪老师只是嗫嚅地说，他好像还有些股票和定存积蓄，法官便干脆利落地宣布，若对财产分割有异议，被告需要重新上诉。拿到离婚判决书后，老曹把对方律师交来的各项证件交给子清，又说，对方如果再上诉，你还是来找我，律师费按照财产金额的比例来算，但会给你打个折。

洪老师还给他们的工资卡上只有五分钱。全部拿光了。原来，那张卡的密码她是知道的，或许是父亲刚刚出现遗忘的症状时，她和他一起去更改的。父亲一生的积蓄就这样全部消失了。子清没有去银行查证到底有多少钱。

回家的路上，叶阿姨在出租车里忍不住说："好吓人啊！我第一次去法院呢！好怕你爸爸突然说些怪话。不过，你的后妈真的太狠心了，从头到尾都没有看你爸爸一眼呢！他们过了多久的日子？有八年吗？那真是离得好！"

子清想说，她一个弱小的老太太也很可怜，第一任丈夫死于癌症，第二任丈夫越活越低能，她是有苦楚的，但没有找到好好表达的机会。但她终究也没有说这些，因为心兽控制了自私的愤怒，心兽巴不得去怂恿全天下人都来为父亲申冤诉苦，子清能做到的抵抗，无非是管住口舌不再多加一语指责。谁是无罪的呢。

叶阿姨去做饭，子清拉着父亲走到写字台前，拉开抽屉，把刚刚从法院取回来的证件一样一样平铺在桌面上。他漠不关心，茫然地四处看看，指着沙发，对她笑笑，露出没了假牙的牙床，他说，坐呀坐！子清拿起身份证给他看，念出他的生日：一九三九年四月十一日，然后只是一味地笑，好像他们之间已不需要语言。他点头如捣蒜，接下身份证，四下看看，往卧室走，子清跟着，走进卧室，他坐在床沿，她站在床边，他双手合十，把证件捂在掌心，十指插进两腿间，就那样安然地坐着，一声也不响，她愿意去想，他是明白的。

吃饭前，子清让叶阿姨把父亲领到饭厅，自己偷偷地从电视机旁的皮鞋里掏出那张身份证，默不作声，和别的证件一起收进了写字台的大方抽屉里，和父亲一样，她用了一个塑胶拉锁袋，规规整整地叠在养生资料的那个袋子上。

一九三九年，诺贝尔和平奖未颁奖。

一九三九年，民国二十八年，伪满洲国康德六年。

哪怕借助谷歌，她也不能知道更多。

从那天晚上开始，她焦灼起来，每天都在拖延把父亲送去福利院的日期。院方很明确地说，随时都可以。班长的关系真是够硬的，这个后门始终敞开着。她想，这是不对的，她不应该比别人有优先权，甚至父亲也不应该那么早地搬进去。你看他，走起路来那么英姿飒爽，笑起来那样心无城府。

她没有对叶阿姨说这件事。三宅之家紧密团结在一起，团结在以王世全为领导人的抗病维和部队周围，坚定不移地朝着生老病死的伟大目标奋勇前进。为了庆祝离婚之战取得全面胜利，三宅之家在欢庆的余兴中、在拖延中伪造和平盛世的假象。

清明节前的一个工作日，子清独自去上海西北角的墓园。有一条最新开通的地铁从父亲的家到母亲的墓，很方便，但过分直达的速度感反而让她不安。也许，是手中的红袋子和祭拜物品满满登登的膨胀感让她不适应，叶阿姨做了半熟的鱼、豆腐、青菜和米饭，她买了青团和水果，几盒子金箔银箔拆开填满写有生卒年月和姓名的冥币袋，再加上一束花，这么多东西围绕着她的双膝，虚无地膨胀出一个充满仪式感的孝女形象。她不是第一次给母亲上坟，但从未带过这么多东西，叶阿姨似乎还不满足，临走前再三提醒她，"画圈圈要记得留出一个口"。说来好笑，子清在鬼节傍晚下楼去给母亲烧纸，自以为有模有样，刚进家门，叶阿姨就迎上来说："我在窗口看你烧的，你画的圈怎么没有开口呢，我看不清，但开口要大一点儿，否则你妈妈拿不到钱呀。"子清恍惚中已不记得刚刚用白粉笔画圈时的动作，趴到窗口往下看，果然看到一个近乎完美的圆，从此才牢牢记住画圈的要点，但也不想去解释——讲出来也没人信——从小到大，她的父母没有在家里家外给祖辈烧过纸，她不知道个中规矩，长大后看人家做，自己就怎么做，无外乎是粗劣又粗心的模仿，细节上的事根本是茫然的。

她没想到工作日的墓园还有那么多人，一家又一家人前呼后拥，挤满了宽阔的大道，两旁有象征二十四孝故事的小型石雕，出售饮料、花卉和香火的摊贩就夹杂在石雕中间。公共厕所门口排起长龙，到处都有人在抽烟、甩干手上的水、讲电话、吃零食。她一个人提着那些东西往母亲的方向走，默记母亲的门牌号码，偌大的墓园分成十几个小园，号码纵横延伸，贵一点儿的墓穴占地大些，好像住的是别墅，便宜一点的墓园区就挤挤挨挨的，好像贫民窟，墓碑与墓碑之间顶多挤进一个人。父亲给母亲（及他本人）购买的墓地位置很好，和他给自己（及后妻和子女）购买的新居有些相似，门前就是小区通道，采光好，通风好，没有遮蔽物。她停在母亲的墓碑前，凝视她穿着淡紫色羊毛开衫的照片，凝视她倒退的发际线和染黑的稀疏短发，然后有条不紊地拿出抹布擦拭积尘的墓碑。

真的好像扮家家。摆好了供品，插好了香烛，小小的仪式就要开始了。但没有主持人，没有诵经僧，没有观众。她自导自演自说自话自评自鉴，如果不这样，她就会不安。哪怕这出戏是杂乱无章的，她鞠躬，没有跪下来磕头；她像基督徒那样对神祈祷，再念了几十遍阿弥陀佛，又像土著那样对着火念念有词；她只想动用一切可以抄袭模仿的手法，让自己确定。

无论神鬼，只是用来确定自己已倾尽所能。

她对母亲说，如果可能，不要让他受太多苦。

每当火焰飘转，她就提高警惕，太想看到来自阴间的指示，最好是简洁易懂的，最好没有歧义，最好带点诗意。那当然是不可能出现的。别人家的香火被吹过来，熏到她的眼睛；别人放的鞭炮炸响，激得她心跳停了一拍；别人家的小孩前后追跑，跟在后面的大票家长高声吆喝，叫得她连自己念的咒语都听不到。

咒语呢喃，私家定制。纸钱都烧成了明黄色的灰。玻璃纸里的康乃馨和雏菊有点蔫了。青团和香蕉的搭配怪怪的。就这样了吗，她也不知道该问谁，算完成了吗。

依赖仪式，就能让日子过得很忙碌。子清已经发现了，传统就是一份密密的日程表，无需像科学家那样严谨地布置细节，但需要像政客，政客的秘书必须随机应变。扫墓归来，她就吩咐叶阿姨次日多买点儿菜，要给父亲过生日。叶阿姨问，是哪天？子清答说，无所谓。

确实无所谓。很小的时候她就问过父母，你们的生日是哪天？母亲说，外婆死得早，外公脑子糊涂，所以日子不确定，反正是中秋前后。父亲说，家里孩子多，奶奶记不住，大致是农历三月，开始耕地的季节。

反正就是扮家家。菜铺了满桌，放开肚子吃，今天食量不管制。最后撤下汤锅，放上蛋糕，插上蜡烛，一共七根。反正是扮家家，毛估估，不用高精尖。叶阿姨那天也有点儿高兴起来，兴奋地鼓动老头子去吹蜡烛，鼓起腮帮子，模拟吹气的动作，老头子就知道傻乐，略略鼓起腮帮子，但气箍在嘴里，就是不放出来。子清再演示，一口气吹熄一根蜡烛，老头子好奇起来，去捻黑焦的烛芯，又去抓白渺的烟雾。蛋糕，倒是吃了一大块下肚。

三宅之家里就过着这种象形的生活。每天都会有一两个时刻，子清走出房门，看到叶阿姨痴痴站在北窗前，父亲呆呆垂着脑袋在沙发上打盹，三人都仿佛凝固在了独属的语态里。人类是唯一有语法的动物，而他们已将生活的逻辑交托给了象形主义。

有一天，他玩弄了门把，瞄了瞄门外的无形人，突然问她，走回家要多久。她很有耐心地问，哪个家。他当然回答不上来。只是用残破的字句说，在这里没事，想回去，开门，有一块田地可以整。他当然没办法说得这么清楚，是她从他的手势里认出了耕种的姿态。他以为只要走回去，就可以有充实的日子。这让子清很伤感。

有时也觉得烦。因为明知这是在苟延残喘。又有一天，他终于变臭了。传说中的、意料中的大便失禁终于发生了。子清连哄带骗地帮他脱下裤子，擦拭干净，再换上新裤子。叶阿姨一言不发地去洗内裤，子清拦下她，说，扔了吧。

剩下的空壳越来越透明了。他散发出越来越老朽的气息。每次走进他的卧室，子清都觉得很酸很苦，让人难以呼吸。好在开春了，外面，连风都是暖香的。

又有一天，她梦到了婴儿床。很多很多的婴儿床。绿锈，黄锈，白漆，铁做的蕾丝。那个展厅非常昏暗，像巨大的子宫或陵墓，或是成人记忆中暧昧的童年。她甚至在梦中就想起来，那是在德国看过的展览，但无论如何也想不起艺术家的名字了。婴儿车的高度适合俯身抱起或放下婴儿，和婴儿本身的体格无关。或也有关的。那些小小的床有各自不同的设计，有的铁艺蕾丝华丽，有的钢条硬冷犀利，暗示了不同的年代，不同的民族，产生出不同的联想，但如今都像是尸床，仿佛能让所有婴儿老的老、死的死。那些床像特别执拗的幽灵，她在梦中闭起眼睛——事实上，在展厅现场，她是激动地睁大了眼睛——再睁开时，她发现自己躺在父亲所在的房间，体液零星，沾染衣裤。她发现，那是自己的体液，她在婴儿床里，床在他的房间里，房间在墓园里。

送别·2012

　　桂花的香飘荡在空气中，餐桌上的瓷碟里放着两只柿子，沙发茶几上搁着一段桂花枝，是昨夜散步时摘回来的，还摘了一小罐金灿灿的桂花。一男一女安详地坐在阳台上晒太阳，子清洗漱完毕，干干净净地坐在他们旁边，手里拿着按摩梳，在秋天里仔细地梳顺乌黑的头发。头发已经可以盖住胸部了，二十五年里最长的长度。子清不知在何时下的决心，很女孩气的，决定陪着父亲住的时间里就让头发自然生长。在阳光下泛着清光的头发里，出现了一丝银白色，她放下梳子，把它从黑色中挑选出来，叶阿姨很自然地站起来，帮她拔掉了这根白发，不是很疼，发囊很完整，是一根从头到尾都白莹莹的白发。

"蜂蜜桂花放在冰箱里了,过几天记得去搅动一下。"

"今天太阳好,我会把春秋被拿出来晒。"

"秋天了,你不要喝太多冰饮料啦。少吃点儿西瓜。瓜下市了,要多吃果。"

"我老公说,家乡的芝麻大丰收,我让他给你寄两瓶我们自家磨的麻油。"

"你陪他坐一会儿,我去帮你热热粥。"

叶阿姨进去了,子清放下梳子,给父亲做头部和颈部的按摩,手指摁下去全是硬硬的肌肉。子清对他讲:"叶阿姨下个月要回去了,她儿子元旦结婚,她要先回去整理新房,这几天人都变得轻快了。要不,我也找个人结婚吧,说不定你也会好起来。我开玩笑的。下礼拜,你要搬家了噢。只有我会住在这里了,不过你放心,那里不习惯的话,还是可以搬回家的。如果你觉得那里不好,不舒服,要想办法让我知道。我们要想个暗号出来。"

"你知道吗?姑姑要来,她们全家都搬去厦门了,姑父现在不敢开长途车,但开始玩儿滑轮了!比你厉害太多了。姑姑要回东北,说是大伯父九十大寿,她先坐高铁到上海,再从上海飞。你的几个兄弟都回去,还问我要不要代表你去,我没说去,也没说不去。"

"对了,上礼拜带你一起和子莱视频,你还记得吗?昨天她又秀儿子给我看,确实蛮漂亮的,继承了白种人的血统,比她两个女儿混得好看,我说这也算大功告成,没白混,又被她骂。她说圣诞大假的时候会带孩子回来一趟,看看你,所以你要保持健康,一定要看到自己的外孙和外孙女。"

"好了,我进去吃早饭了。"子清在他肩头最后拍了几下,再次确认他的表情后转身进屋了。在温暖且安静的时候,他最可能露出憨憨的笑容,近乎天真。

相比于头脑的早逝,他的四肢五脏六腑简直过于健全了。这具身体是他和在世的人的唯一联系,直接的媒介,而子清已决定了,把这最后的牵绊也交给别人去做吧。专业化的新时代里,生老病死都可以外包,她是幸运的混蛋,搭上了老班长的顺风车,借着叶阿姨坚定的去意,凑上了福利院腾出来的空床位,终于能让心兽满足了。

子清和叶阿姨达成的协议是:在她回乡之前把父亲送进福利院,观察一阵子,在此期间,叶阿姨只需在家做饭、扫除,子清负责去福利院;如有必要把父亲带回家,叶阿姨也会坚守到子清找到新的保姆之后再离开上海。这期间,姑姑会在上海作短暂停留,刚好可以住在父亲腾出来的屋子里。看起来是很妥善的安排。

夜里,子清漫无目的地在这套公寓里走来走去,好像要开始适应最终的结局。父亲皱着眉头躺在床上,嘴角向下紧紧地抿着,好像在梦里含着什么酸苦的食物,子清想象他躺在福利院统一规格的床上,床边有横栏,酷似放大的婴儿床。叶阿姨侧身向内,躺在她的单人折叠床上，床是两年前临时买的，搁在饭厅和北窗阳台的交界处，子清想象她在儿子的婚礼上穿红戴绿，在一年之内就会抱着孙辈，她和这个家的关系会像最微渺的尘埃一样被现实生活吹走。子清坐在客厅沙发上，凝视夜色里的房间里每一样物事，开始设想他们都走了以后，自己该如何处置这些临时物品。自从洪老师把父亲和一只装着内衣的塑料袋留在门口后，所有物事就落定在临时状态：床上用品是大卖场促销时买的，乡气的大花印得很丑陋；厨具餐具是父亲从老家搬过来的旧物、子清网购餐具的混合体，饭桌上常常是突兀的搭配；浴室里的洗漱用品更是样态悬殊，三个人用三种风格，且为了避免父亲误用，藏匿在各自带锁的抽屉里，洗漱台上只有肥皂；客厅沙发茶几下的菜谱是临时买来给叶阿姨参考的，分为家常菜、西餐、早餐、汤品和老年养生等几种食谱。没有植物和泥土，没有宠物和害虫，他们只是临时地居于此地，不想添加赘物，因为知道带不走。这是纯粹的消耗，连同他的肌体，所有物事一起被消耗。真该养盆花草啊，子清想，为什么千百个日夜过去，竟没有想到要购几盆花草回来？她在夜色里深深地内疚。

其他照顾AD患者的人家里是不是也这样落定在临时语态里？别人是如何熬过亲人记忆和智能衰退至无的岁月？别人家里或许还铺张着病人一生的记忆实体——全家人的照片装在精致的小相框里，事业上的业绩裱在更大的相框里，旅游纪念品摆满了玻璃橱柜——但父亲为了第二次婚姻，把第一次婚姻的影像全部收藏起来，事业上虽不乏成就，但大大小小的奖章和奖状都被他早早丢弃了，像恪尽职守的飞行器在推进一程后毫无留恋地抛下一截又一截，他亲手定制的简明生活突兀地交待给她，但她不知取舍的要义，只能像个冷静的悲观主义者确定唯一可以确定的结局：一个空荡荡的屋宅，配合他空荡荡的回忆。她在夜里深深地内疚。

走向最后一程的那天下着细雨，一阵秋雨一阵凉，临走前，叶阿姨又拿出一件夹克给他披上，他穿上，又脱下，反过来再穿上，似乎觉得棕色羽纱的衬里摸起来更舒服。子清扶着旅行箱等在门口，箱子里是些精挑细选的四季衣物。叶阿姨从厨房出来看到他，又放下手中的保温瓶和水杯，去帮他脱衣服，反过来再穿上，这时的他也没有不服。三人像要去旅行的一家人，拦了出租车，直奔目的地，一路无话。

入住的手续非常简单，护工们清点了旅行箱里的衣物，让子清签了名，全部纳入他房间里的双开门衣橱。他的房间在走廊左侧尽头，对面就是洗手间和洗澡间，床脚名牌上已写上了他的名字、年龄和入院日期。和他同屋的是一个神智清晰但不能讲话的高个子哑巴，护工说，这是享受民政福利的残疾孤老，安置在这栋楼里是因为老年公寓满员了，他不介意住在这里，还愿意帮护工做些简单的工作。子清明白，这也意味着父亲受到了特别照顾。

巡视一圈后,护工指示子清带父亲到大厅里安坐,因为白天里,只有需要卧病或补眠的老人才会待在房间里,大多数人都围绕大桌而坐,这样便于管理、照料,也便于搞一些绘画或歌唱的集体活动,天气好的时候,还会组织这些老人下楼散步,去花园里看看花草,去操场上玩玩球。

刚坐下来,叶阿姨就不失时机地拿出保温杯,要给他喂热汤,护工说,再有一小时就吃饭了,不要喂太多。叶阿姨惊呼,四点钟就吃晚饭吗?护工答,这里提倡早起早睡,六点早餐,十点简单体检,十一点午餐,下午三点喂药,四点晚餐,晚上八九点开始就算休息时段了。叶阿姨说,那我们陪他吃完饭,看看饭菜怎样。

开饭的时候,护工推来一个大餐车,不锈钢的餐具已人手一份——所谓餐具,就是一人一把不锈钢勺子,没有筷子。有肉圆、炒蛋、百叶结、青菜、米饭和番茄蛋汤。这样一大碗端到父亲面前,他立刻拿起勺子吃起来,一口又一口,看起来吃得很香,子清和叶阿姨站在旁边,觉得自己很多余,但也很安心。一个护工说,老王看起来这样年轻,真是看不出有病,你看这个老姜是要人喂的。叫老姜的老人已无法咀嚼,一边喂,一边从嘴角流出汤水来。

等他吃完碗里的菜和饭,叶阿姨又想给他自家煲的汤,他却摇摇头,不肯再张嘴。看到叶阿姨有点儿失落,子清舀起一勺汤去喂他,他倒给面子,吸溜了一口。护工看到,说,那么大一碗饭吃下去,应该喝不下了,不如把汤留下,如果他晚上饿了可以再给他吃。

吃完饭,护工们手脚麻利地把餐具收走,吃完的老人有的坐在原地不动,有的去沙发上坐着看电视,有的回房躺下。没过多久,日班的护工们接二连三地下班走了,叶阿姨就问,晚上有几个人,护工答,至少有两个人值夜班。

待到快天黑时,父亲也没什么异状,乖乖巧巧坐在大桌边,再被送到卧室,又乖乖巧巧让叶阿姨帮着洗脚,再被送上床,乖乖巧巧盖上被子,闭起眼睛。子清和叶阿姨面面相觑,只觉得顺利得超乎想象,又叮咛护工多加注意,便要走,护工要送,她们连连推脱说太客气,护工就掏出磁卡,原来只是要帮她们开楼层大门。

回程,叶阿姨连声叹气,先夸赞这个福利院好,又叹老先生恐怕是要在里面终老了。"王小姐,住这里面,随便怎样都比在家里照顾好啊,你可以放心了。"子清笑一笑,就再也笑不出来了。

余下的半个月里,子清每隔一天就带着汤和点心去坐漫长的地铁,回家有热菜热饭。她也很清楚,很快,连热菜热饭也会没有了,就剩下她一个人回到空荡荡的家。

秋末,姑姑和姑父来了。离婚后,洪老师再也不想和王家有任何来往,接到电话,给出子清的号码,就算交接完毕。子清没想到，父亲的这个家，他们竟是来过的，而且住过两个晚上，那时候子清没有搬过去，不知道野在哪里，父亲住在洪老师家，只是每隔几天独自骑车过来看看，扫扫灰尘，独自坐坐。所以，他们进门时是愉悦的，因为这套大屋里终于有了些生活气息，他们喜欢叶阿姨烧的菜，满意父亲房间的整洁，赞赏子清搬回来住。

他们边吃边聊，子清听得多，讲得少，因为唯独父亲这两三年的事能够多讲一些，至于离婚那事，姑姑问得最多，她只是轻描淡写地回答，省去了洪老师扣下所有证件、工资卡被掏空等细节。第二天，他们去福利院。护工和病人们都已经认得子清了。照例一群老人围坐大桌，窃窃私语十分拘谨，好像有无形的教导主任在监督纪律。其实都不是私语，哪怕彼此颔首如捣蒜，也只是一辈子的惯性使然。这天和往常唯一的区别是：大家都被剃光了脑袋。

换了发型的父亲显得老，但在这种地方谈论发型好坏是很过分的。老头们显得很平等，不止是因为清一色的光头，还因都有旁若无人的漠然。因为头发剃光了，父亲头顶心的伤疤就很明显，但看起来比当年嫩滑。姑姑也看到了，子清就解释：那是五六年前做开颅手术、导出淤血后留下的左右两条伤疤，那时候是洪老师照顾的，据说他在术后产生幻觉，硬说半夜的窗外有人偷看，还大声呵斥那人"看什么看！"同病房的病人吓得不轻，隔日就搬去了别的病房，因为那是在十层楼。姑姑伸手摸了摸那两条宽不过三厘米的淡粉色老疤，嘴角抿了抿，有点想哭的样子。

子清给姑姑和姑父让出位子，站在大桌边，从侧面看，一排光头上有白灰次第的短茬，驼峰般的背都有柔和的曲面，弧度略有不同，像灰棕黑的山水画，也像一排微微颤动的坟头。

姑姑连声问他："四哥，认得我不？四哥！四哥！"

姑父更大声地喊他："世全！我们看你来了！"

但父亲坐在椅子里，没有丝毫转动身体的迹象。他的眼睛低垂，耳朵形同虚设。子清走过去，拉起父亲的手，引导他站起来，拉着他走。一旦他站起来、走起来，多少就有了生气，姑姑和姑父跟在后头，一家人慢慢走进了他的房间。哑巴在前引路，咿咿呀呀地比画着，看到他们进了屋，麻利地搬来两把椅子搁在父亲床边，然后才很放心地"哎——"了一声，仿佛在说，这就对了！进屋坐下慢慢说！

说什么呢？到了没外人的房间里，姑姑看着这样的四哥，眼泪流下来，再也不想忍了。

"有时候，他是会和你说话的，"子清说，"他会嘟嘟囔囔，好像很认真地讲一件事，偶尔会说出很清晰的几个词语，你可以顺着他说，也可以完全不着边际地说自己的，反正，他点头只是点头，不代表他听懂。"但姑姑会默认为他听懂了，只要他点头，他微笑，她就满意，这就是凡人的可爱逻辑。

午餐有一只卤蛋,他分了四口吃完,菜粥滴到裤子上,再用手去捡。坐在方桌边的这些人永远告别了筷子,不锈钢勺子能应付所有笨拙。姑姑和姑父再三肯定他的食欲旺盛,频频点头地说:"食欲代表了生命力!"子清却在心里有不一样的想法,食欲代表了回归最基本的本能,也代表了他对食物数量和质量不再奢求,他或是会胖,或是会瘦,但早晚有一天,他会像那边的老姜一样失去最本能的吞咽功能。还有那些衣服。不到一两个星期,子清就发现了,病人们的衣服们是统一换洗的,一些方便套脱的旧衣服很可能混穿,她带来的精梳羊毛背心根本没有机会穿,西裤也是不要的,相反,菜市场里廉价的绒衣绒裤才是最受欢迎的。每次来福利院,她都会对病的走向产生更明确的认识,不是消极的,但也不可能是积极的,因此,最清醒的感受只是残酷。

姑姑只留了两天,没有新奇的收获,但她会把亲眼所见转述给东北的兄弟们,并在这个过程中发现,每一个兄弟都和老四世全失联了,因为他们手中最新近的联系方式是手机号码(手机下落不明)和洪老师家的号码。

姑父说:"上一次和你爸见面还是给你奶奶和爷爷修坟的时候,七年前的事。那个新坟,你去过吗?"

没有。八个兄弟姐妹中,只有老叔留在老家,给奶奶送了终。老叔没有来过上海,子清小时候见过他两次,每一次都不超过两天。父亲搬到上海后,老叔见他总共也就十几次，没有一次超过三天。

子清只见过奶奶两次，第一次在襁褓中，第二次刚上学，跟着父母回家过年，只记得奶奶不太说话，坐在炕头，唯一和她讲过一次话，问她是哪家的孩子，怎么不回去吃饭。

但姑姑和姑父是来上海最多次的亲戚，算是最亲近的。九十年代初，他们全家自驾游，开车从大庆到北京、西安、成都、重庆、武汉、南京、上海到杭州，风尘仆仆到子清家停留，讲了一路奇闻逸事。那个年代，自驾游是多么新鲜、多么勇敢的事啊。姑父爱摄影，爱驾驶，爱游泳，爱一切有技术含量的游戏，到了六十岁，开车觉得辛苦了，跟着儿女搬去临海城市，继续游泳，还爱上了滚轴溜冰，甚至迷上了新式缝纫机，无论在东北还是厦门，他和姑妈都拒绝去跳僵尸舞。

第二天晚上，子清邀请子莱视频。姑父兴趣盎然，因为他还没用过网络电话，连连追问和QQ视频、微信视频的异同之处。子莱怀抱着小儿子，带着歉意说："女儿们去上学了，老公去上班了，但可以看看照片！"姑妈的脸孔简直要贴在屏幕上了，怎么也看不够这个混血侄孙，他哇哇哭，她就哈哈笑，他眨巴长睫毛，她也挤眼睛，一家老小在电脑前玩得不亦乐乎。姑姑问，为什么不请个保姆？子莱解释，加拿大人工很贵，自己本来就是家庭主妇，不如自己带。姑姑又问，什么时候能回来看看？子莱解释，孩子断奶了就可以了，快了！姑姑再问，有没有可能把你爸爸接到国外去养病？也许能治好呢？子清代替子莱说，去了也治不好，语言又不通，更何况，国内现在条件也不差。视频结束后，姑姑叹了一口气："明明那么远，但感觉这么近！科学发展太快了，可为什么治不好这个病呢？"

临走前，姑父承诺子清会亲手做几件衬衫寄过来，子清也保证给父亲穿上，拍照发给他看。他们已经互加了微信。姑姑双手捧着她的脸，眼泪又涌上来，说现在已经不用担心四哥了，反倒要心疼她。

子清把他们送上飞机，一个人从机场坐地铁回家，转了三条线，用了一个半小时。没带书，没带耳机，闲得发慌，她就在手机里审视新加的联系人。姑姑把父亲这边的亲戚的联系方式都给了她。除了父辈，还有同辈，相加起来有几十人之多，大多数人只有一面之缘。据说，参加大伯父九十寿宴的人就不下六十人，如果老老小小都出席，恐怕要一百多人了。为了防止记错，她在每一个页面添注了辈分排行、昵称、城市、职业等信息。子清心想，这样的通讯录是何等悲哀，这速成的大家庭是何等陌生。再也没有比这种时刻更让人觉得孑然一身了。

之后三天，子清遵守承诺，让叶阿姨回乡下。她早已是心猿意马，如今不需要宅在家里，出门也不用拖老油瓶了，子清就鼓励她去购物，提前给了她一个红包。第一站，轻纺市场定购些布艺软家装；第二站，家具城一条街，货比三家，看看中意的款式；第三站，七浦路，给自己和家人淘些批发价的时髦货。叶阿姨逛了一整个星期，虽然没花太多钱，但逛到腿脚发酸，睡觉呼噜轰天响，吓了子清一跳。

叶阿姨走的那天，还是凌晨三四点去赶车。子清听到她起来，出门，但没有去送，两人已在前一天晚饭时互道珍重，又等了一会儿，万籁俱寂，才独自走进客厅，看到叶阿姨留下了钥匙和门卡，把折叠床也收好了。从这时开始，三十五岁半的子清重归一个人的生活，没有奥托或关鹏或晓静猜想的那么自由、那么激动，而是八九分的怅然若失，还有一两分像是长途旅行回家后的松松垮垮。

所以，她瘫软地歪在沙发上，决定不睡了，要任性地看碟，要放肆地听音乐，要大张旗鼓地在地板上做瑜伽，要把衣橱和书橱全部清理一遍，要把蓝色笔记本写满……就在这些决定中，被誉为生活白痴的她睡着了，并因此得了一场重感冒。

所以，当子莱在圣诞节前抵达浦东机场时，看到的子清是鼻头通红、鼻尖都被擦破了的惨样，手里攥着半湿不干的纸巾团。子莱没有带孩子们来，因为实在没有必要让孩子见识到这样残酷的事实。她只带了一只小箱子。久别重逢的姐妹俩没有拥抱，好像阻拦她们的真的是重感冒和小箱子。

子清说："不折腾你坐地铁了，但是打车也要排队，外国友人多包涵。"

子莱说:"打车到爸爸家要多少钱?"

子清说:"二百五十到二百八十元左右。"

子莱再问:"地铁要多久?"

子清说:"两个小时不到,出地铁还有三四公里,还是要打车。"

子莱惨叫:"天啊!你还是弄一部车吧。"

子清说:"上海车牌叫到九万块了,我买不起。有九万,我可以去欧洲转一圈了。"

子莱绝望地摇摇头,冷笑一声。两人走出大楼,排队等车,一小时后进了家门,子莱转了一圈,说:"有老年人的味道。"

"你不习惯可以住酒店。旁边就有家四星的,"子清在厨房里,"喝绿茶还是玫瑰茶?"

"有咖啡吗?飞机坐得难受死了。还要倒时差。这半年也没好好睡过,老三每天夜里都哭闹三四次。我要浓咖啡。"

子莱把空调全打开,温度调到二十八度还嫌潮冷,刚喝了两口咖啡,又想起来去看看浴室,担忧地问:"这样洗澡会不会冷啊?"

"房子大,人少,所以感觉更冷。我建议你把热水先开一会儿,浴霸也开着,暖和了再进去洗,反正你们北美人最擅长浪费资源。"话音刚落,子清就听到子莱打开了水龙头,便任由她去了。

晚上,子清下厨,烤鸡翅(子莱说这里的鸡肉不好吃），青菜炒蘑菇（子莱说她离开上海后就没吃过本地小青菜了）、味噌三文鱼头汤（子莱要买几盒这样的味噌回去）、配有机米饭（子莱说这米好香）。子莱打了饱嗝，饭菜也都吃光了，菜量控制得正好，子清自嘲地说："跟你讲过的，我现在可以当贤妻良母了，你还不信。"

"谁会信？那一年我和戴维去旅游，你住在我家，连吃了十天披萨，戴维到现在都记得这件事。"

"还有三明治、蛋糕、墨西哥卷饼和奥托家的番茄牛尾浓汤，我又不是傻子。你告诉戴维，下次我去你家烧一桌菜给你们吃！"

"戴维会钓一条大海鲈鱼给你，看你怎么弄。"

"盐焗、炭烤、油浸、红烧……随他挑。"

"说的比唱的还好听，"对妹妹，子莱的批评历来不留情面，"家务事，没什么了不起的，但你的特长不在这里，我建议你要好好调整一下，去做你应该做的事。六年前你说要考多伦多大学的东亚研究所，借了一堆书，结果又和奥托去了越南和柬埔寨，考试的事不了了之。五年前你和奥托信誓旦旦要拍出一个片子送展，结果又不了了之。你要是真准备好了当贤妻良母，我劝你就安心地嫁人，过日子，没有你以前想象的那么可怕——不，你的原话是'可悲'——就像现在这样，一餐一食，一日一夜，就是这样普通的事情。"

"不嫁人也可以安心过日子，我现在就特别有安定感，"子清开始收拾桌面，"不是所有人都像你，幸运地嫁给白马王子,幸福地恩爱到白头,戴维今年都快六十了吧?老来得子,简直完美。"

子莱叹了口气:"不说了。我去和他们视频了。"

这就是模式了,她们总是好心好意,又总是话不投机。

子清带别人去福利院看望父亲,这也好像是模式了。但今天有点儿热闹,福利院里的众生仿佛感知到有贵客自远道而来。她们一进门就听到桌椅铿锵碰撞的声音,穿红衫的小老头和爱开会的老领导起了争执,用桌椅角力,护工呵斥他们收手的语调却带了几分调侃,谁也听不明白他们到底在吵什么。老领导声音洪亮,但语无伦次。小老头仰着脖子喷粗气,只是露凶相,撂下的狠话却含含糊糊。子莱习惯性地皱眉头,看到子清也和旁人一样笑呵呵的看好戏,更是把眉头往川字里挤,焦虑地移开视线,在一堆老男人里寻找。

第一遍扫视,没有找到。子莱不想问,执意地再走一遍视线,还是没找到。

父亲不在惯常的座位上,子清知道她是找不到的,也不说,猜想子莱会不会在这个时刻被内疚折磨?子清扭头,往走廊里看去,猜想父亲会不会刚好在房间里,便示意子莱往里走。子莱这时神经紧张,没留意盲人正走过来——他是用摸索的方式沿着桌边蹒跚前行的——突然就被他抓住了手腕,子莱惊呼一声,那边的无意义吵架也停了一拍。子清安之若素地把盲人扶到他惯常的座位，朝子莱耸耸肩。

她们的父亲就在这时出现了，在方脸阿姨的搀扶下，一步步走出有点暗的走道。方脸阿姨笑眯眯地说："老王刚刚去上厕所了，今天蛮好的，自己站起来，我就明白了。"子清没有把言下之意转述给子莱，因为上次来看望时，父亲的哑巴室友用肢体语言告诉她：你老爸随地大小便，还把枕头浸到水池里。

"今早交班时，同事说老王晚上睡得不好，走来走去，从客厅走到房间，再走出来，在桌边绕圈走，一直走到夜里三点多，也不肯去撒尿。好不容易哄去睡了，六点多就跟大家一起出来吃早饭了。说不清楚，他的精力好像太好了，但现在脸色就不好了。"

精力多到用不完，多到让人沮丧。子清听了这些话，和子莱面面相觑。护工也就笑笑，安慰这对不知所措的病人家属："吃好午饭，看他能不能睡个午觉吧，补一补眠。"

走道里，子莱木木的，不知道该迎上去还是原地不动。护工识相地先走一步，把老王的手臂交托在子清手里。姐妹俩一左一右，扶着父亲进了房间。子莱喊一声爸，坐在床沿的父亲没反应，子清也喊一声爸，父亲果然是累了，深深埋着头，谁也不看。子清给子莱搬来一把椅子，子莱却走到了窗边，子清知道姐姐在无声息的流泪。

父亲活在另一个被动式的世界里。加拿大一家人站在屋宅前的合影被塞到他手上，被解释了一遍谁是谁，被问记不记得曾经飞到多伦多参加大女儿的婚礼，见过187厘米的白种人女婿……最后，被定论他已是无望的晚期患者。

午餐时，子莱和子清目睹了他把一段鸡骨头啃五遍的画面，每次把骨头从桌上捡起都自然而然地放进嘴里，子莱默默地流泪，到头来还是子清把那段湿漉漉的骨头从桌上偷偷拿走，扔掉了，他看不到，也不会去找。容许他犯错，就是容许他活着。

子莱吸了吸鼻子，酸溜溜地说："他对鸡骨头还蛮有热情的。"子清也吸了吸鼻子，但那是因为感冒，顺手扯出一张纸巾，又扯出一张递给子莱。姐妹俩一起吸鼻子，站在一群呼噜呼噜吃饭的老头儿旁边，护工们各忙各的，所有人都反衬出她俩的格格不入，她俩的无济于事。

子莱明白，这是她第一次探访福利院里的父亲，也很可能是最后一次。她咨询过多伦多的大夫，回答是一致的，AD患者在早期还有可能依靠艺术休闲活动和药物延缓病情恶化，但到了中晚期就只能随缘听命，药物回天乏术，护理难度最高。有一位参加了温哥华阿尔茨海默症协会国际会议的医生告诉她，AD的发病原因或许要归咎于名叫tau的淀粉样蛋白细胞，它们会蚕食正常的神经细胞，目前的研究成果是乐观的，针对淀粉样蛋白导致的记忆区脑部损坏，也出现了有效药物，未来可能从根本上治疗这种病。她也斗胆问医生，中国有句老话，死马当活马医，能不能让父亲参与开放标记式的新药试验，或许有千万分之一的希望从中受益、延缓末期症状？医生含笑答说，这很难操作，而且大多适用于早期患者。她也问过戴维的意见，要不要索性把父亲接到加拿大去治疗？当了一辈子政府公务员的戴维沉吟片刻，反问她，这样做是为了你的心理平衡，还是为了他的生活质量？

太多问题难以回答，但当子清问她明天要不要来福利院的时候，子莱毅然地摇摇头。她们走出了这栋楼的时候，冷风狠狠刮来，子莱深深地呼吸，说，里面的空气太难闻了。

她们很没有效率地荒度了余下的日子。子清问子莱要不要去以前的新村老房子看看，子莱还是毅然地摇摇头："我们又不是名人贵人，看旧居也没什么意思。"子清觉得无趣，但也不去强辩。逛街才半天，子莱就累了，只买了些有特色的童装。又花了几小时去给母亲上了一炷香，空旷的墓园西北风横扫，冷得要死，两人缩着脖子，好不容易点起香火又被吹灭，继而也不再费力，只是默默站在墓碑前，子清等子莱示意离开，子莱等有经验的子清恰到好处地结束仪式，结果谁也没有动身的意思，直到子清的重感冒介入，几个惊天喷嚏爆发，她们才仿佛得了老天的旨意，胆敢离去。

子莱说："妈妈走的时候，他把自己的墓地也一起买好了。"

子清说："我已经把墓地管理费交到二〇二〇年了。"

这几日的折返，她们每天都好像去很远的地方，但只做很少的事，很累地回家。父亲所在地，母亲所在地，繁华世界所在地，青春回忆所在地，好像都要经历舟车劳顿才能抵达，却只是为了稍作停留。这几日的散淡相处，子清更觉得自己对姐姐也是一无所知的，就像对父母，因为话说得克制，竟还不如和老同学们那么亲密无间。恐怕这就是她们家的模式吧，是由父母表率、子女执行的内向情感模式。

在这个家里，她无法去问父亲或母亲或姐姐有否出轨，有否自杀倾向，有否写有遗嘱，有否狂妄梦想；这些事，你只得靠自己的观察去获得结论，只有当事人有发言权，就算有再多的旁观者补述，也只是隔靴搔痒地撩动你的想象力，但就算你有再充沛的想象力，也不过是在杜撰你的版本，融会了你的阅历。个人体验的无法复述，造成人与人之间绝对的疏离，而这甚至比误解更善良，比漠视更正直。

姐妹俩的道别乏善可陈，好像明天就会再见一样挥挥手。外人看来或许近乎冷血，但她们各自心中是没有怨言的，甚至觉得，这样的表现才是最适宜的。

再一次，子清独自从机场坐地铁回家，转了三条线，用了一小时四十五分钟。

再一次，子清独自坐地铁去看望父亲。要打胰岛素的老头来了快有一季度了，爱穿中式衣服，像个圆头和尚，最早，每次餐前打针时都会有惊惶的表情，现在已能够放松地撩起肚皮上的衣服。

再一次,子清独自坐地铁去看望父亲。盲人抓起杂志假装在看,不介意文图上下颠倒。小老头喜欢跟在她身边,闪着单纯、好奇但不清澈的眼神,好像她是他认识已久的亲爱的朋友。而父亲发现了新玩具,桌面上的塑料防护膜,他热切地站在桌角,剥起一只角,想把它卷起来,两只手不协调地左右滚动,滚条越来越长,像是扭来扭去的不听话的玩伴儿,太长了,两只手够不到两边,顾此失彼,塑料膜调皮地弹回去,又平摊在桌上了。他笑了。

再一次,子清独自坐地铁去看望父亲。总是坐在他身边的老厂长喋喋不休,让她准备开会,说有事"要商榷一下",她惊讶地发现,语无伦次的人还能保有"商榷"这样高级的词汇。

再一次,子清独自去医院找顾阿姨开药,开足一个月的药量,然后独自坐地铁去看望父亲。护工告诉她,父亲的大小便越来越不正常了。

再一次,子清带金喜善叔叔和退管会的负责人去看望父亲,她是这一模式中不可或缺的主办者。去程,他们在谈论年轻的毕业生频繁地离职,去年竟高达百分之十七,金叔叔忧心地说,月薪二千叫人怎么留呢?然后他们看到了他,坚称老王还是有意识的,金叔叔甚至计算了这次谈话的成功率——也就是父亲对他们的声音有轻微表示的次数除以所有的反应次数。回程,他们谈起了机械实验报告单位里的受贿、索贿的现象。

再一次,子清独自坐地铁去看望父亲。曾经在一个下午把"我的饭钱交给你了吗?"说了八九十遍、对着电视里的女红军叫"新娘子"的老领导因肺部感染去世了。一个护工说:"好可惜,他的退休工资每个月有一万多块呢,只要他活着,家里人日子也好过些,现在没了。"

再一次,子清独自坐地铁去看望父亲,突然想起来,在楼下苗圃的黑猫边偷了一铲土……

空房间

没想到，还要回乡。

庆芸走的那年，二嫂和一个侄媳妇也仓促地走了，外甥女婿得了不治之症。兄弟中间就有人说，这一年太邪门儿，走的都是老王家的外姓人，走的都很突然，怕是祖坟的风水不好了。他们在迂回的电话联络中反复回忆老娘下葬时的情形，念及当时的风光，好歹是在屯子里摆了三天三夜的丧宴，如此说来，怕是老娘和老爹在地下重逢时闹了别扭，因为那块墓地是六十多年前定下的，在后屯子的小山坡上，如今光秃秃的，还积了一潭死水，因为附近要造车道、蔬菜大棚，小山丘的另一面已被挖空了，怕是风水已经坏了。不知是哪个兄弟说的，按照老娘生前的脾性，怕是到了地下变本加厉，铁了心要狠狠折腾这群后生，尤其是媳妇们。

越说越真切，八个六七十岁的老人家便决定再开一次全体大会，要在王家自留地里造一个体面的新坟，要有松柏挺拔，要有大理石墓碑，还要有祖孙们合葬的空余地界，好比是造个新房，让地下的双亲乔迁入住，再留些空房间给后辈，毕竟是大户人家，要够阔气，显得兴旺。

四位亲人都是猝死的，退休无事的老人家们心有余悸，很快择定黄道吉日，从四面八方赶来老家。世全此时心力交瘁，生活黯淡，一年前刚办完庆芸的丧事，来吊唁、来陪护的亲眷们早就离去了，子清又去了东南亚采景，他一个人生活，每天照例骑车去上班。

身为试验站的站长、高级工程师，他被返聘是意料之中的事。其实，根本没什么工作留给他做，三十多年来，他主持的科技实验项目已达三百多项，专门从事舰船冲击振动实验、环境实验研究和有关试验方法的标准制定，但那都是过去，只有他死了，人们才会在追悼会上听到这些成绩。试验站有毕业生进来实习的时候，小金他们负责指教，偶尔也会提及当年王工在改革开放初期研发了随机振动试验台，当年就通过了航天局的质量验收，也就是说，从那时候起，这种试验设备无需从国外进口了，给国家省了好多钱。省钱，他拿手；赚钱，他就傻眼了。自从他当上副站长，世道就变了，委托试验的项目越来越多，作为全国标准制定委员会的委员，他一方面要严守标准,一方面又不得不睁一只眼闭一只眼,给一些不合格的委托单位放绿灯,否则,试验站还怎么创收呢?他当了二十年的站长,这个部门只赚到两百多万。可见他的清廉或安分,不拿大红包。所谓返聘,工资比看大门的保安高不到哪里去。但好在有食堂,解决了他一个人吃饭的问题。中午从食堂里买些炒菜、熟食和包子,晚饭和次日早饭就都有了。水果很少吃,家里的茶叶泡不完,衣服足够了,那也就没有别的需求了。

兄弟们定好了日子,就在下一个清明。他骑车到旅行社代办了机票,去单位里请了假,就没有再对别人说。没有别人需要交代了。他想,反正来回三天,速战速决才好。三哥和老弟已经找人看好了新坟的位置,墓碑也打好了,树苗也备好了。他去,不过是磕个头,洒抔土。他也没有儿子可以同去磕头。总之他不重要,重要的是:这件事的起因里有庆芸的死。

四月依然让人沮丧,老家比他看了一辈子的灰色的城市还要让人沮丧。依然冷得让人缩脖子。好在他在上海家里也是披着大衣、穿着厚毛衣过冬的,不开空调,好歹没有城里人那么娇气。他坐在自小就熟悉的炕沿儿,捧着泡了热茶的搪瓷老茶缸,墙上的三五挂钟停在某个时刻,他很快就困了,倒头就睡,也不和兄弟们聊天,醒来就是定好的迁坟祭祖的大日子。

山丘上还剩三座坟,王家兄弟还记得自家的祖坟是哪一座。祭拜之后,翻开土层。老娘的好办,因是骨灰盒，好找；再往旁边老坟头那边挖去，却发现下面早已挪位了，可见小丘周围破土动工后，已从内囊里把祖坟破了。当年百堂下葬时的棺樟已经烂透了，不知哪里渗来的水把土润松了，骨骸也跟着流失的水土散开了，但依稀看得到当年垫在骨骸下的黄纸。世元在老法师的吩咐下，戴上帽子和红手套，捡起骨来，从头颅开始，往左手到左腿，再从右腿到右手。新的金柜里已铺好了红布、五彩粮和新硬币，铺好周身骨骸后，从头到脚搭上五彩金线，再盖一层红布，法师们不停念咒，烧了好多符，佛乐是找白事专业户来唱的。世元举着红色引魂幡，一路走到新坟，再等法师念咒烧符，谓之暖穴，然后再是铺金、布符、焚香、响炮……直至引灵入墓，全体跪拜。最后，大家一起把备好的松柏杉树苗种下土，将方形的墓园围了起来，除了先考先妣之墓，果然还空出十几平方米的地方，就当是给祖孙们预备的空房间。

那天晚上，兄弟几个反复说起，当年父亲下葬时，祖坟里跑出来九只蛤蟆和一条蛇。这次呢，什么都没有。世元和世祺这时候倒不迷信了，说现在老王家也有千万富翁、百万富翁和高级工程师、局级干部……怎么说也是光宗耀祖了。没活物跑出来，那只是环境污染所致。当下，世元兴高采烈邀请大家参加他的九十寿宴，但没几个人响应。

第二天一起床，世全把装了一摞钱的信封递给大哥世元，说，咱们这就算结清了。转头就跟大伙儿告辞，说他还要赶回上海墓园给庆芸扫墓。旁人无法挽留。他没跟他们说，去年的这一天，就是庆芸落葬的日子，没有红布和硬币，没有响炮和符咒，他眼看着泥瓦工模样的墓地员工把水泥墓地封起来，在墓前留了个铁桶给他烧纸钱用，事情就算结束了。兄弟们问他，庆芸的墓地看过风水吗？老规矩不能不信。他心想，城里办丧事和这儿不是一码事，但嘴上只是说，就那么回事儿，没用。

又隔了一年，人们都说，庆芸走了两年了，你该给自己找个老伴儿了。他问子清，可好？小女儿没心没肺地点点头。他再问子莱，可好？大女儿在越洋电话里体面地回答，你愿意的话，我当然支持。事情就这样定了，结婚对象洪老师没有别的要求，只要住新房。于是，他把老房子卖了，用全部积蓄买了一套新房子。新房里不可以有旧日子的影子，不能有庆芸五十九岁突发奇想去补拍的结婚照，不能有任何他和庆芸的合影，但要找一张他和子清、子莱全家的合影，却也是没有的。

又隔了一年，房子总算装修好了，洪老师的女儿生了女儿，她说，不如你住在我家帮带孩子吧。

又隔了一年，他跌了一跤，门牙摔没了，吃饭不得劲儿。

又隔了一年，他觉得二婚的对象好凶狠，总是对他吼。虽说也带他去老年活动室，但唱的是沪剧，他一句也听不懂，更何况从小就是五音不全。虽说她也会撺掇他去做些别的事，画画啦、写毛笔字啦，但他总觉得自己是色盲，能画好的只有死板的电路图，至于写字……唉，怎么能和当年一挥而就写大字报的水准相提并论呢，更要命的是，提笔忘字，笔墨在手也没用了。

又隔了一年，清明那天，他骑上自行车去溜达，也没什么事要办，但吹吹春天的风、晒晒太阳还是很舒服的。不知不觉就绕到了空关着的新房子。

他只有一个家。

这辈子很单纯。

空房间里冷清清的，格外洁净。

他忘了这是哪一年，但是他坚定地走进去，坚定地等庆芸回来。等庆芸的时候，他拖了一遍地板，又擦了一遍家具。没有装饰物是因为没有要取悦的对象，没有要强调的过往。等到天黑了，手机响了，传来洪老师的声音，他才奇怪怎么天都暗了。他答说，我在家呢，马上就回家。他明白过来了，自己有点可怕，竟是来等死去的人。但他很疑惑自己歪倒在沙发上的姿势，半边身子都麻了，不知刚才打盹时是什么模样，甚至不知什么时候开始打盹的。他仰面看到天花板，雪白雪白的，像是记忆中一片熟悉的雪地，雪地上有灰蒙蒙的天。那是几岁来着？一动也不能动，躺在冰凉冰凉的冰封的河面上，他们都说自己死了半晌，可自己却觉得只是看了一眼天空。

天空只有一个。

这世界很单纯。

后记

在这十多年里，我的父母相继去世。

在火葬场里为父亲捡骨时，我竟然为了火化时间那么短而感到悲愤，有点儿难以理喻。用一双很长的竹筷子夹起父亲的骨时，过分的亲密感来得那么晚，那让我流下眼泪来。但真正的痛哭只有一次：在筋疲力尽的深夜给父亲的葬礼撰写悼词的时候。我不知道写些什么，不能面对自己和上一代人的巨大隔阂，也不愿承认自己疏忽了对父母的认知和关怀，因而像受了极大痛苦、或是犯了极大错误的孩子那样失声大哭。

在一个城市人的短暂、逼仄的生命里很难亲历一个物种的灭绝，但父母的消失就给了我这种感知：我们成为孤儿的时候，就已目睹一种不可复制的人类的消失。

在生和死之间，我们注定成为孤儿。这么简单的结论，竟花费了这么多年，我才明白。在这个年纪失去父母，看同龄朋友们激越地谈论恋爱、工作、孩子和旅行，就像独自走进一条偏僻的小巷，无人可与言说。虽然会和所有人在尽头相逢，但我相信，那时候别人的感受会和此刻未满中年的我有所不同。

未满中年的我，被父亲的病改变了很多。当我决定把这种改变诉诸文字时，也遭遇到了种种拷问。这本书最初的名字是《一岁一枯荣》，最初的设想是用非虚构的纪实手法去写一种老年病，以及相关晚辈的中年危机，都市养老困境。但在写作中途我放弃了，因为我不能无视疾病对历史的隐喻，也不能回避平凡人家追溯家族故事时的无力感。身处巨变的年代，太多当下太迅速地被压缩成太不可信的个体记忆，我们会有怎样的集体记忆呢？

遗忘是太容易了，除了肉身被动退化，还有精神上的主动遗忘。一代人离去，下一代人还没办法收拢那些记忆，又要汲汲营营地去创建自己的生活。世界加速运转，信息加速淘汰，记忆也被加速遗忘。

许多作者都曾反省家庭和自我，用文字梳理哀伤和记忆。在写作的漫长空白里，有各式各样的作品维持我的思绪：保罗·奥斯特、井上靖、李炜、马丁·苏特、阎连科、萨曼莎·哈维、谢尔·埃斯普马克、弗拉基米尔·纳博科夫、恰克·帕拉尼克……但在看了那么多杰作之后，我也曾觉得，自己没有必要再写什么了。要找到属于自己的叙述方式是艰难的，永远不可能完美。

在很长一段时间里，我不可避免地觉得生命是无意义的，写作也因此搁置，直到父亲去世，我开始恐惧遗忘。正因为害怕自己会渐渐习惯遗忘，我又把尘封的十万字拿了出来，反复看，反复重写。也许，这是一个写作者在无计可施的时候唯一的自我救赎。

就像很多野心勃勃的事，会在用力过度的过程中忘记初衷。有人劝我索性把《查无此人》的主题发挥到极致，让子清去探查父亲的过去，必须挖出一个惊天秘密出来，生造一出"文革"时代的生死大戏也未尝不可。我知道朋友们是为了让书大卖而好心建议，但我还是不想距离初衷太远了。不想夸饰平凡的百姓在巨变年代中的平凡生死。除了主人公，故事里的每个人也都是时代的缩影。

我想写：无乡可返的徒劳，无忆可追的悲切。

我想写：从乡村到城市到彼岸，每一次移动，每一种落差，每一次回归。

我想写：每一个凡人都是出生入死。

我想写：在以遗忘为表象的疾病背后，还有一场又一场庞大的遗忘事件：集体的、自发的、被迫的、历史性的大遗忘。

在父亲去世后的某个时刻，我恍然大悟，这本来就不是朝向完美的写作。写作也不该是朝向完美的一种自以为是的主张。都不是。于是，这本书慢慢地远离非虚构，慢慢地在虚构中获得自由。从当事人到陌生人，都不再囿于疾病，而得以在疾病的隐喻中施展各自的悲喜得失。老年病的故事扩展为一个家族、三代人、两代移民的故事，从乡村到城市，从一国到异国……而这恰恰是很多中国家族在这半个多世纪里的走向。

这是一本难产的小说，距离我上一本小说约有九年之遥，它见证了我在家庭事件中的疲惫和笨拙，我白发的滋生，我对生活的接纳，我对慈悲的解读，以及我对大历史的好奇和不解。

每一个凡人在牢记历史之前，历史是否已将他遗忘？

我的父亲确实罹患阿尔茨海默症，最终因肺部感染去世，本书中相关疾病的部分毫无疑问取材于现实，但在情节成形之后，所有人物都已自立，只有源头，没有原型。

本书于二〇一四年底在数次更改后完成初稿。直至二〇一七年才确定出版方。

谢谢《小说界》在二〇一四年三月刊发了《六小时》，也就是本书中寻找第二次走失的父亲的片段。

谢谢上海市作家协会给予的经济资助和精神鼓励。谢谢上海文化基金会给予出版赞助。

谢谢关心这本书、在出版前的多年间以阅读和批评鼓励我的朋友们：段晓楣，吴文娟，走走，徐子茼，方雨辰，姜妍，葛亮，引墨，蔺瑶，韩敬群，孟丹峰等等。

谢谢所有从第一页看到这里的读者。

于是

2014年12月7日上海（第三稿）
2017年2月28日上海（最终稿）

本书为上海市作家协会签约作家作品
本书为上海市文化基金会赞助作品